Wen-Yin Chung 鍾文音

在河左岸

Lonely River

這是一些片斷
也是一個完整
的故事與故事
這是關於淡水河
關於堤岸的生活
關於台北之於我的意義
也是關於內在面對失去的開始
這座城市於我有一種接近苦楚的迷戀
我們在此生活
己身就是浮木
相見是歡是悲
不見也歡也悲
就像從河流飄向堤岸的夜霧
就像颱風在河水的興風作浪
就像夏熱高溫融了馬路瀝青
就像愛情，存在不醒的幻覺
就像陰影，那是自我的投射

就像我愛你
一直都愛你
可是眼淚止不住
我問你，河水如何停止潮汐波動
風動水動心動　如如不動
我聽了覺得沒有新意
你說，好吧，那我來讀讀你寫的故事
反正，陰影還有很長才會到達我們躺下的這張水床
陰影還有很長才會到達
我們躺下的這張水床
水床悠悠又晃晃
我們還有時間可以共患難
太陽還沒升起
我們在黑暗凝視
冰冷的熱情擁抱
就像擁有一條河流的美麗
就像擁有一座城市的孤獨
就像擁有一段愛情的沈淪

【序曲】南方盛夏

炎炎夏日，事物的一切都蒙上了一種懶懶般的模糊感，

想起南方盛暑，肌膚總是跟著黏膩膩地滲出悶汗來，

即便這一切的紀事於今也很遙遠了。

這裡的七、八月萬物像是進入了永眠永晝般的悠悠長長，悠長至接近平靜無波的永恆，宛如是靜止的一種死寂，或者該說這視覺所望出去的畫面有如臨終之眼般的惶惶然，一切都停止了的戚戚之感。

午後太陽發威的時候，連人們都像是動物般地沈伏在涼蔭下，有那麼一會兒，好像只有眼睛還透著生命跡象似的，一種遲緩如如不動的姿態很容易就會嚇走突然闖進來兜售物品的小販，來自他地的小販會誤以爲瞬間會晤了死神，死神罩了一身黑色斗篷，以幻滅之大寂靜大空寂編織勾勒了這身鋪天蓋地的黑色斗篷。超過肉體承受的高溫熱度把可見的事物邊際和界線融化了，如果把肉身關在屋內往外看，會以爲外面的濛濛之景是海市蜃樓；可惜沒有人會有興趣延伸想像，熱度把人們一切對外的興致吸乾了，人們害怕在這樣的熱爐裡還懷抱著對事物的熱情，因爲那就意味著要自討苦吃了。好比在大熱天的正午若是還有慾火纏繞不休豈不等著焚身，可也有例外的，村裡的小梅和阿順就是選在熱午天幽會，以避人耳目。後來有人問小梅，她說其實孤男寡女幹嘛避人耳目，說穿了是伊和阿順喜歡那種全身的汗從毛細孔完全迸出的奔流之感，兩個濕透的肌膚浸染在彼此的氣味容器裡，阿順說像在甕裡泡酸菜。

在正午裡還不休不息的人多是爲了養家活口的食腹之需才得在溽暑大熱之天出外打工，這也是很無奈的事，常常有人就倒在地上被人扛回家，說是「中」暑，被暑神看中了，染上暑神的熱病。我那頗有想像力的阿公說一切都有神，暑神發威會五官俱焚，燒得人體內器官片刻不留，只餘皮骨。他藉此告誡小孩外出玩水，可我哥哥們聽歸聽，他們還是照常外出嬉遊，一高興一頑皮脫光衣服就往溪水一跳，完全沒有暑神的恐懼，只有對無邊的無聊感到害怕。

夏天時有茅房瓦舍在夜晚不知所以的著火，火光爆麗豔燦，終暝燎燒，黑夜襯著火光，村人有的急急轉醒打水拍火，有的閒閒地觀望著。在這樣的村落，選擇面合或背離是很清楚的分界，人們有其社群，所以這一戶和那一戶人家的嫁娶也是眉目了然。村子不若小鎮，小鎮不若城市，人們的靠攏與疏離沒有模糊地帶。

也因爲如此，夏夜來臨，暑氣漸消，可以從許多人聚攏的樣態來看出他們關係的疏密。在廳堂屋內昏黃小燈泡下爲著某個議題張牙舞爪著身體的都是男人，這些有著革命因子與發表慾的中年男人通常都是小村落的學校老師或者是農會的重要幹事等等，學校和農會組織的人們在當時已可說是所謂的知識分子。在榕樹下搧著蒲扇納涼邊話家常的通常都是老人家和小孩兒，且彼此或多或少都有姻親關係，不是他的兒子娶了她的女兒要不就是她的表妹嫁給他的遠房堂哥，反正算一算都可以沾上一點關係。在廚房忙的婦人當然都是媳婦角色，只有她們在晚上的聊天時間是被孤立起來的分子，有時妯娌之間要是處得好的邊做家事還有個幫手或閒聊對象，然而很多時候她們通常都處得不太好，因爲婆婆通常偏心，偏心偏袒造成了持家女人的孤立。很多的夏夜，多心思的小女孩從廊外的榕樹下悄悄覷向屋內廚房還在勞動的母親背影，在村人聚會的喧鬧中會突然掉入一種莫名所以的安靜和沈默，直到她的母親拉開嗓子也往外呼喚她進屋內洗澡，她臉上才有了些喜悅之情，甚且會哼起初學未久的兒歌來，她覺得自己沒有被祖母孤立起來，沒有被勞動的母親遺忘，得以重返母親的懷抱且以柔軟的水以好聞的香皂彼此裸身相濡以沫。因爲還小，母女同浴，母親脫身洗完小孩順便洗自身的。在廚房後頭，浴室極簡極陋，就是三片薄木板挨著牆搭起來的空間，上方有葡萄藤架或是絲瓜架之類的藤蔓在月光中有如黑色手工蕾絲織布的鏤空倒影斜斜。以鐵環匝緊的木桶承接著幫浦的水聲發出唰唰吖吖的節拍，這是在南方夏夜蟲聲唧唧蛙鳴嘓嘓之外讓小女孩感到聽了渾身舒暢的自然之音。

夏天的晚上每個小孩都期待這一刻到來，和母親一起沐浴。跑去偷看別人家沐浴也是村裡容易的事，小男孩彼此吆喝一起壯膽然後躡手躡腳地挨到後院，隔著木材門透過銜接的板縫覷向水聲嘩啦處，被木板縫隙切割的肉體被他們輪流地觀望著，小男孩們升起模糊的快感，夜晚就有了夢。

這是夏天之夜，在度過長長的白日後，晚上的戶外活動顯然就多了動力與生機。至於冬天，在三十多年前的南方當地球還沒溫室效應時，嘉南平原在廣闊無際下某些月份還滿冷的，人們反而是白天勞動晚上蟄伏在室內，因而不論是關於村民在榕樹下膨風或耍嘴皮打情罵俏或是偷窺女生洗澡之事反就顯得少了。南方的冬天乏善可陳，一切蒼白且肅穆蕭索；因而記憶南方，想起的季節是炎夏，炎夏裡當黑幕低垂，星月澄澈懸空，涼風習習緩拂，人們如獸般從遠古甦醒，大膽釋放儲存在他們體內過久的熱情，萬物皆從停格狀態動了起來，小孩在廊下奔跑，女生玩跳繩玩跳加官，男生打棒球打陀螺，婦人汲水做飯，男人們準備下工。阿公阿婆在後院裸身洗澡，邊哼著相思調。這時候來的小販都是熟門熟路的老面孔，他們搖著鈴來賣醬油罐頭還有零嘴冰棒。

沒有鋪柏油路的沙石小路兩岸種滿了大樹，一直到五、六月份小孩才知道這些是會長出圓圓果實的芒果樹，掉落的青芒果被鄉野婦孺拾去，剝皮切片浸泡在鹽巴裡，軟化了酸澀後，許多小孩的期待有了新的事物。

日長且熱，養豬戶人家切著從西螺一帶兜售到嘉義的紅西瓜的皮，黑毛豬擠在豬圈裡活生生熱騰騰，牠們總是比人們還帶勁。

有些人家小孩集結做伴到郊野一起採蒲公英，採好蒲公英好給鴨鵝吃。有些已經開著小黃花的蒲公英被剁切成碎片時，多憂多思的十幾歲少女還會蒙上一股疼惜的情懷。

村舍外圍多有香蕉和龍眼樹，香蕉開著倒垂的紫色含苞的大花朵，遠看有點像是荷花開到了樹上。雷聲在遠山一路彈跳至村莊時，陣雨已經轟然漫灑而下。青蛙總是在雨後爭鳴不已，擾人清眠。這時候若有人打電話到村子裡一定訊號微弱收訊不良，雙方幾乎像是在叫罵式的吐出字詞。

而芭蕉葉在夏日突襲的雷陣雨總得折翼數些，被路過的成群少男少女跳上跳下的攀折，碩大油綠發亮的大葉子是遮雨的天然屏障，畫面有點神似伊甸園的夏娃亞當想像流竄在這樣的小村落裡。

那時候村子裡常出現騎腳踏車穿著白衣西裝褲的摩門教徒，小孩總是追著他們喚阿兜仔。年輕臉龐一身潔淨的摩門教徒總是掛著一抹笑意騎過灰樸矮舍瓦房，繞過防風林後一路馳向溝圳田埂，向農夫農婦打招呼，那表情就好像有著小麥色的黃金天使，他們那一頭金黃稻穗般的髮絲映著他們身後剛插秧的稻田竹林，甚至連那木瓜樹芭樂樹都染上一抹金黃，在黃昏時光會有一種錯覺，以爲稻穗果實彷彿在他們行經過後瞬間即被催化熟開。當然那只是視覺浪漫化後的美麗錯覺。當年我那酷讀詩和寫詩的大舅舅據說就是因爲這樣才信了主，只有我媽堅持是爲了食物。大舅舅學英文且和摩門教徒做了好朋友，他說這是儲存革命熱情的過程之一，這裡讓人悶慌了，世界這麼大，我們卻連台北都還沒去。當時越戰打得如火如荼，我大舅每天收聽廣播，雙眉緊蹙，雙手交叉於後，總是見他在村莊的小路散著步，這一頭走到另一頭。夏天，如果往海岸走也常見到他的身影，身影不是在游泳就是望海凝視，「西海岸一直往北游可以到達台北，往東游可以到達美國。」他讀著ＡＢＣ，指著事物要小孩們跟著他唸一種於小孩宛如鬼怪出現的發音。房子，house，小孩子都唸成了「好吃」，邊說著好吃邊咬著冰棒邊跟著我大舅指著房子且搖頭晃腦。

聽說許多許多年前當電視機來到鄉下小聚落的那一天，全村的人像在迎接媽祖繞境般地集體圍攏到村長家，前前後後地打量著有如恐龍般的電視機。

大舅當時還只是個小男生，當他看到電視播出的台北景觀與歌唱節目的豪華布幕，前來傳教的摩門教徒問他說，台北有多遠？我大舅因爲回答不出這簡單的問題而感到羞愧不已。他決定存錢買個地球儀。當他上教堂告訴他們時，許多年長之士笑了，尤其是我外公笑得特別厲害，「地球儀看不到台北。」有人說，摩門教徒也告訴了大舅買張台灣地圖就好了。

和我大舅相反的是，我爸爸對移動沒有興趣，當時對台北也沒有想像，不過他對每天在村子裡騎過來又騎過去的兩個年輕摩門教徒倒是頗有好感，我爸看到他們衣裝整潔總是形感慚愧狀，因爲我爸在還沒上台北前總是一襲汗衫，汗衫永遠沾滿忙於農事的髒漬遺跡。我媽和我阿婆則很害怕見到摩門教徒，她們總是躲在木門後搖著扇努力睜著已然黯淡的小眼睛，如果摩門教徒經過她們就䟴著頭盯著眼直直看，等到摩門教徒轉過頭向她們微笑時她們又驚恐地躲到門後且吱吱彳亍齟齬碎碎地在不甚光亮的廳堂背著祖宗相片婆媳兩人暗暗笑著，有時這畫面會增加成一組人，多了我嬸嬸啦、姑姑啊之類的。我阿婆說金毛看起來很驚嚇人。

男人們總是笑這幫婦人沒見過世面，不若他們渴望擁抱新事物新世界，交誼廣闊。我阿公說世界分成金色黃色和黑色時，許多婦人聽了都暗地笑著說應該是分成有生毛和沒生毛的。

摩門教徒帶來了教義和教堂，而村裡的人則授予西方教會一項製冰技術。第一家製冰工廠就這樣開張了。

很多食用色素傾倒在村舍外圍的水溝，小孩子吃著冰棒，在太陽底下冰棒融了，他們的衣衫也沾染著色素。蒼蠅總是迴旋在四周，企圖沾惹些甜蜜。有的小孩蹲在溝裡看著，邊說著紅是草莓黃是香蕉鳳梨黑是仙草白是牛奶……，當時製冰工廠靠門的水泥牆面被我大舅舅以廣告顏料寫上「孩提夢幻製冰工廠」，很多從小家貧輟學的年輕男工女工在上班下班前經過此牆看不懂，還以爲革命的口號已經來到了這裡。

那些製冰棒的工廠機器隨著廢水流出的化學食用料色素顏色很像村莊聚賭時尋常打的四色牌，一種打完即丟棄的四色牌，紅黃白黑落入溝中也總是隨著水流轉啊轉的。果凍冰棒色素在孩童的舌蕾嘴唇衣服間流淌，就像四色小紙片如舟筏般地從小溝小渠漂流到小溪小河，「是誰替河水著色了呢？」心思多的小女孩蹲在溝旁兀自對空氣發問。

濃濃難開的既真且幻兜攏在熱氣騰騰汗氣淋漓的土地上，小女孩早早就染上了風霜的流浪氣味。

夏天一過，製冰工廠的機器就沒有那麼忙碌，冰棒雖持續生產可是卻大大減量，當時人們節儉，吃冰棒還是一種犒賞。南方漢子打牌雖多在秋收冬藏忙完農事後，可夏天玩些不傷大雅的小牌也還見得，小小玩意大大快樂，南方暑天日子如是過。

許多時候，小孩都喜歡夏天，男生往溪水裡跳，往樹上爬，女生在廊下玩跳繩，或者也偷偷混進溪水的另一個區域探險遊蹤。當雷聲還在遠方彈跳時，小孩最好趕緊找個地方躲雨，南方的大雨說落就落，一股濃烈似火的土地氣味瞬間被蒸發出來，許多晾在屋後的衣服也就泡了湯。

夏天南方小村落的午後寧靜，常昏睡如無人之境。

想起夏天，每個在台北生根已久的原鄉人通常不免會懷念起許多的滋味：昏睡、裸泳、吃冰品、搖蒲扇、談戀愛……炎炎夏日，事物的一切都蒙上了一種懶懶般的模糊感，想起南方盛暑，肌膚總是跟著黏膩膩地滲出悶汗來，即便這一切的紀事於今也很遙遠了。

【楔子1】

生活在戲謔中比在悲傷中來得沒有負擔，

雖然戲謔也是悲傷的一種方式。

就好像村裡很多上台北討生的人起初在那城市是苦的，

但是他們已經習慣了笑，當他們在笑常常他們是在哭。

移居台北前

1

我很小很小的時候，或者不能用小這個字來形容的嬰幼時期，大約是兩歲多吧，人世初啼，肉身已多操勞。我媽媽時常還把我綁在她的背上做事，大肉身與小肉體互相碰觸彈撞，彎腰起身，起身彎腰，農事稻田播種插秧的重複動作常撞得我的幼身無法睡眠，在黃昏殘影漸漸殞去時，我每每以爲自己還未出世，還未脫離我媽那封閉潮濕的水宮眠床，時時被擠壓且被熱燙的幽暝窒息空間，我似乎永遠也忘不了軀殼顫居暫處這樣濕霧霧熱滾滾的肉身宮殿。

那時候我就有記憶了。當我的頭顱衝出狹小的兩片岩石般的窄道時聞到了血腥及屍便的氣味，我真地想流淚。我流淚而沒有嚎哭，我媽沒有力氣看我一眼，她似乎累痛到近乎昏死了過去。我被一雙溫暖的手接過去，聽到抱住我的那個人有個好聽的腔調，女人說了話：「阿姊，妳這查某囝眼睛水汪汪的，晶鑽鑽的。」燈泡下杵著個人影也開了口：「奇怪，怎不哭不叫？」說話者的腔調像被燒壞似的啞著嗓，「這款小孩聽說比較頑固難帶。」這個沙啞聲調的女人也是我的阿姨，她就在我要出世的前兩週喝農藥自殺未遂，喉嚨聲帶燒壞了。

我出世的時候我媽和別的女人不同，她沒有產後憂鬱症，原本她就不容易有什麼憂鬱症之類的人，當時人們也沒聽過什麼憂鬱症，許多年後我那個曾經自殺而從此帶著沙啞近乎破音聲調的二阿姨才恍然大悟說當年她就是得產後憂鬱症。那個和我生日差兩週的表哥幾乎折騰了她的大半生。比起我二阿姨我媽算是幸運的，因爲就在我出生的前兩週我媽在村子裡賭博，且買獎券，竟然在我出生前晚中了彩。我媽外家的那個阿公參加鎮上第一家百貨公司的抽獎竟抽中了一台電視，後來這台電視一直陪我外公到死，電視且還被他拆解重新組裝過。

我無聲流淚的出世傳聞是屬帶種的小孩，也就是所謂有個性而難款待的小孩，我媽聽了說：「伊帶種？女孩子帶什麼種，她是帶財來家裡的。」後來我媽用這筆彩金替家徒四壁的家裡添購幾件家具，包括一台勝家牌縫紉機，後來我們幾個小孩都有幾件比較像樣的衣服。

長大後，有人形容我的眼睛像湖泊，湖泊深處常圈著一輪如淚的薄薄月光。三十歲前我成了個容易流淚傷懷的女人，對於這個宿命，我曾經爲此感到無法超越的痛苦。帶淚的臉，靜靜的流下淚珠，緩緩滑過初初呼吸人世空氣的肌膚。一張奇怪的臉，既不掙扎嚎哭也不扭曲顫動，「五官像是畫上去的。」當我阿姨把我臉上的血洗去時，她驚訝地望著流著淚光的眼睛餘皆如如不動的嬰兒神色時說。而這於我是無邪的新生。

2

我媽說我記得那些中陰時刻的光影幢幢，是因爲好讓嬰孩忘魂的孟婆湯我一定是只喝了一瓢或是喝了又吐了出來，所以記性才會特別好。我一直以為我媽說的是夢婆，很多年一直把她想成是個愛做夢的老婆婆。

當然我媽的這種老掉牙說詞是很沒創意的，可是從我媽的口中吐出這樣充滿魂魄的鄉野傳說可讓我多喜歡我媽好一陣呢。不過我媽對於她女兒記憶超好的特質可惹得她不怎高興的，因為她連這也要數落我的，說我淨是在記一些她認為不好的事，所謂的不好就是和銀兩無關卻又傷神傷心的瑣瑣事事。

我兩歲的那一年，我爸決定離開南方旱地。他時常望著在台北青年公園跑馬町一帶被以反動罪名槍決的三叔公所遺下的一張台北地圖發呆。那張地圖有許多的水道河渠，綠色山脈稻田層層飛浪。人們燒著甘蔗葉，煙煤處處燃，東區還是一個未開始命名的時候，四獸山的形狀未被群樓遮擋還清晰可辨。

民國六十年後的台北已經陸續多所建設且也漸具大城規模，對於鄉人還是個有點遙遠又帶點夢想和淘金的城市，許多的男男女女北上討生，我幾個未婚的阿姨和姑姑們，不是到台北學剃頭學美髮要不就是當作業員女工，然後到了晚上在簡陋的宿舍聽著老歌唱著「媽媽請您要保重」就會掉下淚來；羅漢腳單身漢或是先行離家的成婚男人大都到餐廳、工地或工廠謀生，喝著保力達B加米酒，紅紅的血腥。

當時都說台北城是個好攢食的大都會。二阿姨變得很時髦，她已經忘了曾經想要自殺的傷痛。

她抽著菸且送了我媽一包加州三葉葡萄乾，給了我一包涼糖，涼糖中心有個圓洞，可以吹出一種破破的哨音。阿姨且帶給我爸一瓶約翰走路的酒，然後像是宣布總統蔣公過世的愼重口吻般地說著話：「台北有電梯大廈，我第一次坐時嚇死了，好像被一個大箱子拉上天堂一樣。」我媽聽了一愣一愣的，我爸一勁地抽著新樂園香菸望著先人遺下的地圖發呆。「不只有這款箱型電梯呀，還有一種是一層一層的很像樓梯的那一種，不用爬就會把我們送到樓上樓下，我每個週日下班都去逛街，穿高跟鞋買東西逛久也不累。」我媽是個愛面子的人，她聽了我二阿姨的說詞顯得有點快快不樂，突然她覺得自己是個沒見過世面的女人。就在這時候，我媽捏了在旁邊蹣跚走路眼睛睜得斗大的我的臉肉一下，「這海風鎮天把這查某囝的臉刮得紅脂脂的，沙塵通天吹得伊的眼睛流目屎。」隔了一會兒她又怔怔說道，真奇怪這查某囝好像在旁邊聽得懂我們在說什麼似的樣子。我見到我阿姨聽到我媽的說詞忽然也跟著想起什麼似的往黑色包包探去，掏出了一瓶乳白色的小玻璃罐裝物品和一個粉紅液體的小瓶子，「這是乳液，和點眼睛的新一點靈B12，我在台北後車站買的，妳先拿去試試看嘍！」我媽瞇著眼睛拿著瓶子在昏黃燈泡下仔細看著，然後多肉的臉龐綻著笑，笑著轉動著瓶蓋然後一溜煙的時間即把順著桌沿已經快要漫步到葡萄藤下的我一把地將我撈到身旁，我的臉膚瞬間被一種冰涼的柔軟液體塗抹著，感到很舒服地咯咯笑著。

這是我第一次聽到台北，也同時對台北留下好印象。說來也好玩哩，日後台北後車站是我和我媽很愛去逛的區域。

還有就是大我十五歲的表姊阿妙原本在家鄉唸月津國小、國中，她曾笑說「月津」這名字可真女人啊！後來她矢志到台北，終於去了台北唸北一女，她從台北城回來消磨暑假，她一向很先進，早一般的流行知識起碼超越十年的距離。當時她就曾經考問過我媽一個心理測驗，門鈴在響電話在響外面下大雨收衣服水龍頭的水沒有關娃娃在哭，這五件事同時發生時妳選擇先做的次序是什麼？

我媽媽聽了半天說，這是什麼鬼題目，像我動作這麼快的女人一次就可以同時把這些事一次搞定。我表姊堅持說一定要說出順序，因爲萬物都有象徵意義。我媽看了我一眼，我忙把恆常掛在臉上的涕淚收起。我媽悠悠說娃娃哭當然是最重要，不過娃娃哭也很正常，像伊啊，哭和笑都不太出聲的。好吧，我看先收衣服好了，洗一家子的衣服可不容易。電話和門鈴響都可以等的嘛。我最討厭電話響了，都是來討債的，哪有什麼好事。

表姊阿妙後來把題目的底層象徵說了，娃娃在哭是家庭，收衣服代表事業，開門是重視朋友，電話是情人，水龍頭指的是金錢。嬰孩的我在旁聽了忽然咯咯擊掌大笑，我媽媽搖搖頭說，妳去台北讀冊都在學這些東西啊？

我表姊說，這是她發明的題目呢，她準備以後唸心理學。後來這個表姊阿妙在巴黎自殺的那一年我讀高中，消息傳來時，我突然想起嬰孩時聽她說話分析心理狀態的認真表情。我記得她說她會先接電話，她是個永遠在等電話鈴響的女人。當時我媽以事業爲主，並對情人嗤之以鼻，而這個表姊卻是情業太重。當時她已常常掛著一雙黑眼眶，有時只聽她喃喃地說再不想熬夜，再不想失業，再不想失戀，再不想失身……很多人都以爲她在台北課業壓力太重所致。

很多年後，當我從台北折返老家，見到當年表姊阿妙喃喃自語的房間，我陡然想起她是知識分子女人在愛情折損後產生最大悲哀的公約數。

那個做心理測驗的下午，其實她們都有自己對命運的定數之感。實則後來命運的發展是我媽和她皆是時代的悲劇，她們是事業情業，雙雙掛彩。我媽後來到了台北不僅和事業無緣且情傷甚重，而這個表姊的情業纏祅更是加重了我後來對城市生活感情變化的諸多無奈。

我和台北的感情淵源有很大關係和這個表姊相繫，她曾讓我一度對台北女人充滿了嚮往和留戀。

只有我爸當時對事業情業都無甚留心，他說過如果可以選擇他寧可當一棵樹，「樹葉無聲無語自在多了。」可能因爲這樣我大哥名叫立樹，二哥叫立葉。他當時還沒有預感到了台北他會成爲真正的自己，且背離自己的根。

那似乎有些可笑，不知爲何，名字本身本有的宿命況味從字裡行間被以正面和負面讀出嗅出。

3

我出生帶財的希望很快就成了我媽的夢幻泡影，彩金用罄了，南方又逢多事之秋，先是九月的一場豪雨引發了洪水，河川暴漲獰虐了農人辛苦播種插秧的田園和賴以棲身的屋宇，洪水大犯的那年，我被我媽揹著爬上了一棵百年老榕樹大喊救命，我們母女被救後，我媽就逼迫我爸要學一些鄉下壯丁北上打工然後接妻小北上的移民好模樣，她說：「我要到台北打拚，不要再看顧看天吃飯的田了。」我爸是個溫呑的人，他說那也得打算打算，總不能說走就走。然而那年我爸到台北似乎是天意，因爲同年的秋天，嘉南平原部分田地卻從洪水澤國短短一個月陷入了沒雨沒水且地皮陣陣皸裂的窘境，乾裂成灰沙的塵埃在平原無樹可遮之下一路飛揚飄進村莊飄進廊下飄進屋內飄進我們的眼睛，連喝的水都沙沙的。而對我爸致命的一擊其實也非是突然而來的天災，反倒是人禍。我爸失去田產，兼且水源地紛爭強奪之下定然是沒有我爸的份，我爸既然沒分得田產出走已成事實，他終於看破兄弟和村人爭奪區區家產及爲個人利益拔刀反目的醜陋面貌，「做人要有志氣！」加上我媽在旁慫恿攛掇，我爸遂點了頭。

點頭的那天下午我爸第一次抱我，我才知道被男人抱的感覺和女人很不一樣，厚實寬大很乾燥，不像女人的手幼骨且濕潤。一種很有安全感的空間把我圍在他的臂膀裡。那年的下午，我的視野突然變高，穿過甘蔗田、玉米田，踩過落花生田直至走到了小沙路的盡頭我才被放了下來。當時我們看出去的風景是降低水位成了淺灘的河水，我爸突然擊掌，對拍的掌聲音量如槍爆陣陣，瞬間我的頭頂有影飛過，成群的白鷺鷥從淺灘驚慌飛起。泛白的日頭照得水面閃閃如白銀發亮。我爸說水中要是有白銀子他就不用離鄉了。

他把我放在溝渠中間的田埂上方，雜草幾乎蔓過了我的頸我的眼。從天光尚亮至幽幽楚楚，不知何事攪擾攪拌心湖，憂憂愁愁襲上心頭。我爸突轉頭，我見到他睜著眼睛看著我無聲流淚的臉龐，「阿真不要傷心，阿爸去了很快就來接你們上台北。」說出傷心之詞其實真難爲我爸了，真正傷心的人應該是他。他不是個愛移動的人，他有他自己想像的冒險出口與旅程。

鄉間落日防風林黑影處處如燒炭過之枯枝，黑枝枯椏的林間有著飛禽在頡頏著跳動忽上忽下的線條，線條曲線透著一種躁動的氣味，空氣浸在頹唐衰替的幽微。

我爸所渴切的移動也許不是朝陸地而是朝海洋，他不渴望移動到城市，他渴望移身到愛情海。或許他想當水手，他想去發現自己的島嶼，發現一座屬於自己國度的內在一隅，但他的家人需要銀子。那時我媽已經開始省錢度日，她日日熬粥替代奶水給我喝，鄉人笑說我有一張稀飯臉，因爲熬粥時產生在蒸熱上方的那層透明薄膜常沾到我的臉上，沾上臉後沒洗再經南方的焚風一吹就徹底成爲我臉上的另一張臉。有時薄膜沾上了黑漬白沙，我那孩癡式童真式的顏面定然十分滑稽。我媽說很像小流浪兒，但她也顧不得我了。當時我上頭的兩個哥哥和一個姊姊有要上學有要管教的，據說已經把她磨得折損不堪。她在心情好時會在窗前踩著縫紉機邊說著，等妳阿爸接我們上台北，上台北就有新房子新朋友，上新學校，買新衣服……。有一天有個和尚徒步來到我南方的小厝說要化緣，我媽說師父可以等嗎？等他們的爸爸回家就有錢了。

上台北，等於一切都是新的。這是我當時的想法。我小哥立葉在旁邊幫我媽穿線，他聽了答腔說，那我們以後就吃不到嘉義雞肉飯了。我媽因爲想像的美所以心情很好，她幾乎是以發顫和抖動方式地大聲笑著說我哥傻，「到台北要吃什麼雞呀什麼肉都有，還怕沒雞肉吃啊。」她說話的豪爽神情就好像她又中了獎券一般。

當然上台北後我媽才大大懷念起嘉義火車站的雞肉飯也是後話了。

約莫個把月後，我爸隻身一人和一幫村裡的男人擠上了一輛通往北方的貨車，擠擠插插的一堆男體，把個小小的貨車擠壓成人貨不分，光看那小空間就彷彿肉身在被煎熬切割。他拎著一個用碎布織成的布包，布包裡面擱著幾片我媽抽空做的糕餅和花生糖。我老爸向周圍的人笑說離家的男人在妻兒面前還是個好樣子，否則恐怕吃不到這樣的東西呢。而我在我媽的襁褓身後的一大團布中探出頭來，看到瘦弱的爸爸擠在人群裡向我媽笑著。

4

當時我非常驚訝地看著眼前這一幕，因爲我媽竟然小跑步了起來，追向那輛貨車。我以爲我媽不忍心和我爸告別，我見到我爸和我一樣天真地揮著手眼眶且帶點濕潤般地望向追上來的妻女身影。哪裡知道我的頭突然撞上了她的脊椎凸起處，她突然煞車停步，快速彎身撿起一隻小雞和一棵甘藍菜，那是從乍然快速開動的貨車上掉下來的貨品，讓眼尖的我媽越過其他的送行者奪得先聲。那時我媽雙手拿著戰利品，大剌剌地赤腳穿過其他豔羡著目光的婦孺們，像是金龍少棒隊贏得世界冠軍般的讓人可敬，至少我當時雖曾濫情地以爲她追向貨車是爲了送別，日後當我見到小雞鵝黃黃的初羽時，我開始有了嬰孩時的第一個笑容出現。

彼時北風已起，被吹成一種往海方向的傾倒姿態。男人幫漸行漸遠，妻小派不再跑步僅在定點揮手告別。

是這樣充溢無邊蠻荒蠻澀蕭索蕭條的無奈，之於分離之於送別。我當時在襁褓中突然簌簌如北風吹起般地哭泣了起來，我媽邊檢視著拾到的物品邊爲了安撫我，用她全身的力氣搖晃著身後的我，並用空出來的左手彎到後頭拍打著我的臀部。「妳阿真可能尿濕了喔！」有人見我那樣嚶嚶啜泣覺得不尋常但一個小嬰孩又能有多不尋常，於是歸之於尿濕了。我媽倒是篤定，「這囝仔在哭時向來和別人不同，她常常會突然這款樣。」我覺得我媽在內心深處還是個很有力量的人，光就這一點我對她就有了敬重。她沒有慌慌張張地像一般年輕婦人扯下布包當眾檢視我的私處，初冬時分，一群婦孺蹣跚蹿回村莊，送走壯丁，家裡剩下老的小的。我是一路掉淚回家，襁褓全濕，我媽說午後雷陣雨也沒有像我淚哭得這麼劇烈。

那隻小雞在我過三歲生日的春夏交際入了口腹。我記得那天一早就聽到我媽在哼著歌，在生活有犒賞時她就回到一個比較可愛的婦人本色，和她相處就沒那麼難了。等著父親從工地寄發餉來的日子，我媽每天憂愁著一張已經夠嚴峻的臉龐，見多了那臉龐所染上的世故與風霜，於是她間接催化了我的心智邁向早熟。我學習察言觀色，學習辨別善惡是非，但更多是辨別她的喜怒哀樂，以免不小心即碰觸到埋在她體內不知何處的地雷。

我爸就抱過我那麼一次後就這樣搭上了男子漢列車離開了他出生長大結婚生子的南方故里，離開是因爲還未立業，要到都市闖天涯。不過他倒是幫我取了個在當時芬華滿名時另立高明地取了較有個性的名字：黃永真。他喜歡「真」，長大後他曾有一回向我說，「真」的上頭有個十字架，希望妳一生都在追求真理，說實話。

當時我媽和我爸各執一方，上帝和媽祖各佔優勢。我們家是各拜各的，西方由佛祖佔領，東方由上帝管轄；一邊有善男信女，寫著「接引西方」，一邊有翅膀的飛翔天使，寫著「神愛世人」。

送走我老爸，我媽好像很開心，何況那天又加了菜，如果她知道我爸上台北後她的整個命運會在未來發生了劇烈變化的話，我想她定然無論如何都不會鼓勵我爸上台北的，可是誰會知道未來的變化呢。

我媽向我阿嬤說，以後咱黃家各走各的。我媽在說黃家時對於「黃」這個發音很有偏見的氣憤，從她口中迸出的台語「黃」的發音就好像小孩便祕時發出的「阿」音。

5

那一日我爸離開南方獨自一人和一幫男性友人擠上一輛通往北方的貨車，他們免費搭車的代價是到了市場集散地要幫忙卸貨。我爸在上了貨車的片刻，眼睛曾直稍稍地望著我們母女，他的表情有一點淒淒然。直到同夥的司機熊叔喚人遞給他菸他才有了點開心的神色。

司機熊叔是我爸的小學同學，他說話口吃，第一句話總是熊……熊幾點了？熊……熊他老子說要……，熊只是個發語詞，其實我們根本不知道他究竟在說的是什麼意思，反正也沒意思，就是被大夥笑慣了，後來連我們下一代也跟著叫跟著笑，熊叔反倒成了他的本名似的。他的習慣動作還包括從菸盒抽出一根菸時會像變魔術般，他彈打了一下軟紙菸盒的地部然後非常準確地在紙盒的撕開處便會被彈出一根白白的菸，力道輕鬆且俐落，永遠從出口迸出的是一根菸，一根不會多，也不會少。彈出一根香菸所發出的聲響像是給予熊叔一個吻似的，他總是笑呵呵地對著圍著他看的孩童，那神情有點像是貓爪戳進麻繩或軟木頭開始刮抓的快感。然後熊叔取出那根菸後他也是反覆彈打著菸的小小圓地，我哥說那是爲了把菸草敲打成密實感，有時候這些男孩也會偷在樹下睡著的熊叔口袋的菸，學著他彈菸並輪流抽著一根菸，男孩在此輪流抽菸的同時獲得了同謀同酬，且日後一幫人又同仇敵愾的結夥態度。熊叔決定離開南方故里到台北時，這一幫男孩知道了都很失落，不僅少了戲謔的對象也少了偷菸的快感。村裡男人可不像熊叔那般地在戶外睡且天大地大也沒有睡神大的姿態。我小哥立葉說熊叔到台北還可以睡在榕樹下嗎？熊叔說到台北不睡樹下要睡女人的下面。很多稍微年長的男孩聽了咯咯癡笑，女孩都一愣一愣地看著自己的下面。

我爸說熊叔離開老家是想要到台北找姑娘，他想開卡車四處流浪打工，不想再賣雞肉飯了，他還想找多一些工作的機會和幾個愛他雞八的女人。我那可愛的立葉小哥聽了數天後可能百思不解遂又問我媽媽到底什麼是雞八，熊叔爲什麼要找愛他八隻雞的女人，是因爲要照顧那八隻雞嗎？我小哥搖頭晃腦地連連說了一大串，結果原本我媽起初聽到時想賞他一巴掌，手才離開縫紉機忽然聽到八隻雞的童言童語，她的大手遂轉到臉上捂著嘴大笑著。

生活在戲謔中比在悲傷中來得沒有負擔，雖然戲謔也是悲傷的一種方式。就好像村裡很多上台北討生的人起初在那城市是苦的，但是他們已經習慣了笑，當他們在笑常常他們是在哭。

載著和一堆貨物沒兩樣的異鄉人卡車駛向傳說美好的台北，到達下貨的一站便會喊一聲有人要落車嘍？

松山南港汐止……，每個地名對我爸來說都是荒生疏遠，這個負擔四個小孩面臨三十而至的早婚男人睜著眼睛望著這座南方鄉下人口中的美國，他想每一站都好啊。

同鄉人比他果決動作也快，在許多地方落車了，唯獨他雙手緊握，茫茫然然。接著貨車往高度攀爬，他感覺到前方的坡度似乎升高，貨車的引擎聲奇響，輪子緩緩抓著地面，他意識到上了一座橋，他遂跑到貨車後面的邊緣，推開遮蓋的綠色帆布，往外瞧。因爲高度趨升的緣故又或者只是天色近微熹，他感到四周的空氣涼了起來，風也虎虎生威，河面有著路燈的倒影，他看著隔岸漸漸退後的房子卻在河水的表面上拉長了身影，燈光折射游動如漁火。

我爸突然就在那時候沒有了鄉愁，喜歡上眼前這樣一座在生命裡突然騰空出來的人工造景繁榮之城，何況他一直喜歡有河水的城市，他喜歡橋，喜歡一種延伸，一種兩端懸接可抵大路盡頭之感。他喜歡橋，在落日時分走上橋面看河水悠悠，看河水染上紅豔豔的燦麗如花，看巨大的橋墩和廣袤的水面相依相偎。我爸是那個拚命求生的時代所被錯過的浪漫主義者。

6

我爸後來寫信告訴我們，信由已經唸很多書的大哥立樹以打棒球的力氣一字一字的唸出：台北有很多的山，山都是用鋼筋水泥房子蓋成的，山上有房子，房子山在晚上會一閃一閃的發亮，亮光投射在河水上很美。爸爸住的房子對岸有一條河，你們熊叔說是叫淡水河……，這裡有許多橋，有點像我們雲嘉大平原灌溉的溝圳總是有著許多小橋連接的放大版本。夜晚，黑色的河水很神祕，黑色上方飄著一層水光，有點像發亮的瀝青。爸爸有一天會帶你們來這裡玩……

這是我後來找到我爸書信的原稿所節錄的，因爲當時我大哥也是唸得不全不整。我們聽到將來要到遠方去玩眼睛都睜得簇亮亮的。

「什麼叫投射啊？」二哥立葉問。大哥立樹說就好像棒球投手投出球，然後球射出後在地面上所形成的影子。我媽聽了撇撇嘴繼續腳踩踏板車她手上的衣服，「這哪叫信啊，也沒說賺多少錢，什麼時候要把我們接上去，只說要帶你們去那裡玩，沒錢玩什麼，這些人通天都在做眠夢。」她的踏板踩得很用力，忽然聽她尖叫一聲，好像她被針之類戳到似的一種集中點的爆發疼痛。然後她便叫罵我那兩個哥哥，要他們去後院摘些菜洗洗。轉頭見到我和我姊姊就在泥地上玩著用手指畫著房子的塗鴉遊戲，倒是臉部有了些笑容，「阿真畫房子，以後我們就會住到這種房子。」

我聽她說了話，臉上又開始掛著涕淚不分的水光，「小頌揹妳妹妹去水缸洗把臉啊。」她說。小頌是我姊姊，她大我三歲，骨架大體格壯，但卻是個動作緩慢的女孩。小頌聽了話大概又過了好幾分鐘才想起這樣的命令，半拉半拖著我起身，有點像在抓著一個破布娃娃的無情樣子。

我媽瞥見了又搖搖頭，她當時以爲我姊姊不太甘願，兩年後我姊姊發病，我媽才想起一些往事緣由。

7

那時候我爸在台北浪跡已兩年，準備接我們上台北，整個家的物件都已經陸續在打包，其實也沒什麼物件。可那陣子我姊姊發病。瘋狂的發病，突然在黑夜將襲的魔術時光全身抽搐地頓然倒在地上，我看見她眼睛翻白肢體抖動身後冬陽飄忽猶疑，游移在一排木麻黃的空隙，枯枝枯葉被北風吹到了曬穀場空地。四歲的我沈沒且沈默在我姊姊突然倒地的那個昏黃薄陽的斜傾姿態裡，一切事物都將隨著她倒塌下來。

在不知多久的沈淪裡，我聽到從屋內黑暗中擴散出來的一種熟悉尖叫。我媽奔過來，到我身旁時餘音還在聲腔裡。我突然不知為何地打破沈默，哀哀悠悠地泣訴：「小頌要死了，不要，小頌要死了，不……要」我媽難得沒有理我，一逕地去找住在後頭的外公，然後一輛卡車就來了。

後來的情況是我姊姊被送上台北的大醫院，當時跟隨卡車而上的有我媽媽和哥哥們，我媽並發出電報要我爸爸先在醫院打點好病床。

為何獨留我一個人在那個黑暗裡。我當時在曬穀場上蹲著發呆，不知事態嚴重，見屋內人忙進忙出。突然我就看到卡車開走了，還是愣在原地地看著，像看戲似的。

直到卡車消失在我的視界，我突然被一股巨大的孤獨與哀傷籠罩，知道自己被遺忘與遺棄。當時不遠處的村人都已陸續捻亮了燈泡，杯盤相撞，咆哮叫罵，食物的香味也漸漸飄出。

我還是蹲在地上看著防風林背後的無盡黑夜。

不知是蹲在地上多久。突然我外公的身影透過路燈巨大投照於前，「阿真，來，阿公來帶妳去吃飯。」

【楔子 2】

我的幼年在台北的城內和城外，有好幾次迷路的紀錄，

我想一定和這一次的遺忘有關。

無法復返的錯誤所導致的終生遺忘感。

遺棄的跌撞

8

我真切感到被遺忘與遺棄。

每天都哭哭啼啼的，在我外公家不安地走動，我非常害怕我外婆，她是我媽的繼母，我被迫和她睡了幾天幾夜，我感到她是個虎姑婆，會吸小孩子精靈和元氣的兇婆婆。我通常都沒有睡著，望著擱在她床沿旁邊的尿桶發呆，被歲月和小蟲腐朽蛀空的窗櫺木框被遠方的海風激情地澎湃著內部聲響，我想像著小蟲從空穴裡探出頭來和我打招呼。

我是在隔了好一陣子後，才和我外公一起行至小鎮的某個貨運公司，當時我已經在我哥哥們的私塾教導下認得一些國字和數字。寫著「有緣人」的貨運公司正要發出一班往北的聯結車，司機是我媽媽那個早早過世母親的遠房兄弟的兒子，反正就是叫舅舅。我外公招呼他且把我們家的幾個物件託運後，看車班發車時間還沒到，就帶我到鎮上閒逛。那是個奇怪的時間和空間對位易位交替之感，你有很多的眼睛在看著自身的虛無漸漸像泡沫一般地被空氣所吸收。

外公在流連鎮上的新奇事物以及新上演的武俠電影和色情影片，我跟著他停駐在他目光所盼之事物與空間裡。突然間，突然間一切都在迅速從我四歲的身體急促長大，無可挽回地隨同我外公的眼睛所望出的世界於我都是已然變形，我跟著雖然顯老態但仍然強碩的外公看著色情電影海報的廣告，看著武俠片的刀光血影。看著我外公瞇著眼睛和窗口賣笑的女郎片刻在召喚肉體的慾望底層繼之以最俗世的打情罵俏展現在我幼小的視覺裡。我的瞳孔映著男男女女的身影劃過離去。我外公隨後才想起了我，他買了一條枴杖糖給我。當時很流行的零嘴，顯得很大氣樣子的枴杖糖，外表是紅條紋和白條紋相間，以唇舌舔之，甜甜膩膩的。

接著發車時間到了，該是子孫一起揮別故里之時，我們上了我那遠房親戚的卡車，我被丟在一堆魚貨裡，在兩旁有遮布棚唯獨後面沒有遮布棚的後車空間向我外公揮手。「阿真最乖巧了。」我外公要我坐好並喃喃自語地說著。我見到他的身影拐進前座司機旁，消失在我如湖泊般明澈的雙眼裡。

我忘記愛哭的我在當時是否流下了傷情的淚。

總是猝然，總是突然間，生命的際遇在突然間的不設防，發生轉彎，恆常的孤獨存在體內，孤獨找不到人分擔的一種純粹孤獨。

上卡車後，約是車過濁水溪，轟轟下了一場大雨，冬天的濕冷，往後退的兩排木麻黃高高地張揚著姿態在風中在雨中在我的幼小心靈視覺中，往後退往後退往後退。我覺得自己像泡在海裡的水藻，一路泅向陌生的城市。我成了自己的異鄉人。被我媽媽因爲一時心急如焚忘記招呼帶上車的小孩。當時每個人都在照料著小頌，無人注意到猶留在原地望著我姊姊重重倒在曬穀場因而躺出一個具體人形而發呆的我，當時的我經過我幾年後所得出的印象是當時我似乎是跟著那個形體一起死亡，沒有人知道我第一次感到深切的死亡竟是在那一次所被震住的發呆片刻裡。

後來聽說卡車是到了鎮上我媽媽才發現我沒跟上車，她又哭了一陣，叫喚卡車在小鎮商店前停車，打了公共電話給我外公，確定我外公有把我帶回家後才想起自己和其他小孩口乾舌燥於是採買了幾瓶黑松汽水和沙士。

當晚小頌病情控制住，在小鎮醫生建議和剛好有卡車可以供運輸的條件下，隔天上午我媽媽和我哥哥突然在手忙腳亂中隨著一堆貨物和巔危一路被載往北方一個陌生的城市行去，那個城市有個男子我的爸爸已經在那裡打工了三年。

快要抵達台北時，我那幾和我手臂等長的枴杖糖已經在我的口水唾液分泌中漸漸消失了蹤影，剩下枴杖頭手握的那個彎曲處。

橋，橋的夜色灑下燈光漁火的游離線條。我像我爸爸一樣地愛上這座有橋之城，我攀在後座鐵桿上望著發亮的河水並舉頭望向建築上方的明月，我第一次看見月亮掛在一排排的建築上方，然後再被建築切落。視野展現著各種高度，這是我在故鄉所沒有的印象。

待再次醒來時，我已經不在魚貨箱中，而是躺在一個有被子的木床上。

9

後來，我的幼年在台北的城內和城外，有好多次迷路的紀錄，我想一定和這一次的遺忘有關。無法復返的錯誤所導致的終生遺棄感。

長大的過程和邁向長大後和老化前的我，經常愛上城市的一切外表和肌理的孤獨，坐在某家咖啡館的露天吸菸座，靠角落牆角的老位置，看著眼前的霓虹燈光一盞一盞地點上熄燈號，接著拉下鐵門的空寂，最後幾班公車疾馳，我和空間對望，我在那個對望裡消失了邊界。我常常走在坐在發呆沈思在這樣的城市空間，在市中心在衛星城，在許多的橋與橋，在橋的這一端和那一頭。我對空寂和愛情懷有一樣的熱情熱度。就像颱風過後的蕭條頹圮，就像被虎虎生威的風吹得噼哩啪響或撕裂欲斷的帆布塑膠棚般之孤美。

這一切的性格都和幼年那回的遺忘有關，這種被遺棄絕望產生的孤獨成了我愛上城市的主要絕滅性格。

而我就是在午夜對岸商店關門漆黑而此岸猶光亮亮的咖啡館寫下這些堤岸生活的男男女女。

我在城市寫城市。我在大城寫小調。我在右岸寫左岸。我在破碎寫完整。我在熱鬧裡寫孤獨。我在紀實裡寫虛構。我在模糊中寫清晰。我在痛苦中寫快樂。我在家族裡寫個人。我在開放裡寫封閉。我在幻滅裡寫存在。我在遺忘裡寫記憶。

我在台北的咖啡館寫下如此不像移民之移民的故事，在筆端的背後我常常一個人，一個人走在深夜沈睡的黑夜城市，偶有藍色的天空，偶有藍色的心情。

左岸男人

第一章

台北城，男人之城，知識的、苦力的、白領藍領都可以找到棲身之所，

在那樣的起飛年代，百廢待舉。

1

我在寫著這些事時，我的身體有另外一個觀景窗，好多顆心和我的靈魂交會而過，時光載著我們一同駛向霧深重重且還未命名的村落；無數睜著眼睛滲透著過去的顏色並把我的瞳孔浸在名之爲想像的染缸裡，想像即是存在的一種方式，在當今沒有黑白是非之亂世浮生。

紀實本身就隱含虛構，虛構也是某種紀實。執筆的述說者明白故事在我和台北之間形成這樣的存在與不存在的關係，不論這個敘述者「我」是否在現場，故事總是可以流傳到這個我身上，想像力爲這個我劈開了一個微觀的天地。

當我還幼齡時蹣跚跌撞在一個多沙多風的無人村莊，一道午後的斜陽像光刀切開了瓦楞板和石灰水泥柱子時，我見到肥肥的短短的雙腿踩在水泥地，倒影如一只圓圓滾滾的風球。當時我已經知曉我將寫下這座宛如空城的寂靜午後。雖然當時村人集結成聚落還算有規模，外流和移民至大城市和大縣市的人雖已有跡象但還不算太多。

但那個無人的村莊午後，曬穀場的米粒在吸了一整天的南國陽光後，蒸發出的一種富庶氣味在我那尙牙牙學語的娃娃聞來卻無限的窮荒。

就這樣我記得了發生在這塊土地上的一切，或者我自以爲我記得的所有且僭越寫下了我所不曾參與的時空人事。

是的，當時我幼時記憶頗深的這位一說話開頭會「熊」個不停的熊叔，在那列北上的貨車終點，他終於打了個呵欠說：「熊……的小黃啊就剩……你一個人了，你沒所在去，那你……要跟我一起落車吧，不然你要睏外面嘍。」說著車子已經下了橋，熊叔口中的小黃就是我爸，他從望橋入迷的眼神裡回轉。他見到熊叔下了橋後往橋的左邊拐去，四周昏茫，路燈慘白。「這是叨？」他從貨車尾部移到卡車前段，並探出頭往駕駛座尋去。

「熊……三重埔！」熊叔邊回答邊把方向盤轉到左側停靠，熄火。打開車門，對著我爸笑了笑，並遞上來一粒檳榔青仔。橋旁的矮厝其簡陋甚且比鄉下窮人屋宇還醜陋，我爸先就有了失望。對比方才在橋上所對望出去的對岸燈火，橋的這一端顯得貧乏至慘白。熊叔往矮厝的某窗喊了聲「熊……阿珠！」小窗應聲推開，露出一張世故風霜的婦女臉龐。旋即熊叔要我爸同進去，說是同莊出來攢食的女人。我爸一聽同莊就搖了頭，說是要到矮厝旁邊的廟宇去打個盹，等到天亮再做打算。熊叔說我爸頭一回上台北生疏因此他要請客，我爸拿著包袱只是推熊叔走，熊叔無奈只得自身拐進矮厝，不甚晰亮中冷不防頭撞上了上方門樑，他摸摸頭幹了一嘴話的髒字兼且順勢往門牆邊吐出了一口青仔的紅血。我爸忽然想起何事地猛然喚了聲熊叔，只見這壯碩的熊叔頭部又撞了硬木發出悶響，阿珠在窗邊呵呵笑說這厝是要教訓薄倖男人用的，熊叔回說熊……地這像豆腐大的矮厝是要蓋給屁股紅脂脂整天被關在裡面等人幹的母矮猴住的。阿珠聽到屁股紅脂脂已經脹紅了臉，續聽到母矮猴，便生氣地丟了一團濕濕濃濃的衛生紙下來，不料一團衛生紙從天而降正好打中了我爸的頭，我爸天生溫厚就也只是愣在原地，而熊叔和阿珠早已笑得不支，「熊……妳這些查某，啊這衛生紙是用過呀是丫沒？真……沒衛生……」

我老爸拉熊叔到一旁，熊叔即知狀況地往褲內掏出幾百元給我爸，算是救急也算是我爸幫忙卸貨的酬庸。「熊……的小黃也來爽一下啊，請你啦，難得你頭一次來到台北。」我爸仍不為所動。

據我爸後來的描述，當時他覺得看看天色和他想看看橋的慾念似乎比想看女人還多，遂向熊叔擺擺手拎著包袱獨自踏開步伐，遠離了黝暗溢滿騷氣腥味的狹窄街巷，男女浪笑淫歡的聲音一路像收音機沒對準頻道地悶悶作響，幾隻野貓在一層樓和閣樓之間的縫隙尋找耗子的蹤影，爪子在寂靜之夜聽來歷歷如在耳旁廝磨廝殺般。

夜慾的街，父親的身影在蒼白的街燈下愈拉愈長，空寂的矮厝盡頭有個碩大的白影，父親以為是月亮落到土地的錯覺，近看卻見是某戶人家的門外擺著雜沓的各式盆栽，有一盆竟開著一朵巨大的曇花，香氣淡淡，父親露出疲憊後的犒賞微笑，抬頭見天色月牙彎彎，天上人間皆隱含笑意，父親覺得初到台北即目擊難得的曇花綻放是個好兆頭。

娼寮旁的天后宮有片空地，水泥地廣場屈躺著一些流浪漢的身體，乍看像是屍體或只是一種不動的生物。

我爸也跟著拿了包袱選擇一個有牆腳邊境躺下。有月光的夜晚，河水水聲呼呼前後蕩漾，一波波的洶湧著神祕。河就在前方，這麼近的在他踏入異鄉的夜晚呈現一股巨大的能量，他沒想到在城市也有這樣的河流，在城市的夜晚看河宛如會見母親和鍾愛的情人，深切的撫慰如痛哭一場的淚水洗滌所有的黑暗與傷口。河水流音宛如大地哀歌，泣泣訴訴的如此任性，任性之後又進入那般的韌性，從激動噪響到悠遠綿長，父親的台北淡水河初夜，感到孤寂中有一種隱藏悄現的幸福，可言喻與不可言喻。

這個年輕的父親第一次感到體內也有一條河流。多愁善感的男人，我的父。

當時家書裡所寫的「鍾愛的情人」究有何指，於我們那樣的年紀是未知。母親聽了唸家書的哥哥吐出這樣的字眼時，心神跟著晃蕩了一晌。那樣少見的心蕩神馳出現在母親堅毅的臉部線條，就宛如一個小男孩拿著信紙以童真地口吻吐出鍾愛的情人般奇異錯置。

夏天的太陽從城市河岸攀爬，曬在我爸的臉上，我爸醒來才知道身旁也躺著不少人，也都和他一樣地擁著一個小包袱蜷曲入睡。人身紛紛轉動，起身後的這些人臉上都掛著一種茫然，眼睛瞇成一條縫，對於從淡水河面折射再投射到眼前的陽光感到一股刺厭的熱氣。我爸來信說起台北夏天的陽光時曾說到陽光投射水泥地面時常讓他有一種錯覺，以為河水蔓延到眼前了，光亮閃爍，「好神奇的水泥廣場，在陽光東升照射下表面好像是河水透亮一般，早上醒來以爲躺在河水上。」我爸又形容說他一時之間躺著正舒服身體突然一陣陣地有著晃動感，他把耳朵轉向地表凝聽，熟悉的卡車聲陸續馳過。

我爸進天后宮內殿，雖然他是信天主的人，但無論如何一個異鄉人的初夜他對於天后宮提供了一個地方給他安身充滿沒有宗教分別的感激。

陽光一路跟進，紅蠟燭都被曬得融成一個低頭彎腰的謙卑模樣，媽祖的臉黑燻燻的像煎熬已久的中藥湯頭色澤。

天后宮神像在前，我爸在許多人的堅持下也跟著有樣學樣，他在某個木桶裡拿起兩片像橘子形狀的紅片，然後學著他在家鄉的妻般之嘮叨，唸唸有詞，願望多多，然後將筊杯往下一擲，在籤筒裡用雙手環抱繼之抽籤，動作帶著生分。

他抽到第一籤，許多人起先把第一籤當成籤王，忙起鬨要他趕緊添香油。我爸身上銀兩已經不多正在猶疑，有人在一層層密小的格子裡看到第一籤抽出並說是第一籤和籤王不同啦。

籤詩曰：日出便見風雲散

光明清靜照世間

一向前途通大道

萬事清吉保平安

我爸看了覺得不錯，籤解有志竟成，有情人終成眷屬。他想這是好預兆。人在一無所有時，渴望好預兆引路。

2

那一天之後我爸和一些人在天后宮聊天，有個同樣在天后宮露宿的男人隨手擎拿了一根竹枝在沙地上畫著所處的地理方位，我爸聽得津津有味。特別是當那個狀似流浪漢的男人陳述著他們腳踩之地離台北繁華市區僅一橋之隔，北通台北，南抵新莊，兩岸皆是河水漫延數十公里。我爸是個浪漫不得志的那種溫慢之人，沒有什麼追求冒險的精神，這可從當初他是處在環境被迫之中才勉強北上看出。然而他也是屬於那種如果際遇發生在他身上也不會白白讓其溜走的人。他是一種兵臨城下才會有所舉動的男人，不若我媽總是設想得太多。

平常時日，他予人一種處在這般競爭時代裡的最後文人之感。最後的文人流落到台北，起初雖黯淡，但似乎先天的一種內蘊氣質讓我爸不至於被當流浪漢看。雖說如此，之後這個初次在北方猶疑腳程的男人先把溫飽拋在後，步上了堤岸，在堤岸的混凝土水泥地閒散地走著，並不時望著眼前於他深具魅惑氣息的河流，感到一股活下去的真誠勇氣在體內隨著河水湍流激增。之後他才步行到橋下晃蕩一陣，四處看著盯著，這時他忽然覺得自己身上髒髒的，像一隻野狗在街上尋找族群般的東嗅西聞。

再來是他爬上了橋，好像要把這裡的方圓之物一天裡看個明白。他腳踩厚實緩坡般的水泥橋，橋銜接著台北縣市兩岸，橋樑上人車交雜往來，在彼時高樓大廈還不多的年代他從兩端可遠眺山色，大屯山觀音山籠罩一片煙靄，我爸心情大好，有山有水他想是立業移民的好所在，他停在橋中央望著河心，想像大魚在深河處翻騰。一九六六年當我們全家還在南方寂寥村落過著不文明的生活時，這座橋竟已基於交通壅塞和防洪的考量而拆除了原來的舊橋，在一九六九年，也就是我出生的那年新的台北橋通車啓用，連接著三重埔和台北民權東西路、重慶南北路兩端，從此台北橋承載著衛星城人們的夢想，三重蘆洲新莊五股一帶的人們騎著他們的摩托車和開著轎車或是搭著公車進進出出城內城外，有時歡喜，有時悲愁；有時積進，有時喪志。

只因我爸喜歡看河水和遠眺山色，他便在台北橋下租了間二層半的長條形樓房，只是沒料到後來他很少出現在這個房子，倒是我的青春沒有離開過這條河和這座橋。

後來父親過世，我們爲他舉行水葬，時間已是過了十年。他和我們所沒想到的是他的不夠長壽，以及未久我們即和他分離，我們彼此分住橋的兩端，一南一北，我們和我媽，他和他的女人。

可誰會知道當初這個離家男人方到台北時是多麼地想念著家鄉和我們，且曾以寫家書和情書爲副業呢。

據說我爸起先幫離家的遊子寫家書，幫單身漢寫情書，生意不錯且信用保證。後來我爸多了個綽號，很多到這裡落腳的南部人都叫他小黃或黃代書，此代書非彼幫人處理地政事務的職業代書，我爸這個代書可是非常有人性且超級感性。起先我爸寫信回家時，我大哥還把黃代書讀成了黃帶魚，我們幾個小孩聽了都很開心地大笑，我媽邊車衣服也邊笑，我媽很少開心大笑，她笑了小孩就敏感到可以跟著放肆，笑聲一時四散，分家的阿嬤還探出頭來看我們這一家子笑成這樣的德性究竟在搞什麼名堂，深怕我們又中了彩券卻不分給她安享晚年。

至於那個熊叔，後來聽說他落腳到萬華一帶，一樣在開卡車，有時幫人搬家，白天做的一直是不穩定的粗工苦力，晚上依然是混到妓女戶或遇見某個也是離家的流鶯相濡以性以錢。很多年後，我升國中時暑假被我媽送到萬華姑姑家兼差洗頭賺錢的那年，正值一九八二年，景氣轉遽，台北已經四處在蓋房子，熊叔每天有粗工做，酒卻愈喝愈兇。那年夏天熊叔被發現死在萬華某條陰暗陋巷的違章建築時，我們前去搜他的遺物，我向來是「好鼻師」聞到一股濃烈氣味遂好奇地爬進他的床地，我見到床底盡是滿滿的酒瓶歪歪扭扭地擠在那裡，寫滿了飲者的欲求不得。

最後我記得熊叔是他床底滿滿如八坑道酒窖的酒瓶，只是瓶已無酒，只餘酒精混著某種愛慾揮發在陰暗的角落裡。命運和我家鄉的弱智堂叔一模一樣，死亡後被發現的難堪都是床下塞滿了飲空的酒瓶，所不同的是熊叔是縱慾到無法認知真愛，弱智堂叔是從來沒有過女人，世界沒有真假，只餘有或無。

所以弱智堂叔被笑稱是「酒空」，一生空空茫茫。他死那天的晚上聽說我們家鄉起了一場空前未久的大霧，大霧消溶了物體的邊際線，空間頓入太虛幻境。夜晚到來，他的親人在其簡陋的床邊清出酒瓶之後在其屋宇外燃燒著冥間紙錢，火光熊熊燒在大霧裡如一叢夜曇花染上了色。

3

黃家一直掛著一張舊照片，到底多舊了，沒有人去追查過它的年代，除了黃家的么兒，屘子，也就是我父親黃碧川會老是盯著照片看外，族人多不願提及這樣的事跡，唯恐遭到不測的政治牽連。

以前在我父親還住老家時，他老是把那老照片從牆上拿上拿下個不停，黃家大老當家的黃老爺也就是我祖父就把原因歸之於我父親誕生在很反常的天氣裡。

那年高山上竟冷至零下，罕見瑞雪，下得又繁又碎，沒完沒了。黃家的長工阿桐伯每日就在劈柴，丟進爐，柴成燼；再丟再燼，阿桐伯每天就這樣地劈著，劈到某天的清晨，陽光出來了，我爸出娘胎，出人頭地，伴著驚人的哭聲響遍整座山丘。

彼時鄉下一帶，遠山渾圓如充氣球體，叢叢難分，似以墨汁兜成一坨。晴天時山上的顏色帶著油亮，像刨了層光的油亮。

很快地，黃家就沒落了，因爲一家之主祖父因爲和村民同搞革命運動被抓去綠島坐了二十多年的牢，死在監獄。

我爸北上落居台北橋左岸後，時常懷念起家鄉的景致和其父那張有著革命稜角的臉，父子同種同性，父搞政治，子搞愛情，都是革命與激情。

在這島嶼的夏日時光，颱風天常常說來就來，我爸騎著摩托車從台北沿著環河南路，晃到衛星城和台北市區多日，他東晃西晃，寫信給我們，他說台北有一條巨河貫穿城市兩岸，四周環山，溪流縱橫，有山有水，可以四處遊蹤。特別是來到右岸沿河一帶，人車鼎沸，繁景處處，許多人來到這裡討生活，工作機會多，不過台北市區租屋貴，許多人都是住到橋的另一端。父親經常流連迪化街一帶，他看到龍山寺和霞海城隍廟的精緻雕刻與龍牆虎壁巧奪天工而不禁讚嘆，門神彩繪設色優美筆觸細膩，蟠龍石柱雕工老練轉折有力。

他覺得只有富庶蒼榮之地才有可能產生的藝術瑰寶就在他生活的四周可尋，他說來到這裡才發現世界的開闊。

4

離鄉的我父，一直到他在郵局找到了一份工作後，我們全家搬到台北的希望才漸漸有了可依循的等待節奏。

我媽終於終止了老是揹著我推著我姊走路到小鎮上的貨運公司去拜託北上的司機朋友託話給父親，總是說來說去就那麼一件事，要我爸早日把妻小接上台北。

三重，我媽聽了說滿好記的，一二三的三，我們幾個小孩都認得的數字，連我才三歲都不困難的字。重，我哥哥讀成重量的重，我媽聽成粽子的粽，「有魚有粽，你阿爸在台北日子看起來應該過得好。」我媽繼續腳踩縫紉機踏板，邊要我哥寫信給父親，「跟你阿爸說再不接我們上去，會被伊阿依苦毒死，不然就是要喝西北風了。」我哥撕下國語作業簿的空白頁時，被我媽瞧見罵了好多聲討債鬼。旋即我媽一個箭步起身往牆上走去，非常俐落地撕下日曆。我哥問阿依是啥？媽媽說就是你阿嬤，我哥立葉聽了迷迷糊糊，那為什麼要叫「阿依」？我媽當然不知道原因，她遂以小孩有耳沒嘴把我二哥的問題打發了。

斗大的數字22旁被一個小學生以稚嫩的筆跡寫上一個年輕母親的期待，期待當然是殷殷切切的帶著溫度。我當時見到我哥把日曆的紙末端寫上「您的兒子　敬上」並摺成紙鶴的模樣時，我想起上一封家書被我哥摺成了一艘小船，幾種連續的畫面，讓有那麼一刻使得在旁邊蹲坐的我想要流淚。

而我果然哭泣了起來。我媽媽忽忽從縫紉機的橡皮轉輪和踏板踩動裡停止手腳動作抬頭望著我，她竟是咧開嘴地笑著，我聞到她的笑有一種少見的開心，她往縫紉機的木板上順勢抓起一個搖鈴，轉動著搖鈴的圓滾木，午後的窒悶空氣多了叮叮咚咚的搖鈴聲，屋外的蟬鳴突然都被這兒歌般的晃動節奏而降伏了它們的共鳴震動器轉而安靜沈眠了下來。

我媽那原本肅肅蕭蕭的臉龐襯著那小嬰兒的破舊玩具，我掛著淚水如湖泊的眼睛盯著她的臉後突然轉泣為笑。

我媽看到我笑更開心了，「阿真還是笑起來好看，查某囝免水但是要有人緣。」對空氣說話的她一個彎身竟在我未料到的幸福突至下一把將我抱起放到她多肉的大腿上，搖晃一陣後她旋即又開始車衣服，我像個抱枕似地窩在她那介於私處與胸乳間的溫暖潮間帶，有時她的下巴會輕彈我的頭頂。

爸爸從台北捎來的家書可抵萬金，我媽的微笑即是貧瘠家園的萬金保證。

5

太平洋暖流隨著逐漸增強的東南風催開了島嶼城市冬眠了一季的芍藥，只是這一切還來不及綠化楊柳。

一個男人在異鄉，時間很快就從夏末移走至秋冬。

台北城，男人之城，知識的、苦力的、白領藍領都可以找到棲身之所，在那樣的起飛年代，百廢待舉。

聽到我爸吐出「舉」字，男人都笑了。晚上淡水河沿岸暗巷的黜窟是他們解決古老性慾鄉愁的廉價之地，碼頭堤岸、大街小巷可供外來單身子弟們同進遊廓，入夜晃到夜市吃消夜，再到妓院找女人，到賭場找機會。表面是尋歡作樂，實則是空虛苦悶。愈發苦悶就愈想往煙花巷鑽，宛如讓男人冰冷的心與亟欲衝出的下體得以聞悉一整季的炭火，炭火是一種會讓男人激素加溫的催發劑，瀰漫整個下體和男人的腦下丘。而我父是這麼地想念著回到暖流的狀態，像太平洋般的洋水暖流足以讓花苞遍開，讓他把冬藏了離家一年的不可思議熱情的第一把鋤頭力氣全都要春耕在這個讓他既恨又愛之入骨的所有城市女人身上，城市是一座大妓院，女人身上的每一寸土每一瓢水有哪個離鄉男人不想要好好地深耕且吮之呢。

一年。

三百六十五天。

萬萬萬萬的分分秒秒。我父在這樣的時間長河裡卻不曾嫖過妓，因爲他沒膽。他只在洗頭剪髮時聞過一個女生的體味，那還是過橋去西門町的黑玫瑰理容院剪頭髮時幫他洗頭按摩的妹妹。他躺在洗頭的長床上，閉著眼睛。帶點荒生的乳酸和人狐味被冷氣送至他的鼻子，摻雜的絲絲薄荷菸味和香精，有隔夜的，有分不清楚隔幾夜的；還有水聲，水龍頭的水流過他的頭。

我父無端想念起他生命中一個揮之不去的女人身影，那女人不是我媽也不是我。

在付帳的櫃台前，小姐還給了他一張貼有照片的電話名片，「洗頭的來有打折喲。」他無奈地向那染了一頭金髮的小姐擺擺手，指著他的心和命根子說：「都被人預約了。」出了黑玫瑰理容院的那會兒，他還覺得自己頗有定力呢。不過有一點不太確定的是，如果那個小姐是個超級美人，而且不是染著那一頭讓他想起家鄉小狗般的金髮時，他會不會就失控地前往了。

想像的折騰讓我父在台北堤岸的日子經常像是一隻公螃蟹像熟透般地脹紅著，他在入睡前常望著淡水河發豪語想要在明天好好地橫行一番，然而當整個城市對岸的所有大樓燈火逐漸滅絕後，他頓時又被虛空籠罩，猩紅的蟹角其實只是僞裝的保護色罷了。發豪語者通常都是無能的掩飾者，他們必須藉著不斷地在鏡子前告訴自己很勇很神，才能安然入睡。

問題是這面鏡子通常都是破裂的，照出的身影其實是扭曲的。

我爸當然一時還聞不到這樣的城市幻滅。

我父後來曾經告訴我媽說，他是離開她後才知道他需要另一種女人，我媽聽了開始拿枕頭砸向我爸。

堤岸河邊潮濕，雨露冰涼，濕意經常讓我爸一早起來精神抖擻。早晨，從河邊一路漫下的流水如瀑，在漲潮時。汩汩流音滑向河岸，河中大石宛如擊鼓陣陣，讓他有一種快意。

有天熊叔從妓女間走出露著微笑，問著我爸：「ㄟ，你一個月沒做愛沒碰女人是什麼感覺？」我爸推推金絲邊眼鏡，像是垂死基督般的眼神卻有著亢奮的頑韌精神，他回答道：「很脹，脹得像玻璃做的球棒，一揮桿即爆碎。一顆心跳彈如皮球，撞得我難安。」我爸續說城市的女人是招潮蟹，招來滿潮之慾，幾乎讓他沈淪不起。

「婚姻是狗籠，而狗總是想出去溜達。現在連想念一個人都是囚籠了！」他把菸抽完後，碾在地上踩了又踩。薄曦開始透進堤岸矮厝內，而他卻已黯淡得起了身，下樓往台北行去。

千思百想的城市天堂瞬間已成我父的靈肉墳塚。

原來太平洋暖洋還在他體內的外海徘徊，他個性的溫吞在彼時還沒有能力催開不願醒來的牡丹。

他在樓下回望妓女戶鄰近的雜亂之窩，卻只見到霧靄攏聚其上，煙雲四合，像是男女的一切不曾存在般。我爸從那煙雲中恍然聽到女人傳來的呻吟聲，呻吟至最末節拔升的高點。他拍拍頭定定神，才確定是幻音。

「我們篩選記憶的方式不同，我們的耳朵是用來聽他人的聲音，我們貼附他人的耳語，終將忘了自己的腹語。」初抵堤岸的父親心情和命運只有無主的流浪犬堪可比擬。

我爸曾回憶那孤寂的一年，他經常是帶著灰冷的心以蟹走的速度往台北橋的方向移。人語車聲隨著陽光漸出而增強，他拐進那條往昔吃早餐的小街，街上晃動著各式各樣的攤子。河水波動，激動且顫抖著污染的泡沫，泡沫有一種腐朽之氣，像是那種腥臭且發著綠霉的起司；而綠霉起司又像女人月經來襲的陰部氣味。

夜晚，男女的情慾有如口腔那巨大的黑洞般，像是他在動物園夜行館裡見到如如不動攀貼於鐵欄杆上的蝙蝠。

離家五百里的我父也曾經如此幻想進入銷魂窟縱樂，然他是個浪漫天性的人，總覺如此是蒼莽而不美的，且有害靈魂之真誠。他在淡水河兩岸的台北迪化街和三重蘆洲一帶四處打工，幫人寫信做些代書工作後，一年忽忽過。

誰料就在我爸對情慾正要繳械時，一個女人出現，改變了我父和我家的整個未來。那時我父親已經在三重找到郵局暫時棲身的工作，閒暇時他並過橋到對岸的迪化街為一家南北貨大商行處理「鋪遞」工作，也就是信件貨物書寫打包運送等事物，這商行正巧是女人的叔叔所開，某日女人來帶些雜貨遇見了我爸，兩人又驚又喜。

女人是我爸的初戀，自小即隨整個家族北遷，兩人小學和初中同班，女人是大家閨秀，小學讀書期間即是我爸心儀對象，她也深深牢記我爸，九年光陰對孩童純真歲月畢竟是不可抹滅的印記。女人到台北求學後經人介紹結婚卻不幸福，離婚後在娘家幫忙，家族為她在環河北路一帶留了幢三層樓透天公寓給她。可想而知在我們還沒北上時的前一年的我父是多麼快樂逍遙。

我爸和我媽也是媒妁之言才結連理，一個是水一個是火。

這是我們到台北的隔年，也就是我五歲時，那時我爸常常夜歸，我媽聽妓女戶的人家說了傳言，定要我尾隨我爸到郵局。我爸見到我跟在後乾脆停下腳踏車招手載我，把我抱到前座。

一路上，我爸叨叨說些事給我聽，他有個優點就是把我當大人看，他說我會記得他說過的話。

在郵局後面我看著他處理郵件，整個空間都是訊息的交流，父親說一年進出台灣所有郵局的件數就有二十多億件。

在我幼年裡不知億有多少，只知道無數裡的無數。

那晚我被我父載到對岸，好像是吃了晚餐，走路，一切都在昏黃中，然後我出來一整天累了，睡著了。

隔天醒來。

家裡開戰，從此岸打到對岸。原本我爸並不想離家，但他是那種原本溫吞忍耐，但之後若是被激怒且揭發會乾脆我行我素的人。

就這樣他從原本的夜歸，再到一週、兩週、一個月、一季、一年的拉長間距，我們愈發見不到他了。

台北城市吸收一個父親於無形，我媽說台北女人真厲害。

那口氣就像現在很多女人說上海女人般的口吻之覆轍。

5

我們是因爲我媽的不斷催促才來到台北的。時間是我爸遇見女人的隔年春天，我爸寫信來向威嚇不斷的我媽說那就準備搬家打包吧，將來不要後悔才好。我媽聽我哥唸出「後悔」這個字眼時，她呆了片晌，後悔什麼？高興都來不及。

我們要搬到台北的消息傳到村裡，許多人還以爲我爸在台北中了彩券，實則我爸中的彩券是一個和他可以心靈交會的情人。

我媽翻了日曆，突然像身分帶了城市人的一種樣態般堂堂威威，她在村裡的態度顯然因爲村裡人傳言我爸在台北發跡而開始有了一種自覺已成貴婦的驕氣，連我阿嬤原本那樣出自大戶的傲矜女人都有些不太敢正眼瞧她。平時我媽的目光橫掃他人時即有一種威嚴，如今更是有了種發跡式的明朗。

我們要搬去台北的事好像是村裡作醮般地惹人注目。

我媽事後說，其實當時她是硬撐出來的樣貌，因爲我姊姊已經有開始發病的癥兆。

發病那天，我以爲她快死了，一直說，小頌要死了小頌要死了。長大後有人問我幾歲面臨他人的死亡，我說快要三歲的生日前，我見到了姊姊發病的那晚，就是那個時刻我就見到在一旁窺視的死神了。

我媽說我爸把姊姊的名字取作頌真，「頌」就是「送」的諧音是不祥的。她決定要改名，我爸來信說頌揚天主德義怎麼會不好，我爸說不要迷信，天主給我們的磨難就是要我們產生大信。

相對於我爸的柔軟與文弱，我媽卻是硬漢性格她說要自己找活下去的方法，但雖然如此她在往後好些年的挫敗裡仍被死亡的宿命黑影籠罩在堅強的骨子裡。

那幾年我媽那一輩的女人都長著三頭六臂，在台北謀生，遇到敵對的女人就咬牙切齒地互罵「破麻」，遇到喜歡交心的女人就義結金蘭。當時我最喜歡和我媽出去「吃會」，吃姊妹會輪流辦桌的聚餐，一夥女人偕同他們的男人與子嗣浩浩蕩蕩地出席，每個小孩都把黑松汽水和百利橘子汁喝個精光，肚子圓滾滾地被母親拉到姊姊妹妹面前介紹著，然後時移兩、三個小時後，就開始聽到小孩淒厲的哀嚎，睡著的小孩一路被拖回家。

6

當我隨著我外公搭上北上的貨車時，我感到前述過的一種遺棄，這種感覺後來一直尾隨我到台北，甚至到了城市後這種感覺反而在深化中。

不論如何，這都是一個事實，決定枝葉的生長根基已然慣性傾斜。慣性傾斜，成了我在台北，成為新一代台北人的姿態。

我們在過往常常隨著父母來往於南北兩端，婚喪喜慶，兩地往來，從稀稀落落的省道再到塞車惡夢的國道。不過二十多年光景，異鄉人美夢與惡夢交替滑過，舊友新知數不清，跌倒爬起反反覆覆。在此集結的人們都有各自原鄉的口音，屬於我們家的是南部口音，有人說我們是南部人，而其實我們是台北心南部身。三十年歲月在此，上一代勞心勞力，苦生活苦往事；新一代或上進求名利或荒逸縱樂，台北傳說日漸成爲一個真實的存在，南方日漸成爲只是戶籍出生地所塡寫的陌生故土。小小的島嶼，南北從密合到斷裂，再從斷裂到銜接，每個人都在改變更新注入鄉愁的混合氣味，沒有真正的原鄉，若有也不再以地理方位，而是以喜好以金錢財勢以名氣來劃出領地。

二十多年後，當我在想著未來這樣的世俗之事時，我想起父親當初北上的身影，他是如何面對一個陌生的空間和未知的時間？時空在身體展演著交叉移位轉換城市對於他這樣一個男人的幻想究竟存在著什麼樣的劇情？

我們家移往北方後，落腳在當初我爸心生一念的台北橋下。我爸因爲一條河一座橋而決定落腳於此。這個地方早在我們這批弱小婦孺抵達前已先在我爸寫回嘉南平原的家書中有了些陳述的輪廓，透過我大哥的朗誦而使得家書多了一種孩童說故事或演講的純真味道。

我當時以爲我爸落腳的地方是天使居住之處。散著孩童嘻嘻哈哈式且漫無邊際不知所以的開心。

我是我們家最後一個到來的小孩，我像貨物般地從南方一路顚顚簸簸地被運到這裡。三重，一個有著橋樑橫跨對岸的台北的衛星城。台北的最初門戶，這門戶被南方移民落腳的人建構得凌亂無序，人們乍入此城，會吸到一股生命力，也會被驚嚇與迷了路。三重埔的長長堤岸沿河與起，矮房上頭是紅瓦和水泥頂，零落地散布在河的左岸。彼時河流的淺灘處還見得到灰鴨子、鷺鷥在覓食，家獸小孩和老人在散步……

二十多前的台北橋下，集結著許多的貨車和矮厝和市集，交易著貨物畜獸和男女的肉身。我發現這裡沒有飛翔的天使，只有墮落的天使。

我的感官從此變形，像二舅舅店裡的不安動物，也是某種在發育中慣性傾斜然後從此很難再扶正的樹種。

慣性傾斜的樹種若不在發育中給予矯正最後可能面臨整株斜塌及至壓倒且波及鄰旁，我的慣性傾斜並不因渴想所依所靠的他方，而是因為自身的不完整，地基的空缺導致的鬆動。我似乎說偏了主題方向，實則我要說的是自從離開南方，我幼獸般清澈帶著類似靈魂藍光般的眼睛來到了這樣複雜多樣的河左岸，日日對望著右岸初升的朝陽與河中央的落日，感受生命如斯之生生不息。

我的幼齡之軀被許多委居在「豆腐厝」的賣身姑娘抱過，這我媽當然不知道，她都在忙。照我爸的說詞是這些姑娘有情有義，只是命運不好。出外人要疼惜出外人。可我媽起初見到她們卻總是如瘟疫般地避著她們，一直到最後幾年，反而感情日增。

堤岸暗巷生活，是男男女女的底層世界。

7

高速公路開始興建，許多親戚曾參與工程。我哥哥們常去工地偷撿條狀的鋼鐵論斤賣給收破爛的。當時的三重就像淡水河沿岸的城市與衛星城鎮，一切在破壞與建設中，十大建設大張旗鼓蔚為島嶼經濟盛事。高速公路經過三重的重陽路，許多人都在這條公路上奔馳著疲乏勞者的肉體，為前途打拚。我媽眼見城市機會如此多，曾經一度棄內就外，從一個織布女人變成和男人平起平坐的勞工。

也因為如此，影響到我從小的不正常飲食。

家裡的家具幾年下來一直沒有什麼增加，有時橋下的商家淘汰一些有殘缺的家具會進駐到我家，我在一張被鋸短了腿的供桌上寫字長達十多年。

家裡的成員少了我爸這個重要的男人後，多了一隻撿來的混血大狗小黃和一隻小黑貓咪咪。小黃，我爸的小稱號，可我媽這樣喚著狗也沒啥錯，因為狗的毛色是黃色的，這在當時是很普遍的命名，只是一旦落入我家人來叫喚，就有了一種荒謬的對比，走了一個小黃男人，來了一隻小黃犬。

8

我的幼年變形加劇。

因爲這次的北上搬家。

搬到一幢兩樓半的透天厝。

和我們共同使用一樓的是個木工家庭，說是從台南上來的。以前這先生在古都是當木雕刻學徒。

我媽滿喜歡這個木工，我覺得。敏感地自以爲嗅到了什麼異樣的空氣滲入我家，但我媽說異鄉人大家在一起互相照顧，這是應該的。

再說，當時她見我爸起先沒事就騎著鐵馬晃到台北橋的另一端很不悅，所以有時和木工說說話或者企圖讓木工看到她似乎讓其喚起自身殘缺後擁有一些自信的某種象徵。然而殘破的家庭依舊盤據心頭的陰影，因此她生平最大的威脅竟然就這樣沒有預警的來到。我媽揚言說她要在月圓的那一天往河水深處跳，像過去鄉下將狗屍體放水流般地走了。

河流成了母親葬心之所。

家裡天天有戰火煙硝味。開戰的是我媽，終戰的也是她。只是沈默的是我爸，離開的也是我爸。彼此都付出了代價。

左岸男人是個背對的身影，於我。

黃昏後，整個台北橋壅塞，燈光搖曳如琉璃晃影，
化為我童年最絢爛的幽幽奇景，
轎車公車摩托車，車燈閃晃，
往左往右往前往後都有公共工程在進行，
旋轉的紅燈，很像永遠無法停擺的旋轉木馬。

第二章 蝴蝶華麗翅衣上的生命裂縫

1

小頌姊姊病了，她的這病於我於她都等同於死亡，我姊姊成了死的活人，而我成了活的死人。瞬間被死神的黑色罩袍衣角狠狠地甩昏了意識，世界黑暗一片。托爾斯泰說生命的快樂之道即是了解你之所以被賦予生命，是爲了享受它。我在七歲時讀到這句話，此後常常望著小頌姊姊而思考了大半生。我不知道姊姊如何享受這樣被賦予又收回的生命，我見到逼臨生命深淵的恐懼。人在快樂中不想節制，在恐懼中想節制卻擴張。

那真是一種生命提前來的驚嚇，從黑暗中爆出來的鬼魅魍魎伸出怪爪摺住我和姊姊飛翔的翅膀，就這樣我姊姊的生命成了人類標本，美麗的蝴蝶自此動彈不得，成了我們家族的標本，某種命運的標本。

有點像我外公做的生意，早年他幫日本人捕蝶，一隻蝴蝶僅值幾毛錢，他入山捕蝶，和養蜂人一起上山，順便在四下無人的深夜摸黑當山老鼠，在那樣的年代幹點勾當不外都爲了養家活口而非私心私慾，實在是情不得已。孩童時我從祖父的家繞過竹林和幾條小路即可抵達我外公的家。他的房子就是典型的竹管仔厝，以粗大竹子架起屋樑，再混以石灰水泥和稻草的房厝。

穿過黑烏烏的廳堂，幾代我母親的余家祖宗牌位上方長年掛著一盞垢黑的油燈。我真正的外婆掛在其中，她在我媽媽一歲時就撒手而去，那年她才十八歲。我媽上頭另有一位大舅舅，大她三歲，我外婆十五歲結婚生子，然後三年告別人世，生命的節奏快速緊湊。我媽幼童時第一次看到飛機，她說她仰著頭望著天空快速留下一道白白長煙痕時她想起的畫面氣氛帶著一種模糊的感傷，在那天空白煙的仰望裡她突然想起自己的母親，一個過於早逝竟至沒有留下任何一絲一縷記憶給她的一個歷史人物。原來任何人事與物件都可以有著超越時空的速度，速度可一飛沖天，「真是一切都難想像啊。」我媽再潮溯這件事時，她正在廊下洗摘下來的一串串白葡萄，白葡萄等著入甕浸泡成酒。整個空間都是葡萄的酸和糖混著酒精的氣味，我媽並不是說給我聽的，她是在自言自語。

於是經過外公家的廳堂，我總是停在外婆漾著笑容的照片前駐足良久，覺得她像選美照片似地陪襯著那些老朽朽的列祖列宗，她凝結在一種溫婉的笑裡，有時我像貓足般地躡手躡腳地經過她，又會偷偷地回望她一眼然後再快速奔跑穿出廳堂，由於那一回眸，我總覺得她那發黃的笑容會一路陪著我似的。

那是我自己和自己的某種遊戲。在寂寞的世界和走進歷史的人物打成一片是我的本事，也是某種封閉的生活調味吧。進屋前我總是一路咯咯發著笑，像是方和遊戲的同伴才告別似的喘著氣。外公在後院屋內聽到我的喘氣笑聲，就會宛如應答地提醒說著：阿真走路注意看不要絆倒了……

才聽他的尾音響在空氣的末梢，我便碰地一聲栽了個觔斗。這類房子的門總是有個高度，說是要防小偷摸黑進屋，結果常讓一時心急或糊塗的善心人跌了個狗吃屎。

外公聽了我碰地一聲也只是照例地搖搖頭，反正我的腿已經到處都是跌倒的傷痕了，好像成了我童年的身體象徵。

外公在竹管仔厝的後院搭起一個工作室，裡面有他自己打造的烘乾箱還有一些我不識其名的工具。屋內總飄著炭火味，我很喜歡冬天溜進他的工作室。看著那些閃著銀亮磷光的蝴蝶翅膀張開它們生命的奧祕。大藍蝴蝶黑蝴蝶鳳蝶……一隻隻地被外公的巧手攤開，一縷幽魂在薄網罩下時歸天，等待被烘乾後足以成就一道生命的美麗圖騰。然而翅膀脆弱，一旦稍有些微的缺口斷痕，折翼蝴蝶頓成薄薄廢紙，最無情廉價的撕裂傷於焉成形，在我幼童的目光凝視中它們的傷口才被深情地又縫補了起來。外公忙著釘完美蝴蝶標本於十字架的時候，我總在背光的竹簍裡小心地拾起被遺棄的受傷蝴蝶，內心一陣憐惜。

很多年後，我外公死於韋恩颱風海水倒灌的大洪水中，聽說那天他的宅院飛進了無數隻黑翼和紅翼蝴蝶，衝撞他房間上一盞搖晃晃的燈泡。外公那年癱瘓在床，水患遠比人們想像來得驚狂，村裡逃難撤走低窪地區時獨獨忘了他。他就眼睜睜地望著洪水一步步地流進屋內，滯留且隨著時移增高它們吞噬一切的速度。外公的床高度大約是我四歲時的高度，夜裡，無情的洪水漫過床腳，漫過床沿，漫過他的手掌腳趾，漫過他發脹的肚子後，終於漫過他睡在木枕上的頭部，然後緩緩漫過他那不再掙扎的雙瞳。蝶影在搖晃的燈泡中成了巨大的黑死神，狂舞癲舞，在大洪水的孤夜裡。

外公被親族遺忘的命運，有點像是複製了四歲那年我被我媽遺忘的命運。我對於那樣粗糙的「遺忘」感到一股蒼莽莽的惱怒，覺得不可思議的遺忘竟會發生在至親身上。這類的遺忘一直到我上台北後仍持續發生，好比和我媽逛夜市，我媽媽會自己逛到別攤卻忘了我，幼年我進警察局供人招領的紀錄像是夜市的成衣般廉價進行。

只是當年不論我被遺忘地迷失或是被遺忘地獨留一人在鄉下，最後都得以安全回返基地。就像最初那個遺忘，外公得以在兩個月後受母親之託帶我北上，而我外公卻無人可以帶他離開那個洪水之地，沒有人託囑帶他離開。

颱風過後，洪水漸退，我媽聽了消息從台北急急搭了野雞車回到嘉義老家，一路聽說是哭著跪著進到老厝。外公的屍體已經被洪水泡腫泡爛，他的全身充滿水的濕氣。當年他的工作室總是乾爽爽地發著炭火般的熱，命運卻不讓他如此別世，蝴蝶滿屋飛舞，映著被釘死在木框下的成排蝴蝶乾屍。濕屍對映乾屍，一樣的死，一縮一脹，我外公生前說過絕不死在沒有人性的醫院，但他的死卻充滿輪迴弔詭。那年我上高一，比我媽晚幾天回到老厝。我在外公的後院工作室梭巡著蝴蝶發黃的身影，卻只見洪水退去的發黃水位在竹管仔厝的白牆上留著一條痕漬。我媽說我外公保留了好幾年的蝴蝶標本也全被沖走了。可我在屋內左思右想，認爲洪水水位並沒有淹過掛在最上方的標本高度，並不認爲標本是被洪水沖走的，「蝴蝶自己飛走的。」我說。我媽正在哭喪，聽了我的話忽然打了我臂膀一記，「蝴蝶早都死了怎麼會飛？拜託，妳是在起猶啊！」我媽擤擤鼻涕說著。我阿姨們聽了我們的對話全都化涕為笑了。

外公入棺時我偷偷把以前被我拾起的折翼蝴蝶標本放進棺箱裡，讓他有美麗做伴，靈魂可以飛翔。七年後，鄉公所通知我們墓地使用期限已到要進行收回給另個死人用，於是我們又返回那個出生地，開棺拾骨。上午十點的好時辰裡，在嗡嗡道士碎碎唸著咒語與一旁的嗩吶拔鳴時乾地的土壤被撥開，幾個壯丁開了棺。我瞬間以華麗的複眼看到蝴蝶飛舞，整個棺木上方的天空黑壓壓地像是烏雲罩空。

我突然非常想念那些個下午，那些個下午我一人獨留鄉間，在下午時分會邁著小步伐到我外公家去等著吃晚飯和看他在炭火上烘乾的蝴蝶身影。展翅在某種溫度裡的蝶身色彩一樣斑爛，木乃伊般地一隻隻被放置在玻璃箱，五彩霓虹般瑰麗或是宛如剔透翡翠球的複眼所望出去的世界已成空寂，陽光穿過枝葉灑進疏密不一的光度，落在玻璃箱中如黃金閃爍光束。蝴蝶成乾屍後，外公要我幫其分門別類，我自然不懂名字，說穿了只是按著翅膀顏色排排站，有時我的拇指和食指沾著蝴蝶乾屍翅翼上的金粉黑粉，我總伸著指頭迎向某個光束，旋轉我的指頭在光的暈圈裡，只以為自己也成了蝴蝶的一部分，參與了它們生命的奧祕與煎熬。

外公捕蝶技術和村裡的養蜂人技巧一樣高明。既然外公捕蝶自然熟知蝶性。有時我跟他到野外，他總是說著別看蝴蝶嬉戲狀似輕鬆，你看它們的顏色極盡繁複豔麗，是為了彼此吸引，吸引當然為了下一步的繁殖了。「阿真啊，母蝶一生通常只交配一次，可是公蝶可無數次啊。」我那麼幼齡，我覺得當時我外公並不是針對我說的，其實他是說給他自己聽的。就在那時，我仰頭看到兩隻蝴蝶交相纏繞且宛如死亡的靜止。尾巴對尾巴，不相對看，突然在靜止裡雙雙從樹上跌落至泥地。又一對，在遇到其他天敵時竟仍從容繼續，一邊繁衍一邊飛過我的視線。外公指著說那是紅紋鳳蝶，並讚嘆說美麗的交配，「阿公絕對不會捕捉黏在一起的這種情侶。太殘忍了！」我聽了傻傻地癡笑。「萬物都有性，都是配得剛剛好。」我說它們怎麼找得到彼此啊，外公笑著以像在述說傳奇的口吻般說著，雌蝶會散放氣味，花朵也會釋出香氣，招蜂引蝶，是我在當時學到的話，而不是在課堂。外公隨處指著說著，眼前的蝴蝶世界充滿蝶戀花的追逐氣味。

油亮的樹葉縫隙間，琉璃蛺蝶飛過，抖落前夜的露珠。一隻黃紋粉蝶正在小薊花的杜頭上端徘徊呢喃吸吮。

那兩個月，我突然成了外公做標本的小小幫手，有翼的古老木乃伊述說著美麗與哀愁，近乎殘忍的美麗與近乎殘暴的哀愁，連續成當時的視覺與嗅覺。屋外，龍眼樹開著花，等著盛夏的結果纍纍。外公家還有個氣味就是烘烤龍眼乾，在夏日的尾巴，蝴蝶減少，我從視覺的欣賞讚嘆進入純粹嬰幼時期該有的口腔期。並常以龍眼乾的圓圓種子當成彈珠般地自己在午後玩著寂寞的孤獨遊戲。

而我的家人已經在台北一方開始營生，姊姊發病躺在醫院，哥哥們忙著轉學入學。台北，在百廢待舉的年代和對一個忙於求生的倉促家庭是何等的遙遙遠遠。城市於我是模模糊糊，突然落入一種瘟疫般的被隔離了的荒疏情感。

2

四歲那年，我在卡車後面獨自想著，無依無靠直是不安茫然。外公因為感冒體虛坐在卡車前座，獨留我一人擠在一堆貨物裡，匡咚匡咚地震晃著。卡車從鎮上發車又駛入小鎮，因為外公遺忘了他的珍貴蝴蝶標本，不論到哪他都攜帶著。之後車子始駛離外公那一條龍屋制的宅院，繼續駛離我爸那邊的祖母老厝，阿嬤當時正在廊下洗著她的腳丫子，見到卡車後的我，眼睛茫茫地望著，很納悶不解的神情凝結在她的臉上，她停下手上搓腳的動作。卡車駛離黃氏宗祠，宗祠廣場前我爸爸的一個堂弟正瘸彎身體蹲坐在陽光下，他憨憨地笑著，一種弱智者慣有的無意識的笑，那笑容卻讓我向他開心地揮起左手並疊聲說著：「阿叔，拜拜！拜拜！」然後從小背包裡拿出折翼的蝴蝶標本亮在陽光下晃在手中給那個堂叔看，堂叔笑著笑著，眼睛有點濕潤地突然靦腆地搔著他雜亂的頭髮。

再……見！他像是想了有一世紀之久般地吐出這句話後也學著我揮揮手。

悲傷的靜默在灰塵中揚起如雜亂的音符，我想起這位堂叔終生沒有女人，他在有一年情慾發作時脫光衣服跑遍整個村莊時，我已經十幾歲，正好回來參加祖母的葬禮，遇見了這個場面。我媽把目不轉睛盯著瞧的我拉到放置棺木的後頭，並順手用她穿的麻衣戴在我的頭頂，不讓我看，我卻愈想看。透過麻布的縫隙，我且偷偷撩去一角，看著弱智堂叔追著人跑，也不看是男是女是少是老，就像是尋著人氣追跑似的，有人故意逗他且去抓他膨脹的小雞雞，並笑著說：「阿清想要相幹！牽豬哥，豬哥流涎……」說完一堆小孩彼此推來推去。在那圍起死亡布幕的空間，我見了那情慾如洪水折磨著人的堂叔，深切覺得無比哀傷，甚至覺得比祖母的死亡還哀傷的一種活的死亡儀式在眼前荒腔走板地演出。當時不知哪個人家一直傳來校園民歌的清純曲，我就是在當時的慌亂裡聽見了「不要問我從哪裡來，我的故鄉在遠方……」幼年離鄉那年所見的堂叔彎坐在午後廊下的安靜畫面和他發慾瘋的哀嚎時常襲上我心頭，然後卡車穿過村子的末端，視野出現一間矮厝，是一間小雜貨舖，我媽的表姊開的柑仔店。在一切發著熱的下午，櫃台上的玻璃罐內擁擠著潮濕的水果糖，軟綿綿的巧克力，紅豔豔的酸梅，綠油油的芒果乾，鵝黃黃的糖花餅乾……牆上掛著抽籤的紙盒和一台破舊的彈珠遊戲機，兩個別莊的小男孩在玩著遊戲機，小鋼球彈得咚咚響。

我在後座見了糖果，吞著口水，小男孩停下手上的彈珠遊戲，定定地望著我，我的眼神則游移不定。表姨約是聽到卡車的聲響，丟下報紙和眼鏡探出頭，先是見到我外公，喊了聲阿舅，上哪啊？我外公要卡車司機也就是他的姪兒停車，「去台北啊，阿樵的女兒在車後，伊託我有車要上台北帶伊上去一家團圓，順便我也想去台北看看，聽人說台北真鬧熱，只剩下咱們這些沒見過世面的老人了。」我阿姨在車窗下笑著，「我小妹和我那個查某鬼阿月早就上台北去做衣服和學剃頭了。伊說有一天要接我上去，現在開柑仔店都快沒啥生意了。」表姨說著，並繞過來看我一眼，「阿真的眼睛真大朵，鬼靈精的。」說著她向外公說等一等，然後見她小跑步進屋，長大後我回想那個背影，才明瞭那個背影就是一種嵌著鄉愁的離別身影。我見她再度從黑暗的小屋跑出，像個健碩的小黑人拎著東西遞給我外公兩包菸和一罐保力達B，然後繞到後頭。要我從紙箱中挪出手接過她的善意表示，那是我想了好久的巧克力和芒果乾。甜甜酸酸，是我想起這個表姨的鄉愁滋味。我們北上一年後，即從阿月表姊那兒聽到這個表姨腦中風的不幸消息。我多次隨著母親去醫院看望她，手中帶著我存錢買的可口奶滋和義美夾心酥餅乾。這個表姨終於來到了台北，但她舉目所見的台北已如水泥監獄。如果可能表姨定然要守著雜貨舖過一生，至少那裡春天有相思樹的膩黃黃和油桐花白皚皚地鋪滿路徑上；夏天有香蕉有龍眼和芒果樹散著熟透的水果香氣；秋天有稻穀金黃，火燒蔗田；冬天有五節芒花開在小村的田邊水溝，兩岸白茫茫如起大霧。

我拆著可口奶滋的那會兒，常常想起那個對鄉下小孩最夢幻又最實際犒賞的雜貨小舖，各式各樣的夢幻在酷熱多雨的小空間擁擠著賣相。慷慨的表姨總是會免費招待我吃幾顆糖和幾塊餅乾，糖果在手中總是潮濕，餅乾拿到手裡時也早軟化了。吃完這些屬於亞熱帶小雜貨舖的糖果餅乾，嘴唇總是沾黏著果漿和餅屑。

我上小二的那年，聽說這個表姨央求女兒送她離開台北。表姨的身影已被醫院折騰得不成人形，人子不成人子，只想歸去。未久，消息卻傳來她自殺了，在秋天。死因是服毒自殺。我當時正在寫功課，聽我媽接電話後的對話，我在作業本上寫著，表姨是死於純潔，因爲她吃了秋天開在她雜貨舖旁的曼陀羅花，白色的大朵曼陀羅花攻城掠地的在沒有女主人的雜貨舖前庭後院右徑左道開得滿滿一片。隨意都可照見美麗的死亡身影，召喚著我深知底層有著浪漫情愫的表姨內心。「阿姨是吃白色的花才死掉的。」我停下鉛筆的書寫動作向掛上電話的我媽投訴。「妳最會搞怪了，淨想些古古怪怪的代誌，妳那個很疼妳的阿姨聽說是吃毒藥自殺的。」我媽悵悵地說，「伊生病沒自由，連尿尿都要人幫，伊確實是生不如死，就是我也會。」我媽打了電話給表姨的女兒阿月說著奇怪言語但又頗通情達理的慰言慰語。

3

當時，這輛我生平搭上的第一輛開往台北的卡車，卡車在村裡緩緩繞行一陣後，方一路穿出這個嘉義和台南邊境的荒荒小村，然後才稍稍加速地駛進了木麻黃的碎石子路，再拐進筆直但不寬廣的公路，身體在卡車後頭雙手攀在圍起來的鐵架上，以退後姿態被車速拉開和眼前風景的距離。

隨著車速我離開我出生的地方，四歲多的小孩卻有著十來歲的心思了。父親是第一個北上的人，我距離他相差兩年，距離其他家庭成員相差兩個月。我因爲姊姊突然發大病而在一片兵荒馬亂中竟被遺忘在家鄉，等到我媽到台北安頓好我姊姊後才發現遍數人頭少一人，她打了長途電話給外公而不是給我爸爸那邊的奶奶。據我媽後來的說法是自己的父親比較不會拒絕，何況兩家就在附近，外公閒閒沒事。

外公接到我媽從台北搖上來的電話時，我已經一個人獨自在村裡的廣場發愣了許久，約莫是不知爲何空間在一片昏天暗地的人進人出和尖叫喧譁後，突然只剩我一個人地不解著吧。在沙地上用手指畫著圈圈，畫著賓果的〇×〇× 遊戲。

「來找我啊！快來找我啊！……媽媽，我好了，我躲好了，妳快來找我啊……快快……快呀！」我聽到方圓四周附近不知哪個笨蛋小孩在自己躲自己的玩著卻又發出聲音要他媽媽來找他。我依然定定坐在廣場空地，廣場安靜，每個人家泰半在廳堂裡圍桌吃晚餐，世界從尖叫突然轉成低語，再從低語轉成耳語。有嬰兒哭泣，有摔杯盤吵架聲，有情侶纏綣悶響……。但沒有人出現在空地上，沒有人。只有我一個人，一個小小孩，像是戰爭時遺落在鐵軌上的孤兒，身後是灰塵煙爆殘垣似的幻影，繼之是殘缺的荒蕪。我當時不知道媽媽和哥哥們都跑去哪了，我記得小頌姊姊不斷地抽搐然後傾倒在泥地上，之後是一片尖叫，我媽那受挫後發出的尖拔叫聲，像是她在裁製衣服時撕裂布匹的扯破聲昂昂揚揚迴迴盪盪地在我的耳膜四周。

我等待許久，坐在泥地上。然後我再度聽到那個「來找我啊！快來找我啊！」的斷續聲音，真是孤寂近乎孤涼，都是空間的遺孤。於是我自己玩著剪刀石頭布，左手對右手，誰贏誰打誰，打來打去都是自己。

直到一個長長的大腳在白色的街燈下伴著腳步聲愈走愈靠近我，我抬頭一望，笑了，鬆懈遊戲自我對決的狀態，「阿真吔！」外公矮身一喚。

爲了這聲「阿真」的叫喚，我等待許久。執拗地等待，且在原地不動，即使肚子已然餓極，即使腳長在我身上，可我執拗地在原地等待弄明白這空間僅剩下我一個人是怎麼回事呢？

遺棄，害怕，一直都這樣的怕，怕被遺棄，沒有預警的一種遺棄。長大後明白這樣的心情從來都尾隨著心，尾隨在一個喚做「我」的身上。很不幸，被各式各樣的遺忘進而有了被遺棄的感覺似乎是我後來感情變化的主旋律。反覆吟唱悲歌的主調從來如戰後孤涼夢魘般地在我的底層幽幽彈奏。

卡車駛進台北，見到父親筆下經由大哥唸出的家書所形容的河水和橋樑的互相交映畫面，我在車速中越過紙箱跳到後座的邊沿，攀著手盯著疲憊的眼球牢牢地看著我的台北第一夜。

夜抵台北，一切不明，只見一些惶惶燈光黯黯投影在房子的邊緣，我們祖孫兩人在橋下被放了下來，因為卡車被一輛停在路口的卡車堵住，彎不進窄巷。從卡車跳下來，兩腿發軟，眼皮沈重。外公拎著包袱從前座走來接我，卡車旋即輕按了聲喇叭向我們道別。外公在口袋裡摸索一陣，找出一張縐巴巴的紙拿得遠遠地並揉著眼睛看。「啊是住哪？」我跟著他走前走後，他東張西望，夜裡路上無人，他像是下賭注似的往左拐，彎進橋下再往前走進一條小路，河水正漲潮，野貓在堤岸靜靜屈著身，幾聲狗吠傳染似的開拔吼聲，適應人聲後牠們又安靜了下來。我聽見路旁的人家有許多身影搖晃，有女人在狂叫，還有沈重的呼吸聲。突然矮厝的二樓窗口潑下一桶水，差點被淋個落湯雞。「幹！阿樵是按怎找厝的，怎住到四界都在相幹的所在！」

「進來嘛，先生。怕什麼，又不會咬你！」兩爿木門開，女人向我阿公狐媚地招呼著，朦朧中我覺得她長得似乎挺美的。「哪有這麼急的，真是的，妳沒看見我還帶了個查某囝。」外公牽著我的手搖晃著。「伊進到屋裡就睡著了啊，囝仔睏去啥也不記得了。是現在涼風在吹伊才沒睡去，你看伊的眼睛都快閉起來了。」我阿公看看天色和手中那一團發縐的紙張寫著不知何方的地址，突然他腳步一跨決定進去那矮厝女人開門之處，「阿真最乖，跟阿公來內裡，咱們先休睏，阿公骨頭快被卡車一路給震碎了！」我沒有抗拒進去，不知為什麼，我突然想起外公後院工作室的蝴蝶乾屍，我有些莫名的害怕，甚至連抗拒的力氣和哭泣都沒有。何況我竟然萌起一絲好奇，真是要命的特質。

女人把我安置在客廳，要我乖乖躺下睡覺。我聞到女人身上有一股菸酒的烈味以及一股腥羶似的肉味，這味道和我媽身上慣常噴的花露水味道非常不同。我聞到那味道突然清醒過來，但我躺在客廳的大理石長椅上不敢動彈，女人小碎步地給了我一張薄被，薄被也蒙上一縷菸火味。我的右邊靠牆有個小神壇，兩盞紅燭似的細長燈泡像兩顆紅心地在黑夜中彈動著。神像的臉被燻得有些黑，五彩衣裳黯淡。大理石椅子併起來的床冰涼著我的背，我有躺在冰棺的恐怖。

但我不敢起來，不敢發出聲音。這是一個完全陌生的城市，一個完全陌生的空間，我不知道我在何處，我只知道父親寫信描述的城鎮就在身旁，因為有河水為證，有橋為方向。

可我卻被迫在此逗留。我在台北的初夜，在橋下盡是從南方移民至此的落魄男女，在人間裡取暖藉（借）得安慰，一晌貪歡，貪歡一晌，奢侈的廉價，廉價的奢侈。

一個四歲的孩童，記憶和感受強烈的我，突然在不知所措下被推一把掉落河水般地踩空，繼之掙扎，然後安靜接受。接受外公已然進屋，把我丟在客廳的事實，外公非常低估他的孫女之超感官能力，以為一個幼孩懂什麼的粗疏決定，妓女戶度過一個孩童少有的雲雨眠夢，闔上眼睛，瞬間抵達的黑暗中迸裂出四射的光芒；張開眼，一切夢幻消失，僅餘神壇小燈泡的紅燈孤零零。

三夾板隔間，碎花布窗簾被拉上，窸窸窣窣，像在揉紙袋或紙張的微微聲響，在午夜聽來如雷鳴巨響。兩個影子在晃動，一切都有一種在晃動的恍然，屋外的河水傳來前仆後繼的潮起潮落，全心全意地拍向堤岸然後退去，反反覆覆地我數著潮汐的節拍，看著前方房間朦朧的身影交替，倒下坐起，坐起倒下。尖叫，野吼。黑夜，我躺在冰涼的大理石長椅上，又感到一種突如其來的被遺棄。

真覺孤涼如處荒原。

4

我的台北城初夜，充滿了河水漲潮和男女低吟，貓的低語與狗的狂吠。我獨自在那陌生的客廳度過第一夜，等待黎明。天微藍，我躡手躡腳地起身，推開木門走到堤岸上，卻又聽聞到近處另一個方向傳來暮鼓晨鐘的梵音，像是某個廟在播著某種唱誦經文曲目的錄音帶，我幼時已有極高知覺的靈識經驗就在那交叉對位的空間被推到一種天上人間混雜著詭魅多元的氣味了。

彼時河水已然平靜，洶湧的潮汐隱去騷動，月牙還在天邊一隅，而初陽的金粉已經淡淡地鋪了一層在河水的表面上，有些老人在堤岸散步著。

我企圖尋找台北新家的身影，在張望中，見到外公慌慌張張地推開木門，看到我的剪影才放了心地向我揮揮手，一邊張揚著手裡的紙條，一邊還下意識地調整他下身的某個部位。然後他喚我走下來。

在我走下堤防的途中，外公抓住一個晨跑的老人，詢問著路。晨跑老人指指前方，外公露出有點不好意思的神情，這時他搔搔著頭髮，等著我走近他。「原來就在前面而已，我還以爲還很遠哩。」他像是在向我解釋著昨晚露宿他處只是因爲一時找不到媽媽的家。

走了幾步後，台北新的家就到了。我們依據指示在左邊花盆的地下取出鑰匙，輕輕一轉即推開家門，一個全新的家卻破舊舊地展現著沒有家的氛圍。我見到媽媽的勝家牌縫紉機在角落裡，地上有著熟悉的碎布和彩色的線頭。我遂開心地前後跑著，叫著，跳著，嚷著。空間雖沒人，但有熟悉的氣味物件所以就有了安心。

外公前後走來走去，直嚷著這家沒有鄉下的好嘛，嘮叨地說他要回轉老家了。

說著，外公放下包袱，說他好累，就躺在客廳的籐椅上，未久傳來打呼聲。我跟著一夜未好眠，但是肚子餓，在外公的口袋上摸了摸，便跑去街上。在路上遇到昨晚那個女人，女人掐著我的臉笑著，「妳怎麼還在這裡？」女人說。我指指前方說：「我家住那。」女人笑著，原來妳是那新搬來不久的那個厲害女人阿樵的女兒。我秀著手上的銅板說要買早餐，我和她拐進一個小巷停在某個攤子，買好煎包和米漿，銅板卻不夠。女人早已付了錢，她一手叼著菸，一手牽著我，問我要不要走上堤岸看河水，她竟把我這個小小孩當大人看，我在她眼中是個完整的人，光這一點我就覺得她是我的朋友，對於昨晚她的突梯叫喚使我險遭遺棄之感也就盡釋前嫌。

在堤岸並坐，我吃早餐，和一個陌生女子，一個身上有著菸味的女人。不餓之後，我用吸管吹呼著米漿，塑膠袋內的米漿被我吹得呼呼作響。女人沈默地點火抽菸，看著前方河水。對岸的城市在甦醒狀態，建築有層次地雜亂著各種高度，在我幼時看來對岸的每個房子都像是從天而降的巨人。

橋樑在兩岸銜接吞吐人潮，我第一次看到一座城市傍著一方河水，如此有人氣，如此氣味鮮明，如野篝烽火燃成一個夢幻城堡。不若家鄉的河水總是傍著荒荒枯木與芒草石頭，河水蜿蜒之後是海水，河海之水和人連結一起的意象常是死亡，過於荒涼荒廢荒索荒圮荒蠻的空間，使我在那南方的河海處有一種天地遼闊至恐怖的蕭索。

而這裡，河水的兩岸，人氣滿滿，對活充滿熱情。如果有死亡的氣味，那就是我身旁的這個抽菸女子菊菊，她的眼神迷離，睫毛長長密密地半闔半張，吐出完美圓圈菸絲的樣子手勢和唇勢有著謎樣的弧線勾在疲倦著身軀邊沿。我望著她，突然很想伸出小手抱抱她，正這樣想時，她似乎感受到什麼似的轉頭望向我來。

「妳的眼睛真好看，好像把人看到透明的晶亮。」她說話腔調低低，眉目低低，眼勾勾。我想起昨夜的她，那個夜晚的狐媚氣味有點和她的白日迷離連結不在一塊。我多了個朋友，一起沈默看河水的朋友，美麗安靜的弧線洋溢在白日和黃昏的河水倒影中，這是我的童年祕辛。晚上一到，她就閉了戶，和河水絕緣，和男人有緣。我只得一個人步上堤岸，從高高的河上堤岸望向她的房間。

總感到深切的哀傷低迴在那個房間的小小燈火角落。有時我會在河岸上唱著歌，和我後來新交的同伴，但她們從來不知道我邀她們到河岸上散步玩耍的真正目的是爲了眺望一個角落的微微燈火，爲了一個闇啞的沈默存在。

關於花名菊菊的一切都充滿著闇啞，幾年後她投河自盡，且帶了個伴共赴黃泉。消息傳來，我才歸納出一些關於她生命故事的輪廓，她有個被笑爲白癡的弱智女兒，有一天女兒來了初經，手沾滿了血跡地抹著矮厝的水泥牆，沒有穿內褲地在矮厝跑啊跑，被整條街的小男孩和男人追著看。後續事件未了，女兒且遭強暴。菊菊說伊躺在妓女戶讓壓在她身上的男人猛插且羞辱時，她都接受，但女兒的事件讓她崩潰。我在幼年並未體察鄰近人們的變化，只記得她有天清晨來到我家喚我散步到堤岸，從來她都是把我當朋友，但那回我清楚感覺她第一次對我有一種對應小孩般的疼惜且親切，也第一次牽著我的小手走在水泥堤岸上。

沈默，她還是沈默。她摸索著口袋，找到一根歪曲的香菸，火柴劃破，菸絲在她沈著的吐納中竄高。她鬆開握著我的手，遞過菸來要我也學著抽一口菸，她又把我當朋友看。她喃喃自語地說，將來一起散步的日子將要消失了，阿真妳要學會保護自己，知道嗎？

我聽了，好想對她說誰來保護妳呢？

我在得知「豆腐厝」的妓女戶少了她後，突覺得整個妓女戶整條街甚至整個城鎮都該捻上熄燈號向她這樣的不凡女子哀悼，也覺得那一夜和後來的幾夜，我外公和其他男子可真幸運啊，有這樣的溫柔女子相伴，不吵不鬧，可惜她的夜晚是我不能參與的世界，只能想像。

十八歲甫上大學的那年，我交了個同姓氏讀同校的男友黃熙，並和他在見了幾次面後有了第一次的肉體進出交合。我當時對性即有一種天生的敏銳，但卻沒有啓動這個部分，反而任由情緒沈淪下墜到黑暗的角落，無限緬懷起的人不是黃熙而是堤岸闇啞女人。龐大無聲的沈默世界擁在我和男人的初夜，我掉了淚，非常哀傷沈重的淚滑落臉頰，落在我的胸膛，也沾了黃熙一身。起初他以為把我弄痛了，好多次的經驗之後他才知道那是我性格底層的一部分。但他永遠也不明白究竟是怎樣之幽微燈火的深深嘆息足以把我勾引，跌入記憶深淵的痛處。就在那個暗夜痛處，我方想起沈默女人菊菊的本名原喚明珠，明珠落海。時光再推移，情殤那年我初讀佛經，讀到《法華經》寫道「精進持淨戒，猶如護明珠」時，少時的鬱鬱哀傷轉為深切悲慟，悲竟比哀更深邃，無可解，且襲擊了我。

無數的各式各樣女子曾經活在我的台北左岸的歷史檔案，無關風華。

5

黃熙說，他看見黑夜壓在他身體下方的我睜著明亮如珍珠的眼睛凝視著白牆的方向，眼光像是來自遙遠的地方，他上下抽動時感到一股無力從四面八方如河水一波一波打上來，突覺一切都很徒勞，巨大的迷失感讓他很快地從我的身上爬下來。「不要流淚了！」他說，我這樣讓他很難受。我原本只是無聲地流淚，聽他開口說了話，四周空氣如我剛和外公夜奔台北的初夜般充滿著霧水濕重，交歡如交悲。

我們沖了澡穿上衣服，從黃熙的學生出租公寓走到墮落街喝飲料，我們讀的學校輔大在北縣新莊，校園工業區灰撲撲的凌亂，我騎機車到學校總是灰頭土臉，皮膚在那些個日子裡受盡凌虐，表皮總是粗粗地受盡自然風刮和人為污染。那日我和黃熙在學校附近的餐飲店裡，面光而坐，彼此沈默地望著街上的塵埃在卡車經過時蒙在眼前，沈默的空氣除了我的吸管在玩著杯中果汁外，前桌有個角落坐了個老人和孫子，老人在讀著報紙標題順便想要教孫子似的一字一字讀著且要孫子跟著他唸：國際新聞報導印度驚傳火車意外相撞死亡一百八十二人……

起了一身雞皮疙瘩，好恐怖！像是在聽幼稚純真地小孩子在播災難新聞般的渾身起了寒意，我向黃熙說。黃熙的嘴發出牙齒上下擠壓冰塊的碎暴音，他冷冷地看著我，突然他鬆手了湯匙，金屬湯匙在冰盤邊沿撞出說：「真受不了妳！」他特別用力地吐出「真」這個字，像在怒罵我的名。黃熙受不了我的想像力所射中的事物之精準，因為太早預見一切事物的毀壞底層將會導致我們大學的青春提早蒼老。

可他不知道我出生就已蒼老的事實存在，誰又該還給我才出生就宣告死亡的青春。

黃熙不懂，可惜他是我第一個愛上且選擇主動離去的男人，我的主動離去其實說穿了只因為我轉了學，我想看山看水看夕陽而改唸淡江。我在逃課的潮汐時光裡時常想念黃熙，雖然他不了解我的膚淺與深沈。

而我第一個想要給予性的慰藉者是老家那個弱智堂叔，但他不知道那是我的無知與自以為是。當我在十二歲時在那個充滿道士搖鈴嚶嚶作響的葬禮瞧見那瘋狂似追逐人體肉味的堂叔，絲毫不覺噁心，相反的我對於母親急急清高似地把我隔離且用弔靈者之麻衣蒙住我的眼睛時甚感不悅。後來送葬隊伍出發我即生氣地不發一語，我媽以爲我是過於悲傷。後來我在雜蕪的送葬隊伍行過村莊邊際時脫了隊，揭下麻衣跑到防風林躲了起來，待隊伍行遠才緩步回村。

有親屬紐帶或遠或近血緣關係的村莊這時處在我以爲的空城狀態，我跑去黃氏宗祠尋找弱智堂叔的身影，我猜想他仍然喜歡待在哪個陽光飽足的地方，一如四歲時我們彼此揮手告別之處。當時，堂叔果然窩在宗祠正廳旁的屋瓦某個角落，陽光透過木條窗櫺灑進光束，我如貓足安靜踱進。「阿叔！」我輕聲走近，撫摸正值壯年的弱智堂叔手臂，他抬頭見著了我，眼睛泛滿被欺負的淚光。突然他抱住了我，像吃糖般地親吻了我，似欲揭開錦囊般地急切扯拉我的衣服，我定定地望著這一切發生，害怕但沒有反抗。接下來許多人以爲的事卻沒有發生，堂叔摸到我的胸後卻宛如觸電似的轉爲扭曲痛苦，發出如野獸翻滾的動作，且狠狠地推開我後，近乎羞辱似地望著我一眼然後快速奔走。他看我的那眼神讓我肅然魂悚，恍惚地以爲智能不足的人是我。

我渾身出冷汗地愣在原地，黃家列祖列宗的照片和觀音菩薩全放大似的撲向我來。就在那時，我媽竟然出現在廳堂，「妳在這裡衝啥？妳嚇死我了妳知道嗎，以爲妳不見了，怕妳被人強姦……」「妳爲何這樣不懂事，做人的孫子哪有不送行到墓地的，人家還以爲我教妳這樣做的，妳就是想這樣就這樣的任性也得顧我的面子啊。」對一個小孩子講面子，我聽了很不以爲然地嘟著嘴。

原來她屬虎，她的生命在婚喪喜慶的重要關頭常常是臨門一腳的被迫缺席。歡歡喜喜的婚宴她不能進新娘房，怕嚇走新娘神。悲悲切切的哭墓她卻不能眼見黃土蓋棺當個眼淚婆娑的孝女，她送葬只能送到村口。因爲鄉下人遵循說虎神最大的說法，虎神會壓住棺木裡的魂魄無法超脫。我媽如此聽信傳言，她其實多想的啊，就恨不得使出她的超能力，以虎神之尊氣氣生前苦毒她的祖母，但這裡沒有祕密，我媽這個帶煞的神可是人盡皆知，我媽不僅帶煞星，還帶刀光，但她亦多有溫柔，當她的生活不那麼苦時，當她猶有餘力閒時躺在某個地方她也會如虎般地守候安靜與沈默，不再反噬自己。很多人笑她屬虎，女兒卻屬貓，雖同科卻大大不同所有的速度節奏與尺寸大小。小孩子聽了虎神，倒常以爲是台語諧音的蒼蠅之詞。

長大後，對於我不愛參加的婚禮，我總逃避的以我屬虎不宜參加爲由。起先朋友還相信，後來乾脆戲謔稱我爲貓神，虎神之女。

還好不是虎姑婆。

那年我母在陽光烈焰下瞥見我從喪葬隊伍偷偷跑掉的身影，她卻因爲天氣太熱一時眼花跟丟了我。

我十二歲的過熟年齡在聽了我媽的說詞時，更是暗自冷冷一驚，若是我媽早幾步尋到我，我不知道堂叔會有怎樣的命運，而我也將會是個幫倒忙的小孩，獻身不成卻把別人給獻祭了出去。

堂叔自那事後即沒再正眼看過我且不再微笑也不再開口說話，人顯得更加無可救藥的呆滯，在陽光下像棵芭蕉植物地靜靜存在，關於他的性事村莊的人都不再當笑話提了，算是草莽的村人們對他還有的慈悲。

幾年後，就在我遇見黃熙的第一夜，聞到屬於男孩介於男人之間的性慾氣味，我比一般女孩來得對應之間落落大方，當時我才了解往事，自身對於堂叔那份深沈的肉慾悲哀感與應該給予的寬慰想法是得自於孩童時遇見了明珠，想起堂叔且讓我想起明珠的女兒，那個把經血塗在水泥牆的女孩，陪葬明珠入海的女孩。

我對台北的第一個印象總結在台北橋下的一個奇異女人的迷離性慾氣味，有霧的夜慾城市，混合著河水氾湧上岸的氣味，夾雜著垃圾魚屍泥土的氣味如火燒稻草般地濃烈。

6

到台北的第一天，見到黃昏下課的哥哥們歸來，彼此靦腆對笑。靦腆是我們遺傳我爸的神色，若還有些什麼神色掛在我們兄妹的臉上，那就各異了。好比有的恭良，有的謙遜。而我似乎會在不自覺時掛著一般女子少見的薄倖神情和悵然的百般寂寥目光。有時會有一種惶惶，怕被遺棄的神色在底蘊裡悄悄散著某種屬於午夜的孤寂。

第二天醒來，陽光大亮，窗外的河水閃亮如綢緞，像我媽縫紉機前掛著等修改的富太太晚宴服。

我媽早已騎著機車回來，在廚房弄著湯湯水水。喚我起來，說要到醫院。竟然提都不提兩個月我的被孤立狀態，我用少有的期盼眼神看她。正在舀著白菜脆丸湯的母親突然瞥過眼睛看了我一晌，她停下舀湯動作，轉而尋找筷子，用單支筷子戳了個小丸子遞給我。我最愛吃魚漿做成的甜不辣和丸子之類的合成物，這點我媽沒忘，我倒有些開心。筷子戳顆丸子像有個人頭似的，我也不吃就把玩著，我媽見了心情又開始很不好，她很少心情好。「妳再玩小心我擰妳！」就在她說話的同時，我筷子上的小丸子被我先前玩弄過久，戳的洞口趨大，在我旋轉筷子時咚地一聲滾落在沙沙土土的地板上。我媽啪地一聲地給了我一記耳光。其實她原本只是要唬唬我舉起手做勢要欺向我的肩膀，被我一躲卻正好打中臉頰。

空氣凝結了半晌，母親似乎比我還驚嚇，因爲沒料到下手如此重，但她的脾氣是不太會逗人的那種，見我又沒哭，一張臉紅在那裡，右手還拿著空空的竹筷子盯著上頭發愣。母親突然對我笑了笑，接過我的單支竹筷子，又在湯中敏捷地戳了顆白白的脆丸子遞給我。

我也跟著對她一笑。好像剛才是一場遊戲似的。

然後我們倆愈笑愈大聲，我咯咯地笑，還拉起短洋裝的裙襬遮著笑聲。而我媽的笑聲更是打從胸腔發出的，像裝了個鼓般，笑起來爽爽快快，很有節奏。

以後，我的每個情人不斷地告訴我提醒我，我笑起來比較好看。

雖然我很愛掉淚。

就這樣，我和母親一路拎著便當和湯菜開心地走到台北橋下的大馬路，等著搭公車。那還是個有車掌小姐的恐怖年代，說是服務剪票開門關門還不如說是對乘客惡聲惡狀。我第一次搭公車，見到後門的車掌小姐戴著像帆船的藍色小帽，身穿藍白制服，藍短窄裙下一雙套著絲襪的腿挺好看，可惜臉色卻都是晚娘面孔。我步伐小跨不太上那個鐵皮公車階梯，我媽又走在我前面未察覺，就在我還在用力抬腳試圖跨上階梯時，突聞一聲B響，車掌竟然吹哨響，司機瞬間關了車門，車子竟已滑動。我一個不穩，竟跌在地上。未久，公車在前方停住。然後我見到公車緩緩地倒退，直到靠近了我。車門開，我媽下來抓著我的手，手拎著包包，另一手一個使力把我推上門內。

聽我媽說她不肯下車白白走一段冤枉路，定要司機倒車載我，加上車內有婦人也非常同仇敵愾，說怎麼這樣就吹哨子。司機只好也站在我媽那邊，搖頭跟著數落車掌小姐不懂事沒愛心。之後的事我就見到了，我媽上車後故意假裝一個重心不穩地撞了車掌小姐一大下，然後再挨到司機後座，邊說著：「這些小姐脾氣真大……害死人不償命難道行嗎？」我媽愈講愈氣地嗓門提高像把苦難找到藉口似的說給全車的人聽，「沒過過苦日子也應該懂得別人的命也是命啊，全是一些吃米不知米價的，要當小姐回家當啊！」

我看著我媽強烈的扮演性格在陌生空間裡展開，真是宛如跟著看戲般。我偷偷略微轉身瞅了一眼身後的車掌小姐，只見小姐依然我故，僅低頭像在檢查什麼似的把一張張的票剪了一個個的洞。

車子過台北橋後，路面在建工程，地皮被掀開，有人只有頭部露出來，身體在一個洞裡。我很想跑去看看來自地心是怎樣的黑暗。

公車開得彎彎扭扭彈彈跳跳，我暈著車，頭發緊，加上鮮少聞汽油味，還沒下車便吐了起來，之前吃的丸子全化成一灘幻滅的餿水殘羹，旁座的人快速站起走避這惱人的嘔吐氣味。這會，換我媽不好意思了，她拉低身段，直點頭地連說著對不起啊，對不起啊，我這孩子昨天才從鄉下上來，沒坐過公車呢。之後我媽陷入安靜，幾站後，趕緊拉我下了車。未料過急，早下了一站，且因爲害怕見車掌晚娘的面孔，急切中還把手上的湯盒傾了些水出來。下車後，我媽見了路標，一臉頹喪，叨叨說著剛剛不肯認輸絕不白走路，這會兒還是得多走一段路。都是妳們這些死查某鬼……

突然聽到死這個字從我媽嘴裡吐出，而我們正在前往醫院的路途，去看望照顧我媽的另一個女兒，我的姊姊。我媽也靈精地意會了什麼似的噤了聲，在進醫院前，她有開口，但罵的人是我爸，「整天也不知他跑到哪個女人家裡去風流了，帶我們上台北過這種日子，家裡的錢咁夠用？妳姊的病說是好不了了，我就是做工做死了，也賺不夠這些醫藥錢啊，妳爸卻去討好別的女人，家裡米缸空空，他還是個男子漢嗎？風騷愛有本錢伊怎知……」

風流，風騷，我好玩地跟著我媽說一句我複誦一句，童音學著大人話，悲哀也化爲戲謔，我媽說著聽著，然後幾乎在她快聲淚俱下的那一刻，終於笑了。我沒有讓她在公眾空間裡陡然哭出聲來，我的童言童語化解了這樣的生活與女人命運的難堪。我凝聽且複述我媽一路開了話匣即無法關住的連聲話語。

她在數落我爸和生活的苦難時，她似乎也把我當朋友般告知訴苦，不管我是否聽得懂。

就這樣，我第一次走在台北大街，整個台北城內隨著我的嘔吐，恍然瀰漫著胃酸和發餿的氣味。整個城市的聲音伴隨著奇大的引擎聲和我媽細細碎碎的嘮叨音形成一股如夏日午後的蟬鳴般，忽噪響其鳴忽單音高亢。來到台北，我的眼睛像是昆蟲的複眼，我的內耳像是有了個共鳴器，我的世界頓時從單一變化到無窮。

一路上，某些高樓大廈矗立，我仰頭觀望許久，總被母親強拉著步履才小跑步起來。

我頭一回來到醫院，我穿著紅洋裝，我媽在我要北上前連夜縫製給我的新衣裳，她說我向來財星高照，有帶財星的人是有福氣的人，她要我幫姊姊沖喜。那天我斜揹一個塑膠小圓包，會發亮的一種塑膠皮，浮水印似的突著小天使卡通人物，乘著銀黃月光飛翔的小天使手裡拿著一顆閃著星形的發光棒，紅色爲底藍黃色爲圖案，這樣的卡通無聲世界甜美，這是我二阿姨之前返鄉送我的禮物，那像是一個台北遙遠模糊的象徵。如今我來到台北，遙遠不再，夢幻未成真，我的小圓包裡沒有務實的飯菜，只擱著一隻放在透明盒子裡的受傷蝴蝶標本。

我打算把牠送給小頌姊姊。儘管我媽說小頌的命運是一隻未孵化的毛毛蟲，還沒化成形，但卻必須經過蛹的黑暗封閉期，經過那樣深沈的黑暗卻又不能蛻變成蝶，注定無法飛翔。

但我一心認定小頌姊姊是蝴蝶。以前都是她幫我洗澡的，我們常常互相潑水玩，我喜歡看我們幼齡如方從天初降的裸體在鄉下後院的葡萄藤下發出喜悅的顫抖，在游移的月光和烏雲下彼此嬉戲追逐。

她未發病前的身體像是一尊大理石雕成的小天使，冰冰涼涼，潔潔白白。小頌是大理石，我是溫溫的陶土。她的生命是從已有的大石塊被逐漸敲去毀去，而我的生命恰相反，我是從一堆陶土泥巴的材料中逐漸被揑塑堆疊成形。她的生命慣性一直是減法，我的生命慣常是加法。她太有距離，而我卻沒有距離，之於一切。我後來所喜愛的創作所納悶的愛情所碰撞的人事，我漸漸才知道一切的疏與密都因爲我太沒有距離了，近乎是以身以魂的百分百撲火著火，苦的是自己。而小頌是一切事不關己，冰冰冷冷，直入太虛幻化之境，苦的是別人。

我怯怯地走進小頌，我親愛的姊姊躺在白床單上，像是米開朗基羅死前未完成的大理石雕像。她得的病在發作時會讓她緊緊咬著自己的唇，以及傾倒如積木。

我媽說那叫「羊暈」，我聽了這覺得好玩直直追問，才明瞭我媽說的是台語，也就是羊癲瘋。羊發暈了，羊發暈了。我常常在黑暗的腦波裡放映著一隻小白羊在午夜裡慌慌張張地走過荒野，白羊的頭下是我姊姊的身體，一隻箭猛然射中她的頭部，她應聲倒下，竄抖著蒼白的身軀，無助但晶亮的眼神望著黑夜的滿天星斗，一顆顆流星劃過，尾巴帶著藍藍火光和豔豔紅花。小白羊起初被失眠的人數著數著，失眠者漸漸進入太虛，卻遺漏了她這隻小小白羊。失眠者數羊，跳過了她，就像生命一切的發生都跳過了她，童年長大愛情成家……，成住壞空，她直接從成越到了空。沒有守沒有住，其中的壞，我們領受。

我見到小姊姊瘦削潔晰如大理石的表皮滲著汗，像洗石子地板般地有著聖潔般的節亮，在百葉窗射進的陽光下靜靜躺著，服了過量抑制腦波的藥物使她安靜如癡，我從小即知心疼心痛爲何，這種感覺從四歲就有了，從我姊姊發病學習來的，攢著眉的揪著心發疼發痛。

兩個月未見，從她突然措手不及的發病以來，我們家注定在倉皇中北上求生，她夢中的台北現身，她卻逐漸喪失感受力和本來就稍微欠缺的智力。我再次貓足似地走近那個白色空間，每當我意識到空間變化而產生內心或驚或怖的害怕時，我的步履反而是慢靜得如貓足般，怕嚇走空間裡前來呵護的小天使。我媽卻大剌剌地走近，且對空間裡另外兩床的病人和家屬熟門熟面地打著招呼。

悲苦似乎是空間裡的主要色調。

我抓抓昏睡姊姊的手，依然沒血色的冰涼。第一回身處偌大的建築，壓不住內心的好奇，我媽在陽光下補著一早在市場工作過於疲累的眠。

直至中午，我媽打了幾個噴嚏後像是想起什麼似地抓起櫃上的包包對在窗口玩著手指套著橡皮圈的我說，我們出去走走透透氣吧，我給妳一個驚喜。我媽的國語是愈講愈好了，我才第一天就感受到這兩個月我媽爲了求生存定然下了不少工夫來面對這座台北城市。

我們在淡水河沿岸的中興醫院鄰近矮厝的巷子裡轉來轉去，然後在一家髒髒暗暗的店面停下走進。我於是有了頭一回吃牛肉麵的經驗，麵裡有鄉下常吃的空心菜，感覺很熟悉。我媽似乎有意犒賞和兩個月對我的虧欠，在醫院外圍的眷村某家矮厝的牛肉麵店裡吃麵時她對我說，阿真，妳手氣很好，等會兒妳幫媽媽挑買愛國獎券和下賭注。

吃完牛肉麵，我們喝了楊桃冰，並在某個攤位上買了幾張獎券，我在我媽的利誘下胡亂點選了幾張，我媽樂不可支，竟親了我一下。

頓時我覺得我渾身都貼滿了中獎的獎券。

7

我被送到台北的幾天後，那天晚上我們被迫擠進一輛計程車。迷迷糊糊被載到一座公寓，公寓陰幽、樓梯窄陡。隨著母親上樓，小孩依序而上。一個男子要我們跪著，神壇前方有雕像，四周燃燒金紙、焚香，煙霧瀰漫我發睏的眼睛。

突然臉上冷不防地被噴滿了水，水是從一個乾瘦且抖動不停的男子那可怕的嘴所噴射在我們全家人的臉上，我在一臉噁心男子的口水中一頭霧水著，心想這究竟是怎麼回事。男子隨後從抖動中醒來，說我們這一家人都是上輩子欠小頌的，我們曾經是屠夫，這輩子來還……，我開始掉淚，被母親暗中捏了一把。外面有狗在吠，發出像吹螺的嗚響。

這是台北的恐怖之夜，在某座公寓的神壇，起乩的男子噴吐著口水在我的臉上，一種精神的凌遲感在夜裡發酵。

8

我媽和巷尾的豬腸兄夂粉嫂相處不錯，這豬腸兄有白內障那夂粉嫂有青光眼，我媽忙於工作或不在家時，我總是到這夂粉嫂和豬腸兄的店裡報到。有時那是我的午餐提供地，但通常我都在挨餓狀態。

有時堤岸的煙花女會喚未上學的我一起就食。

9

我初到台北即遇到一場大拜拜和大洪水。

先是大拜拜，我混到天后宮看著妓女們穿戴打扮整齊華麗地以香花祭媽祖，她們嘴裡唸唸有詞，淚眼看婆娑，個個懷悲惱，是事何因緣，各各自相問。

真是奇特的女人出巡畫面，所求所欲寫滿了臉上。

黃昏後，整個台北橋壅塞，燈光搖曳如琉璃晃影，化爲我童年最絢爛的幽幽奇景，轎車公車摩托車，車燈閃晃，往左往右往前往後都有公共工程在進行，旋轉的紅燈，很像永遠無法停擺的旋轉木馬。

10

落腳於台北未久或是已有幾年光景的親戚們從右岸或從左岸的鄉鎮各自出發越過橋樑來到三重的台北橋下相聚，捻著燈泡在樹下辦桌，煎魚炸肉，炒菜熬湯，泡茶嗑瓜子，流螢的微綠光火在黑夜裡飛過一個夢幻接著一個夢幻。

大洪水。

我們和私娼寮的女人同躲在堤防岸邊的高處，看著洪水如猛獸地步過了混凝土的低矮堤防，奔潰後一路漫延掃進粗荒的家園，拍擊著關住的木門狹口。我們全守候在二樓半的最高處，小孩攀在窗櫺上嘻嘻笑著，爲了鄰近小孩的相聚一堂莫名所以地快樂著世界的變化。有變化就有快樂，這是不知危險將至的癡歡喧鬧。

背後的大人被蠟燭投射出大大的頭殼與身軀，開著番茄魚罐頭和煮著統一肉燥麵。香氣越過了匱乏，彌補了空虛。實質地，安慰無量眾：減輕了，汝等的憂怖。

我第一次嚐到泡麵，熱湯在燭火下煙塵繚繞。耳邊竟是鶯鶯燕燕，家裡竟然充斥著人聲。

鶯燕們和木材雕刻老闆等人打著牌，菸味酒氣體味在窄小的空間徘徊不散。母親從醫院歸來，看我們有人做伴反而高興。大洪水那天我們沒有到醫院，只有母親一個人在大水未灌進前冒著風雨騎著車越過台北橋去醫院吩咐交代看護人員。後來聽說她差點被吹落河裡，阿姨轉述時，臉上泫然。

有幾次的颱風夜，母親是被橡皮艇送回來的，我記得她的臉在風雨中稜角分明，非常冷靜地指示著警消人員，她有時冷靜得可畏，有時卻又激動得太過不尋常。有關堤岸十二年生活的這一切，我們這幾個女子的生命都愈來愈像是一條河流，時而安靜時而狂怒。潮汐進退雖有月亮變化的節奏依循，可是人的感情變化卻是無由得預測與防患。

我在風雨交加但大水水位尚未升高，還未沖進家門之前，老是徘徊在樓梯和窗口間張望著一個應該返家的身影。父親，起先我們落腳於此的最初一年秋末洪患還見得到他，後來就不見他歸來。

我常覺得父親負了我們，我們也負了他，好像在一起會彼此拖累。感情世界裡，負負可不會得正。負，是負擔，是負載，是負債，也是減去、缺失與背離。

可我還是常常想念他。全家只有我還想念他。升國中前，我拿著縣長獎的獎狀想要告訴他，但卻沒有他的地址。有一次在夜市入口的大馬路上瞥見他，正要跑去他的前面時，許是光線昏暗，他沒看出且加速腳步上了正開向他來的黑亮亮轎車。我到嘴邊喚他的話吞了回去，望著馳去的黑車背影，只見一個有著人在一個圓圈裡面的標誌愈來愈遠。就像父親的記憶一般。

後來才知道那個圓圈裡面住著個人的標誌叫作賓士。「BENZ慢慢溜」的台語後來我們幾個小孩常掛在嘴邊當順口溜。

直到父親過世，我在大洪水期待依靠，期待他來的身影也毋須了。說也好玩，堤岸的大洪水似乎被父親之死終結了，後來竟很少再患。

有關堤岸的「做大水」，卻還是鮮明地存在於記憶的日夜潮汐裡。

每回大洪水的隔天，皆又害怕又興奮地想要守著夜，可怖的可喜摻雜一塊，從來不知是怎樣睡著的。醒來，桌上蠟燭不再淌淚，人影也銷聲匿跡。恍如一場大水之夢，水獸被馴服了。跑去上廁所，洋裝末端還被夾進三角褲裡即匆匆跑去樓梯張望，帶點失望的，大水竟就這樣沒有告別地退去了。下樓梯才見到街上都是人，人們沒有上班，休業地重整家園，到處在大掃除，有小孩拿著掃把互相打來打去，黃泥巴和黃沙、黃石在街上形成黃色世界，樹的枝葉、堤岸的混凝土、人們的鞋子和腳丫子、商家的騎樓、汽機車的輪胎、一樓的地板和家具的腳……無一不黃。

大水過後，世界在兜轉了一夜後都和我們家同了姓，全都是炎「黃」子孫，黃黃的視覺在游移著望出去的畫面。黃永真、黃永真……一聲比一聲高，我聽到有人在叫我，是我媽，她要我幫她到浴室提個洗澡用的大塑膠水桶下去盛水。

打水過後，總是有人在爭吵，爲了水。停水停電的日子，呼喚水聲漾在整個堤岸。我聽見我媽的聲音也在爭吵堆裡嘶喊著她特有的一急就宛如汽車油門不順的呼呼窣窣的濃濃鼻腔音。

下午，哥哥們吆喝鄰里小孩和我出去撿被大水沖出來的物件，家畜死豬在堤岸沙洲上，鞋子衣服袋子都發爛了。哥哥說，要撿會發亮的東西。未料我真地撿到了一只戒指，金戒指。哥哥撿到一只玉鐲子。我母親那天去河岸沙洲的某些菜田撿菜和一些蛋，並看看有無小雞可撿，反正多事之秋事物是誰的很難認證身分。

回來，整個房間都聽到她的尖叫聲，起先是因爲驚喜我們的意外財斬獲，繼之的尖叫是她敲破蛋時發現她撿的是蛇蛋。

誤把蛇蛋當鳥蛋。

大水過後，整間房子在夏日裡竟然透著冰涼。洗石子地板和樓梯還有著水氣。我在無人的空間摸著柱子，覺得那樣的冰涼很舒坦。竟然就把小洋裝給脫了，將整個身體抱住洗石子的小圓柱。下體私處和冰涼石柱碰觸摩擦，很有快感。

這樣的遊戲後來我和小學至交舒舒也做過幾次，我們像兩個文藝復興時的宮廷美女般地抱著石柱，蒼白潔淨的裸身襯著有點白綠色的石柱，畫面典雅。我們常常這樣做著，然後開心地笑著。當然我家人全不在時才能偷偷地進行。後來小頌姊姊從醫院回來由我看顧時，也曾經發瘋似地狂熱地跟著我們做。三個裸體抱住石柱，然後跌倒在地上笑成一團。

這樣簡單且富有美感的快樂遊戲是我在大洪水過後發現的冰涼世界。

大洪水退後，家裡出現一個刻度，黃河之水遺留的深沈痕跡。後來那個刻度年年都隨著我們的高度變化，但最早的那個一百公分刻度，成了我們幾個小孩的量身高機，總是在那用手比著頭和牆看看誰又長高，誰最矮。我的身高沒什麼大變化，我媽見了我們和幾個外頭小孩在那個洪水線上比劃著，見別人笑我，她出了聲說因爲當初懷我的前兩、三個月曾經用力地彈跳想要流掉，但沒流成以致後來早產，所以身高不足，別的小孩聽了母親原本不要自己一定很難過，我卻沒有。我在縫紉機旁聽了沈默一晌，想像年輕母親在老家那裡用力跳來跳去的樣子，覺得悲傷得有趣。

同時我以爲我沒有長高多少是因爲我的靈魂長太快了所以抑制了其他的發展。

我媽聽我說過這種言語，她說，妳倒滿懂得自我安慰。可是靈魂是什麼東西？

你說呢？

那種神祕就好像我孩提時有時會獨自被留在醫院看顧小頌姊姊，午夜，有時突如其來的閃電雷劈，大雨淅淅瀝瀝，卻只有我從摺疊床椅上驚醒，如黑貓地望著白紗簾外的閃電青光。再轉頭覷著躺在白床單上的人體卻像是集體被餵了安眠藥般的昏睡著，安安靜靜。我走到窗前望著慘白路燈下掃射出的雨絲，線條密密織織，我再度被空寂憂傷呼喚。

這就是靈魂的某個部分。屬於感知的。

我媽卻以為我在說鬼故事。

三重水災在堤岸逐年加高後減少了大水之夜鄰里相聚一塊的光景，加上外圍疏洪道的施工，大水洶洶撲來時我們和妓女們相聚打牌的燭光之夜也就漸漸譜了懷念又不安的休止符。

第三章

那樣的陰暗潮濕之地，

即已預告她們沒有移動改變的能力。

左岸女子

1

這裡的人並不分南北，方向對他們來說是無須去分明的。

但是有一個人，一個女人例外，這個人是余樵樵。余樵樵是我媽。她凡事總愛說：看著辦吧，走著瞧吧，再急也沒用；她每天都得過橋，經過許多連結於淡水河左岸和右岸的橋與橋，橫越連結台北城市與衛星城鎮的界線。她除了做生意，還勤當媒人。好像她的名字天生即含帶著某種觀看和媒介的宿命意味，她有她自身生存的法則。

她不僅要記住南北和東西方向，也要不時地盤算到底往南往北走或往東往西去。方向的不同將使她的日子充滿高度的差異。

往北走，她是去做生意，生意場在環河南路，她騎著她的半機車半貨車改裝的一種交通工具，引擎聲一路爆破似的響徹整條矮厝的大街。聲音很像我們孩童時愛玩的一種遊戲，把唇對向塑膠袋吹氣然後用手擰緊後以掌擊之，破響如爆，貧窮玩樂的一種簇簇新新的刺激感總夠讓在灰莽三重一帶集結的小孩子玩得拔尖了嗓門，有的男生調皮地會冷不防地在女孩子的耳朵旁擊斃一只塑膠袋，有的塑膠袋且裝著水，爆破的水花濺得人兒四散或是一路男女追打了起來。有回鄰居有個同齡小男孩，女人間們傳說是個私生子，我們小孩玩在一起不管公或私，這男孩長得清秀無比，我們都叫他清秀，他雖然有著害羞的陰柔氣質，但一玩就會玩到忘了自我。他也常是如此嚇人似地在我的耳旁爆破一只裝滿飽脹空氣和水的塑膠袋，那聲響如爆竹般裂開時，我定在原地不動，盯著凹凸不平的柏油路上灑滿了水漬，還有幾隻小魚在掙扎翻滾著，一種不像軀體的姿態扭動，像每個問號般地出現在我清澈的瞳孔裡，我那如湖泊的眼睛在陽光燦麗中游竄著帶藍斑的小魚身影。

我說不出要氣清秀還是要謝謝他給我這樣特別的視覺經驗。總之，我盯了好一陣子地面後，才有了一點動彈的力氣。我在一幫子男生突然像正午影子般地無影無蹤後，也不知過了多久，很可能只是幾分鐘或幾秒吧，我蹲下弱小身軀拾起幾隻小魚時，小魚在我的掌心還有生命顫動的生命跡象。我便一路掌心向上地奔往回家的方向。那回我記得我腳上穿的是一雙奇怪的木屐，我外公幫我親手打造的木屐一路被我敲打在柏油路上，如夏日雷鳴擊鼓般地惹人側目。

矮厝妓女戶的女人正晏起，對著面河的窗景攬鏡化濃妝，聽到一連串的小孩尖叫追打與連續單音的木屐聲，幾個女人不禁從低矮矮的木窗櫺邊探出頭來，「是走著瞧的女兒。」有個遲暮的女人拿著小圓鏡拔著著眉毛揚著聲音說，小圓鏡背面的歌星鳳飛飛在陽光下閃著潔白的笑容，笑容上方是一頂帥帥的高帽。「誰是走著瞧啊？」年輕的女聲從另一方問道。「就是每天一大早騎著那輛貨機車的女人啊。」「那死查某每天天還沒透亮就開始吵死人了。」「好像不讓我們睡似的，大概是心內唔爽，故意吵阮。」「伊這個查某囝生得倒是水汪汪的機靈。」某個女人說著，這女人是菊菊，有時和她狹路相逢，她總是捏著我的臉頰，一種像在梭巡某種失落的眼光擲向我來，那眼神讓幼小的我即體察了我的出現似乎可以融化凝結於她一生的所有冷空氣與一身的怨氣。「小真的目睛真是水啊！」她說著邊蹲下身著和我略微等高地對望。幾年後菊菊走上台北橋縱身躍下淡水河，在月圓的漲潮時分，我正在窗邊賞月，讀著ABC，見到一團像黑貓交疊般的身影劃過月亮的軸心，像劃根火柴的瞬間火光殞落。然後我在窗邊尖叫。我媽說我中邪啊叫得像要被鬼捉去。

聽到鬼，我開始狂奔，一路奔跑到台北橋，一直跑，一直跑，我媽拿著要補的衣服一路也跟在後頭。「阿真不要也像小頌要瘋了，個子小跑得還真快！」我媽一邊要我哥去叫警察，派出所就在橋下路口。

我奔到台北橋心，對著河面尖叫著，直說菊菊跳水了，菊菊跳水了。不久警察騎著機車抵達，我狂說著有人落水。接著救護車消防車的燈光灑在河面，聚光燈下的淡水河之黑與亮的介面展現著不同於白天的層次，潮浪洶湧層層如布匹絲綢在銀色月光下攤開，如夜舞。

菊菊打撈上岸，接著一個小屍也浮顯，她的女兒，兩人在聚光燈下像失翼的蝴蝶。我看過菊菊游泳，在我們小學隔壁的國中校園內。晚上，她偷偷溜進校園，在月光中下水。雙手舉高再向後翻，蝶式之姿，其身軀以腰力彈動的節奏所形成的姿態，使得她又像是月光銀海裡的一尾美麗的鯨魚。當時我剛上國一，正迷戀於校園四周種植的木棉花，看得正發呆，聽得旁邊游泳池砰一聲跳水響音，我遂走向那個發光的神祕體。

2

我媽阻止我向前靠近菊菊的軀體，但我像瘋了般地掙脫我媽的拉扯。我對望她的眼神，她的眼睛睜著如畫之亮和如咒之謎。我的小臉望著那張濕淋淋的臉，我們對望過的眼神如鱗片的微光閃過，我不禁伸出手撫向她的眼睛。然後她垂閉了那懾人心魂的炯炯目光。

事件之後又過了幾年，無聊的國中校園讓我幾乎快要鎖了心。隨著我爸的過世離去，我們在我要升高一的暑假搬離了那條街，全街放著鞭炮，天后宮還貼出賀樵樵女兒黃永真金榜題名：高中名校北一女。許多從小看我長大的阿姨們拖著被男人搞壞的下體和萎縮的目光，放著成串的鞭炮，擁抱著我一如擁抱著她們一生從未有過的夢般的用力與歡喜。

告別，那條男女交歡的街，交歡的形式以偶然的徘徊所織就而成，面目模糊但氣味昭昭。

時光又過了兩年吧。當我下課穿著綠制服提早下車步行到台北橋下時，我看到只餘幾間落魄戶在那裡苦守寒窯。隨著疏洪道和堤防道路的拓寬，矮厝盡拆，女人如香水般揮發消失，男人另覓歡場巢穴。

我想起花名菊菊也就是明珠，她是落海明珠。在我人生困頓的某些年，困頓，各式各樣的困頓，心靈身軀慾望，失措失敗失身失戀失語失歡失格，從起先的茫然失措到痛失一切的愛慾與貪歡。

我總是想起菊菊。跳河女子，攜女偕行。究竟記憶的纏繞與蠶蝕是那般的殘酷。我想起菊菊，總感到對人生無以爲繼。

住在堤岸窄巷的女人命運都不好。命不好導致她們在那個時代沒有改變自己之運的可能。那樣的陰暗潮濕之地，即已預告她們沒有移動改變的能力。

3

我聽過幾次查某間的女人們在窗邊議論著我媽，彼此的語氣都帶著某種說不出的同性較勁與挑釁，但顯然她們彼此像河水的左右岸在對看著，以一種女性的距離，持家女人和歡場女人在彼此都無法擁有介入的世界裡張看且無能地隱隱有一種曖昧不清的羡嫉情緒摻雜其中。「瞧瞧這個女人！」女人間慣常對我媽行過時發出的一聲雙關語，甚至有人惡毒地說我媽的樣子是「假在室」，故作清純姿態其實還不都是和她們一樣，一張破布一個破鞋一個破輪胎。我偷偷問我姨什麼是假在室，我二阿姨笑了好久，她說在室就是閩南語說的處女，還沒有和男生做床上的那檔事啦。

那幹嘛要假呢？我用廢棄報章雜誌摺疊著紙船和方盒子，我二阿姨吐了酸梅的籽粒在方盒子內，她說女人總得裝一裝，沒本錢也要讓自己看起來很有本錢，男人吃這一套，膚淺！

後來我讀了書，學到「欲迎還羞」，突然懂得了女人某些時候這樣的作態與必須。這些女人自己的形象是按照她們的男人注目之眼所勾勒。

我二阿姨說的膚淺，後來我明白她說的是大多數男人的感官世界。

而我媽對那些年輕還有本錢就投到這些於她充滿骯髒濕漉的身體買賣空間是非常不解的。她覺得身體是她最後的防線，像眼前河水的水閘，提防洪水越界氾濫成災。

我媽，也就是樵樵這個女人，通常從家裡出門後，即沿著台北堤防邊緣再緩緩地帶點顫巍巍的樣貌騎上台北橋，陽光毒辣時她會戴帽子包起頭巾且手套籠套，像個農婦似的；陰天時她露出剪得清爽的短髮，神似女工；雨天她套著黑色膠鞋身穿黃膠衣，真正像個小攤販。和市場男人一樣打拚的人，完整的個體。

橋上有道不高的水泥分界，分出大小交通工具的兩個空間。我在臨河的家裡二樓半陽台一路亟目眺望樵樵從河邊堤防的小路拐進一個凹處的黑潭深處，那黑影深處是橋面罩下的陰影體積。在我童年看來，無疑地像是個美麗的黑暗，籠罩一個打拚生活的婦人身軀，緩緩接納所有行經橋下的人。有人在那橋下的陰影深處打盹，有人在那裡擺陣勢做臨時的流動生意，有流浪漢以橋下爲家，有戀人以橋下的陰影深處的樑柱爲氣氛的遮掩，有孩童在那陰影的迎風涼處追逐。

我喜歡我媽騎車經過那橋下的黑影深處，像一隻黑色大鳳蝶似的飛過，然後穿出陰影。一旦穿出陰影她的神祕頓時回返尋常持家婦人，沒有黑色，只有居家的白，蒼白。

有時我會幻想在那黑影深處，我媽正要去幽會。我覺得有一種美麗的冒險，在前進中的橋下陰影，在一個少婦流汗的肌膚下，在無止盡的人車交會裡。有時我們家會出現一些有著英文名字的物品，像是棕欖香皂、摩卡咖啡粉和一些美麗包裝的零食。我從來都沒有問過這些東西的來歷，我媽自有她的天地，她對我出門發生何事一向沈默，所以自己亦無所奉告，她只露出一雙粗糙的手給我觸摸，明示其女兒身爲女人的苦難。

就像她下午回來縫製衣裳，面對眼前的物質和自己的空白，她把精神附著到聽收音機，她的迷你物質寶貝給她一個可以想像的音樂和一個真實發生的世界新聞播送。

幸福牌收音機，幼時的我和這個少婦的寶貝。幸福牌後來被一個小賊闖空門偷走了，我媽悵悵地說，連幸福都不可靠。我們家的狗別名lucky，還好我媽不知道意思，否則恐怕得面臨改名的命運。

後來她帶我去西門町西松國小一帶的賊仔市逛逛尋尋，小街罩著塑膠篷，黑暗暗的，商家裡的貨物亂中有序地堆著。我媽看到一台收音機說，妳看像不像我們家的幸福牌？我靠過去認證，點頭肯定說是，因爲天線上端被我貼上小天使貼紙，小天使的魔棒星星缺了一角，且在小天使下方的另一張貼紙被我歪歪扭扭地寫上「永真的幸福」等字。

我以爲我媽將會把它贖回，未料她卻冷冷地看一眼說，算了，我們再買另一台，她晃晃我的手說，看，那邊有新力牌，妳阿姨說新力牌是從日本進口的，一定比那什麼鬼幸福牌耐久耐用。

我看到「永真的幸福」被遺忘在原地，知道媽媽不是不愛它，而是因爲那是父親在我們初上台北時送給她的。如今既然因緣際會地被偷走，她心一狠決定要買一台好一點的送給自己以遺忘那個美麗的痛。

4

雖然樵樵這個女人常常對自己的感情感到心酸，但似乎看起來一直堅強，即便丈夫不再常常出現，甚至後來索性忘了他的妻小子嗣，她似乎也有自信獨自帶引我們活下去且活得好般。然而到了她臨睡前，我常聽見浴室的流水聲會有一段恍惚的無止盡流動，也就是說我媽讓水龍頭的水流滿越過了大塑膠盆的邊緣流到了地板而仍在恍惚狀態，我想像著她處在氤氳中抹著香皀莫名陷入往事或今事地發起呆來，有時恍惚裡我覺得好像聽到我媽用毛巾包住嘴巴地嗚咽著，透過薄薄的三夾板傳來嗚咽和水聲，常讓躺在床上的我感到無比哀愁，欲哭無淚。往往爬起來走到窗邊望河，黑色的河流，蒼茫蒼茫。我們其實都弱不禁風，深怕所有的僞裝在一夕之間潰堤。

我媽不會讓我看到她如此地潰堤狀態，雖然她也常暴怒地有些歇斯底里，但暴怒都是顯性，比起在澡堂幽幽啜泣嗚咽還是讓人可以承受。她那樣的午夜壓抑，終於在十幾年後爆發了她自身的一場憂鬱災難。

我們生命都不透明。在清澈裡逐漸蒙上感情的陰影與生活的憂患。生活可以減少憂患感覺就是和物質直接承受感受。就像我喜歡聞棕欖香皂，抹上這樣的香皀，就置身在一片海島棕欖樹的無憂無慮裡，我喜歡這樣的香皀。然而我不知道我媽在浴室做什麼，也許她在摸著她自己那孤獨的身體，也許她盯著塑膠大澡盆底下印的兩隻鴛鴦戲水圖案發愣，我很想去偷看她洗澡。但就這念頭才起，我媽突然像驚醒似的發出一聲嘆息，旋即水龍頭的水流停止。水聲又回復到舀水的正常節奏。

在堤岸生活的日子我們一直都用大塑膠盆接水舀水洗澡，沒有影集裡常看到的白色澡缸，也沒有蓮蓬頭。

有時停電，點著蠟燭洗澡，看著被放大的裸體在黑色的空間與燭火搖曳同舞，撫著抹上香皀的雙手和水嬉戲，我常常在那樣的獨處裡覺得有一條河水漫流過我的體內，這條河流曾經有過許多男人女人的注目，我的父親，跳河的明珠，許多的夢想隨水流。

我也在昏濛中流了淚。

直到我媽在外頭呼喚我手腳快一點。

5

我媽即使在一大早時當養樂多媽媽，也穿得很有個樣子，她穿著她自己做的衣褲，很有一種流行感。手上套著黑手籠，連那手袖的邊緣都車著繡邊花紋。她一生於自己的衣飾髮型很有控制得宜的能力，但其餘就通常是力不從心，特別是感情。至於交通工具當然也沒有太多的選擇能力，她穿著有個好樣子人家的衣服騎著一輛零件稀稀落落的腳踏車在防波堤的這一帶挨家挨戶送養樂多，送完養樂多之後，回家她的身體散發著一股乳菌的味道，酸酸甜甜。

然後她會騎車越過台北橋，到環河市場外賣早餐，早餐其實就是一只木桶，掀開木蓋裡面散著蒸氣，裡面是發著油亮光澤的糯米，木桶旁邊有幾個塑膠盒裡面有切碎的菜脯、魚酥、油條……，買早餐的對象通常都是做大批發生意的菜販肉販花販，以及來市場批發做小本生意者。我媽做的飯糰很紮實，飯糰的餡有醃過炒過的菜脯。做完早市生意，她會騎著腳踏車城市拐到河流的南方。

樵樵的方位應是沿著河的上游溯往，移動。河的上游在滿潮滿月時分，夾帶著下游的垃圾和棄屍漂至水的沿岸，潮退，垃圾卻被留下來了。雨季來臨之前，樵樵到河岸取了幾把泥土，把每個泥土槽挖成一個個小洞，然後把薯放進洞裡，覆上泥土。然後等待著雨季來臨時，薯根受濕氣的呼喚，然後開始發芽。她種這些植物可不是爲了欣賞，她是爲了生活的食物。

中午，她又從城市的右岸騎回衛星城左岸。

偶爾在修改衣服的件數不多時，她會走路到鄰近的三槍牌ＢＶＤ工廠做論件計酬的車內衣工作。「忘不了，忘不了，忘不了妳的淚，忘不了妳的好……」錄音帶轉動著不了情的蒼啞，三槍牌內衣工廠就在橋下堤岸的路上往左拐。我媽要上半天課的我到這裡找她，因爲有餅乾可吃。工廠在下午三點會發點心，聽說工廠領班對我媽很好，領班是個台南來的外地單身漢。我曾偷聽他們在內衣堆疊的紙箱堆裡悄悄說話，在許多理性上有著過人思考的我媽向他說著別指望我的感情了，你還年輕，我已經老了。說著苦笑似地發出嘆息，白頭髮都長出來了。我不值得你指望。會兩敗俱傷，你看我現在有什麼條件，而你有什麼條件讓我的小孩更好？……，對方沈默。

我們朋友一場，我幫你作媒，怎麼樣？我們南部來的姑娘一打一打的任你挑。

我媽因爲對這領工有情義，所以竟然又開始了她的媒人事業，我家客廳過於簡陋，名聲也不好聽。因此橋下的表舅相館的客廳就是我媽撮媒之所，看滿意的還可以順便拍張合照，或者將來有成，結婚照就找我表舅舅拍。媒人事業所拿的媒人佣金幫助了我們幾個小孩讀書的學費，且也讓我表舅的生意好極了。去相館玩，牆上玻璃櫃內總是放置著等新人來取的新婚照，那樣朦朧的沙龍照鑲著華麗的巴洛克繁複金框，女人紅紅的嘴唇堆疊了滿滿的笑。

這些人結婚過後都在做什麼？我這樣問時，相館的客人都笑了，「妳是問結婚當天以後還是更後面的以後？」

不知道爲何我從小看到結婚照片總覺得悲傷。尤其是新娘子罩在婚紗的假假模樣，總覺得像是一場生命的無聲扮演，期待幸福欽點的飽滿，那照相的當時我想任何女人都禁不起感情一絲絲的裂痕突然來到。

不論是到工廠上班或是媒人的工作，通常這些事在我媽都是間歇性的出現，她通常還是留在家裡改衣服的時日多，照她的說法是在家比較自由，想休息就休息，誰也別想管她。關於這一點自由的屬性，我聽了對她多了幾分崇敬。

至於那個領班，在娶得美嬌娘後曾經帶著剛生未久的嬰兒來拜訪我媽。我媽不知爲何那天中午並沒有按時返家，像是早早預知了而故意避開似的，餐桌上留紙條說醫院有事，徒留我一個小女孩面對著他們一家三口。我對抱嬰兒並沒有興趣，那領班卻一直說抱抱看啊，當當小姊姊的滋味啊。我抱著嬰兒呆呆地看了一下，一身奶味。嬰兒大哭，那年輕媽媽便趕緊從我手中急急地抱了回去，目光還白了丈夫一眼。想起母親交代要給他們的紅包，忙忙跑去縫紉機旁取出紅包袋遞給他們，領班怯懦地看著我的手，倒是那妻子堂皇地收下，「樵大姊還真有心呢！」

女人一持家就務實了，也是應該。

他們留下了油飯和紅蛋待了一會兒便起身。送他們一家子走出小院子，領班發動光陽機車，載了妻小駛向橋的那一端。堤岸的灰塵揚起得好大，我瞇著眼睛看著新人新生在我面前離去。關上門，想著那樣的背影，唯孤寂可道盡。

院子的秋海棠有幾片枯葉，芒果樹的葉子落了一堆。

我在母親尚未歸家前剝了顆紅蛋吃，剝開蛋裡面還是白色的，原來只有殼是染的，我對於這個發現感到有趣。表面染色並不代表裡面或底層也跟著相同。外頭的腳踏車伊拐聲才停，我還吃著紅蛋即迎了出去，「他們走了？」我媽問。「媽，紅蛋裡面還是白色的。」我說。

「廢話，哪裡有真的紅蛋，不都是白蛋去染的，傻瓜。」我想起我們愛畫的心都是紅色，都是人在感情裡的寄託之想罷了。我媽對於我的傻氣感到好笑，「可別妳姊的癡病傳染給妳了！」

我沒過問我媽對於領班結婚的想法，我看她已經愈來愈少照鏡子了，「別對愛妳的男人妥協。」她的教誨。

唯一她還年年熱中的事是帶我們去給表舅拍照，這是表舅對於我媽引進許多大客戶的犒賞。不過我媽可從來都不准我表舅把我的照片當宣傳品的放在櫥窗裡，「小女孩這樣招搖很不好，你看她的眼睛，一雙勾魂驚心的樣子。」我媽拿著我的沙龍照片對著表舅暗暗地發出嘖嘖嘖的語腔。

我表舅聽了爽朗地笑答：「誰不想讓別人看見自己的美啊，女孩子這樣很好啊。」這位表舅頗有見地。我想在那個民國六、七〇年代時期喜歡拍照的人鐵定是愛美的，因爲他一直都在盡可能地捕捉美。

我喜歡表舅的暗房。「暗房」的字眼常會讓我聯想到父親當年的家書，家書曾提及他所在的位置是淡水河的「水門」，字詞裡有許多的感官流動。

在表舅的暗房聞著顯影液的味道，望著在小紅燈裡逐漸浮顯的人影，充滿了孩提時的魅惑。父親過世的那年，我媽翻箱倒櫃找到兩人以前出遊的照片，遂對撕，留下自己的，遞給表舅翻拍放大我父親的那一半照片，我媽對撕照片的動作非常犀利，像是不知撕去多少張而有了一種精準的練習。合照的兩人分開得非常完整，個體完整獨立，沒有糾纏。除非仔細看，會發現兩人牽手的指頭在分開時仍有重疊。

我和表舅在暗房洗著父親的影像，年輕的父親身影漂流在水裡，漸漸在水中笑開來。「阿舅，如果我爸不早我們兩年到台北會不會就不會離我們而去？」我拗口地說著。表舅聽了在黑暗中笑了笑，摸摸我的頭說：「沒有如果的啦，發生就發生了，以後妳會明白。」

是嗎？以後真的就會明白？

表舅突然想到什麼地說，咦，換身分證時，妳父親曾經來拍過大頭照啊，妳家難道沒有保留任何一張嗎？我舅舅瞧著水裡的父親影像說這張實在太年輕了。我看著沒有人間煙火諸多纏身的他確實太年輕了，那時他沒有我們，我們也不知在何方。那樣的年輕照片掛在祭祀廳堂有點像生命被壓縮，或者我們會顯得不是他的兒女般。

我幫表舅把濕淋淋的父親放大的臉部照片夾繫在細尼龍線上，看水滴子緩緩落下。表舅穿過厚重布幔，在前方招呼客人拍著大頭照。

「來，笑一個！」他的聲音傳進。

來，笑一個！喀嚓！像底片廣告的微笑般凝結。全家最後的合照是在我四歲剛抵台北的那一年。後來這個聲音在成長中每年至少都會聽一回，唯獨之後再也沒有父親的笑參與其中了。

6

關於寫母親其實常聯想到的人是父親。

母親選擇一張結婚前年輕時的父親照片當遺照，似乎有意忘懷後來叛離的父親，但作爲未離婚的未亡人她該採取什麼姿態哭喪？

未亡人，奇異的字眼。我媽其實才是真正的死者，我爸才是未亡人。沒有父親雙眼的注目，母親早已直如枯木，準備進入死亡期。感情離去的痛和面對小孩的漫漫長夜，我想我媽在那時候就死了。如今痛雖然緩和，但鬱鬱不曾中離。

想當初那個因爲生我前中了彩金的女人是如何地談笑風生。如今張弛在命運和愛情的河水面前，卻只能淤積，擱淺。

我面對另一個我父親的女人像《聖經》裡的〈約伯記〉：「只有我一人來報信給你」的姿態帶著父親過世的消息來到我家的震撼，久久發呆只能望著河水洗滌傷口和疼痛。

我媽卻沒有什麼大悲大痛的表情閃過，當然也沒有什麼倒茶等客套舉動之於我父親的另一個女人，和我父親在一起十多年的女人，比起我和父親相處不到幾年的光陰都要漫長得令人羡嫉。

當年我媽恥笑我阿姨的憂鬱症，直言憂鬱是什麼是她不懂的，我還記得嬰幼時，她從嘉義老家床底內部角落拿出所有夭折的那位哥哥的遺物，陽光下她曬著這些小小孩兒的東西，並大力彈曬著棉被時她說過的一種清朗言語：「從今以後，要學會遺忘，要放捨不屬於咱們的情。」

我媽整個人其實仔細看也有一種空掉的樣子。茫茫地眼神有種空洞。

報信之後，女人擲下了一張紙，上頭寫著醫院等事宜。我看到女人有個極爲好聽的名字：年綺遙。年綺遙的旁邊眷屬還多了一個名字：年輕，年輕上方寫著小小的（長女）字體且被括弧了起來。

年輕的名字透著我爸爸的浪漫。年輕從母姓，有著這女人的觀念先進且獨立。我看了那紙張對父親的情人突然一點也不憎惡，因爲我發覺是父親離不開她，而不是女人離不開我父親。說來是誰比較有情有義？

我從張望河水的神色拉回自我想像的邊境，重返現實，問我媽有何感受？我媽仍繼續像機械人似地車著衣服，只淡淡說：他要是早一、兩年過世，我也不用去療養所了，真是欠伊的情債，誰知道就差那麼一年，我真的詛咒過他不得好死！

嗯，我記得去年，母親爆發精神危機住進了八里療養所。如果早預知父親將亡，誰也不用爭了，也許母親會放過自己。她毋須再咬牙切齒地說「這對狗男女！」，這個「姘頭！」

三個女人相聚一堂，中間隔著一抹厚重空氣，我父親的身影。沈默，不是金，是災難。傻掉空掉的一種沈默，比發怒痛哭更暴烈。

一個早些年不願離開南方老家，未料卻在台北擁有了兩個家的男人。兩個女人，三個女兒，兩個兒子。

夭折就我知道的有一個。

相較之下，父親的生命是透明的，他的情感我們都看得見變化的軌跡，無論我們作為他的妻小是否願意承認或否認，那都是一個事實。而母親的生命反而是不透明的，甚至一直有一種曖昧。

我不是那麼記得她生命有過的男人影子，但我知道她一直有追求者，也曾多次晚歸而讓敏感的我聞到其他男人的氣味。但不論如何，她撐著家，沒有想要放捨我們。為此，我感激她。

我很想見見年輕。名字這樣特別的人，應該有著什麼樣的長相？什麼宿命？她是否也遺傳我父親那經常有的薄倖神色與孤涼眼神？

我多了迷離幻影在我如湖泊的瞳孔上方游移，不知道年輕的目光裡多了什麼成長的祕密光彩？

入睡前，我不斷思量同父異母會有多少差別，後來才模模糊糊地想起我見過她。在我四年級時和女伴舒舒去動物園玩的時候撞見她被我父親抱著。

像個洋娃娃地被抱在我父親的臂彎裡，眼睛閉著。

年輕在黑暗的汪洋中做著白色的夢。我以為。

7

關於我對母親的城市記憶，是白天的。

關於我對父親的城市記憶，是黑夜的。

就是那年，升國三那年，暑假的尾端了，九月秋意偶爾涼風起。

父親打聽母親和小姊姊在醫院過夜，突然來到家裡，我在做功課時，見到窗前有個熟悉又陌生的影子，父親開著一輛黑色的車子，就是標誌上圓圈裡有個人⊛的賓士車，呈三角關係的標誌；父親站在窗下，像個情人般地按著喇叭。

啓動不久，經過橋下前冷不防緊急煞車，閃躲一輛莽撞拐進的機車。我晃了晃，車窗前從車頂抖落一大片花花水滴，如淚光。是前夜下雨積在車頂上的雨水，光照在雨滴，如夢之境。父親看我盯著窗前雨滴看，身子還微微探向前傾，似也心有所感，故也不用雨刷，且放慢速度又突然加快地讓雨滴再度滑下。我笑了，覺得父親是個浪漫的人。原本他就是合該當書生的，早些年我們在家鄉他是被家族所迫才務農，然而到了城市，他才發覺務農是好的。

我聞到車上父親情人的香水味，車窗前吊著一些祈福裝飾，並有一個小小的捏陶作品黏在擋風玻璃前，是小孩捏的。我看得出來。

上了台北橋，我想起當年哥哥在老家唸著父親寫來的家書，全家人像是聽聖旨聚集的模樣。如今父親離去了，但那一晚他離我這樣近，且用一輛豪華轎車載我前往一座燈火通明的城市。有許多紙張和塑膠袋在秋夜和風不斷地舞著，舞著。

前方有輛貨車閃著紅燈，交通標誌黃燈也閃爍著，圍著圍籬的工程小紅燈一路閃在台北的大路上。一座新興之城，我頭一次在夜晚進城，進到對岸的台北城市，和一個許久不見面的父親。

父親右手繞著方向盤，左手抽著菸。姿態好看，一路上我們大都徘徊在大路上，行道樹的枝葉樹影在下過雨的路上顯得乾淨，濕雨的道路在黃燈下黑油油的亮。唯一熟悉的是行天宮，母親帶我來過。夜晚到來，流浪漢和善男信女依然在那裡祈求先知凝聽他們的苦難與賜予他們幸福美滿。

車子續走，行天宮之後，是榮星花園和殯儀館，拍婚紗的幸福和死亡只幾步之隔。

經過幾座市中心圓環，立著偉人的銅像，那是于右任，我父親說。我聽過這名字，但誰管他呢？我們在這座城市討生，討各式各樣的生存，感情的、物質的、肉體的，生活下來已屬不易。誰需要一個銅像呢？

當時的城市鐵路還未完全地下化，復旦橋下南下北上的火車突然就這樣噹噹噹地轟轟經過這座城市。我喜歡這樣的城市，這樣的時光，這樣的空間，和一個男人。

經過圓山動物園兒童樂園，我想起見過父親和他的另一個家庭。我只轉頭看看他，父親的側臉很文氣，我看著不語。車內放著中廣李季準的感性時間，我知道夜深了。我拆開父親給的歐斯麥巧克力夾心餅乾，空氣中有了香甜的味道。

車子迴轉，走中山北路，經過教堂，尖拱上的十字架立在天空，霓虹燈閃著「信主得永生」。永生，陌生而遙遠。

此生都快過不去了。

不知父親是否還常到教堂？嬰孩時我被他抱去教會，蠟燭火焰燃在黑夜和詩歌中。

「你還到教堂做禮拜嗎？」

父親搖頭，「我見到耶穌基督已經飛過教堂的十字架了。」父親轉著方向盤說了深奧的話。我只是聽著，覺得不管有沒有十字架，我的名字「永真」已經是父親命名的「真」的上方有「十」字架。我當時的那一刻感到逸靜。

外界也安靜著，好像城市裡大部分的人都在睡，在玩。男人與女人。可是大概沒有一個父親在夜晚載著一個讀國中的小女兒在台北開著車隨意兜轉吧。深夜了，這城市浸在慾望的黑缸裡。平靜中好像有殺人魔在哪裡悄悄使壞，經過仁愛路時我這樣說。父親聽了笑著。他說我一定很孤單。

我母親，之於我父親，其實都缺乏一種認定。或者說我母親認定了我父親，但我父親沒有，他認定的是另一個女人給他的，那是我母親無能為力的，就是聽了心碎成兩半也無能為力，只能心碎。最大的悲哀是無法離開且自欺欺人，執愛情之矛揮向自己的心臟。

我渴望獨特，父親渴望特別，但母親渴望的是一個家。家是尋常人生，我以為母親找錯了男人。但我的心裡有一條河，父親的特別不是渴望一條河，他的內心到了城市突然轉了性，他裡面有一團火，所以他才離開我們。

台北入夜許多店家仍開著，夜市營生仍極為熱絡，每盞小燈泡下聚著男女。性慾連結成的食物鏈在我當時看來如鬼市般。

我們沒有吃東西，因為擁有父親的當下，我已飽足，且微醺。

陰影在前方等著，我必須珍惜現在，內心還有光亮。

父親即將離去，在越上台北橋之後。

臨下車之際，我們在車子的空間坐了片刻，久久不出聲。河水那夜潮騷得很波動，一波一波傳自地心的聲量湧上耳際。毛毛雨這時很不巧很煽情地飄落，比大雨還令人煩躁的毛毛雨，很不乾脆的毛毛雨。

沒有選擇，我推開車門下車，向父親揮手。父親突然拉住我的手，他眼睛瞥瞥我剛才坐過的布面椅座，我低頭透過慘白路燈見到一團紅血沾在椅套上。我驚慌地看著不動。

父親也下車，繞過我身邊來。非常緩慢地說著：「妳心靈早熟，身體卻晚熟，現在妳已經長大了，妳是個女人了。……長大不要找像父親一樣的男人。……不要愛上我，不要愛上像我這樣的男人……」後面的聲音幾近泣音。

多熟悉的「不要愛上我」，是兒時至交舒舒，十歲的她說過的話。

父親說完，我看他用手指推推眼鏡並揉著眼睛泌出的一抹淚光。

母親等了十多年要跟我說的話，被一個隨意到來的父親搶先說了。

住在煙花巷的代價就是看透世間這一切的情慾作祟，我超齡地對父親說，我不怪他，因爲他的離去一定有他的理由。父親定定地看了我一眼，像是要把他唯一可以溝通的女兒的靈魂給吸進體內般的奇異目光深切和我的目光交會。

我不認爲所有的背離者都是錯的，我認爲以我媽的剛硬和不服輸的個性可能無法滿足我父親的浪漫與情思。

當然後面的話我是回到了家才自己延伸所想的。

賓士那圓形中間有個人形的(人)標誌漸漸離去，緩緩地，像黑夜般不驚動地滑出我的視線，那個人形，其實也有一種三角關係的隱喻姿態，在我看來。

父親載走我的第一滴血，來自私處的第一滴血，且將那一滴血載到另一個女人家，一個擁有且分享他私處的情人家。

這樣的一天，充滿魔魅，突然女人的血如河水泛潮像生命無預警的報到。

我再一次看見，我所有在這條河流生活的過去，一切的過去，連永遠都會過去。

我們都是孤單的人，夜晚不會終結，明天太陽會從河面再度升起，差別只在於我們看得見或看不見。

然而和父親的這一晚不會終結，記憶不會終結。我知道。

這是我最後一次見到父親，且這麼近距離，在不尋常的黑夜，穿過整座城市，這是何等的奇異。

似乎幸福得過於不祥了。關於血的來到，關於一切苦楚的被喚起。

果然國三，父親猛爆性肝癌走了。

信差是父親的女人，年綺遙，她帶來黃碧川的訃聞給他的元配妻小，我們像接旨般地臉色凝重的聆聽。我必須再重複一次述說，再一次喚他的名，因爲有人說如果我們不再用這名字，名字會在記憶中消失。點點滴滴隨著時光消失。

我就這樣在台北城市的夜晚舉行了自我童年的告別葬禮，我成了女人，父親當了見證。十四年溜走了，十四年換得和父親的一夜深刻相聚。

陰影很長，如靜夜之神四處穿梭來到房間的每個角落。

這樣十四年過去了，過去了。

狠狠地穿過哀傷，要狠狠地，否則哀傷永遠如迷霧森林的露珠，濕氣日夜侵蝕我體質脆弱的感情基幹。

夜晚太過漫長，如河水終日嗚咽。請妳早睡，我聽到妳在地板上碎碎走動的細音，我的母親，請妳早睡吧，不要再走到窗前看河了，這不像妳。夜晚的河水太過憂傷，妳看得不夠多，很容易幻象叢生且意亂情迷往河心縱身一躍。

我替妳擔心。透過妳的背影看著河水，爲了看牢妳，在這樣得知父親的死訊之夜，和哀傷尚未沈澱到河底的往後幾個夜晚我都得看牢妳。

生命的周遭已經充斥太多的死亡了。

我禁不起妳也要離去。

我們相依爲命太久了。

8

父親的情人，年綺遙，有一天出現在我的堤岸學校。

在我父葬禮過後不久。

要我上她的那輛賓士車。我聞到她身上的氣味馬上就呼喚起記憶裡那個五歲所歷經的往事遺址，我父和另一個女人的愛情花園，如今也已成廢墟。女人有一種憂鬱摻雜天真的氣息，說不上的一種世故又明明擺在清楚的臉色裡，是個心思複雜的人。

她拿著一盒照片給我看，我父親。後來離家的父親身影，其實和當初我記憶他的相差不遠，一派斯文，笑容多了滄桑，許多人都有的中年哀樂感浮顯在瞳孔裡。

唯獨他開始生病後所拍的照片，我幾乎認不得。插著呼吸器，身體縮短，頭髮如亂剪理出的紋路，看得見蒼衰的紅血管蜿蜒在一張我逐漸失焦，認不出的臉上。

我不知道爲何女人要我看這些照片。她似乎體察了眼神，旋即說：「妳收下照片，我不希望妳忘記妳父親，他是個好人。」

可我家的災難他畢竟也是主謀，我盯著照片，默默收下。

有關女人的記憶就畫上了句點。因爲我媽得知她到學校見我時近乎歇斯底里。

而我還滿想念她的，覺得她有一種迷樣的誘惑感。可惜她的故事我現在還無法書寫，時間到了我會知道，我會學習面對。

9

那年河岸鼠患猖獗，人們鎮日噴灑消毒水，檢視自己皮膚是否夜裡發紅疹。我媽小心防患著，免得老鼠咬壞客戶的衣服，不論高級名牌衣飾或是尋常人家衣服，我們都沒有本事賠人家。

四周放著鼠籠，意圖靠近縫紉機附近的老鼠都會誤中陷阱。有時在黑暗中突然聽到老鼠被夾到的吱吱叫。

我們家開始養貓。原本不喜歡貓的母親，為了修改衣服運作如常，只得養貓。我媽說貓有一種野性的呼喚氣味，遲早我會像野貓一樣到處流浪。背對家人，背對世俗。

貓是向私娼寮的母貓生小貓時討來的。原本我們想向橋下的舅舅要貓來養，無奈舅舅的貓都是名門之後，波斯之種。我媽說，她養貓已經不得已了，怎麼可能花錢買貓，到處都有嘛。再說，我也不喜歡波斯貓，覺得不夠有個性，圓圓的臉下又是一身圓滾滾，毛又過長，簡直是美得過度而不美了。母親對我的獨特審美觀表示讚賞，她本來對美就是不從俗的，堤岸許多小孩剪西瓜皮馬桶蓋，我完全沒有此一浩劫。我曾因為長頭蝨而幾乎被剃成了光頭，但髮絲漸長時，我媽還幫我修剪成她在雜誌看到的赫本頭。

10

國小四年級的某日，某個男人出現在我家的籬笆圍籬外，自行打開原本即只是輕輕一扣的木門，他在外目光猶疑梭巡，見到我在門口，問：「妳媽媽小樵在嗎？」

小樵？我狐疑著這樣陌生的叫法，我父親都沒有這麼親切喚我媽呢。

忽忽帶著敵意地盯著男人看，突然覺得面熟，在哪見過似的卻一時想不起來。

還在發愣時，我媽的腳踏車聲在外正巧騎進來，見到男人背影差點從腳踏車上險險跌下來。

男人轉頭正巧扶住，簡直像我們家七點檔看的無聊連續劇般一切符合得剛剛好。

我媽要我進去換件衣服，並幫小頌換了件水藍色的水手服，顯得我像姊姊般。那晚我以為我們要上台北去，很興奮，男人卻帶我們離開台北橋，反往南走。我除了唸書很少在三重逗留，我只愛過橋往台北尋去。突然才發覺三重在這幾年迅速改變，衛星城的角色依舊但是自身也有生存的聲色自足自靠。霓虹燈閃爍以及電影大看板一如西門町般。

男人帶我們在正義北路的十字路口停好車後，往路口的某個餐廳走上去，二樓霓虹燈寫著里約牛排餐廳，里約在哪？我想著這樣的名字有種奇幻的異國情調，當時自然不懂什麼是異國情調，只覺完全迥異於我平時生活的傖俗河左岸生活氣氛，反倒有一點像我們學校遠足時到過的基隆港口，有一種港口的光鮮流動感，刺激著孩童的目光。

牛排，我媽媽笑著對男人也像對我說般，這女孩三月生算命的說忌吃牛肉……突然不知為何話鋒突然像失控地接著說：算命的還說她會三十三歲才結婚，天啊，哪有這麼晚婚的啊，像我三十三歲時這些孩子都已經可以走路唱歌了，十九歲結婚都是老處女了。

哈哈哈，乾笑幾聲，我在內心配著音。今年最大的男孩都已經讀高二了，老二也讀國三，兩個男孩不是住校就是補習補到沒日沒夜的見不到人。像在宣告什麼似的說著一大串話。

男人聽了笑了笑，點了根菸，打火機嘟彭的聲音很好聽。

我和小頌姊姊像兩個大電燈泡似的愣坐在皮椅上，我不斷地睜著大眼看著黑黑暗暗的餐廳，侍者送來了燭火、餐巾、刀叉。

男人建議我吃春柳雞腿，我不置可否地把玩著刀叉。

吃飯時，我和姊姊皆把盤中的肉切得嘎嘎響，後來乾脆拿起來啃，吃得一嘴油光。只有我媽小心翼翼地切著肉，深恐眼中肉會跳起來飛走。

之後我吵著要吃蜜豆冰，一行人便又晃到對街的水果冰室，母親和男人共吃一盤番茄沾薑的切盤，我獨吃一碗蜜豆冰，碎冰在我的牙齒中咬得爆發著碎裂聲不斷，拉直著我媽的聽覺神經，她狠狠地瞪了我一眼。小頌姊姊吃布丁，一直對我笑。

之後去看了場電影，三重當時最大的金國戲院，以前我哥也帶我多次前往看武俠片，男人買了票卻遲疑著看看錶，他說他得趕回去，要我們母女先去看，以後他有時間一定再補償。我記得那次看的電影是國片《異鄉人》，導演白景瑞，演員好像有我媽的最愛胡茵夢和林青霞，我記得有點模糊，但對於電影的歌曲是由有一張混血兒臉孔的田璐璐主唱的印象卻很深。「每個夢……

鄉，我心嚮往，懷念那泥土的芳香，懷念那……」唱的時候她有特別的滄桑轉音，我清楚記得的是母親在黑暗中流著無聲的淚。

寂寞的眼淚。

痛苦到極致時世界是無聲的，我想。

11

男人後來再出現過一次，聽樓下的木匠說的，在我們小孩都不在家時。之後，即消失。不知那天發生什麼，總之是來告別我媽的吧。

男人後來沒有再出現，我反倒想起他，他就是幼齡時我媽帶我去找西門町的剃頭姑姑店裡的人，姑姑開的理髮廳外頭之保鏢，當時他以擦鞋匠的身分掩飾。

我慢慢拼湊，這些年，母親和那人的交往，在我父親徹底搬到另一個女人的住所後，我們家的情感日漸漂流在這座城市，無所依靠。

之後我媽從一個習慣表達說話的人突然會掉入一種發呆般的沈默時光，整個空間只聽到縫紉機的轉動聲滑過布料，有段很長的時間她不再過河到淡水沿岸的環河市場賣早餐，也較少在外走動，最多就是在堤岸旁散一下步，黃昏時遛著我家的小黃，並罵著小黃。

某天，整條大街小巷有輛小卡車貼著廣告紙廣播著藝霞歌舞劇團即將在三重自強路的中正紀念堂公演的消息，突然驚醒我媽長久的睡眠狀態，她似乎在度過一段長長的壓抑後，醒轉過來。

她還抓著手中修改的衣服就跑到街上，跑到速度開得極緩的卡車司機旁索討著廣告紅單。

她吆喝著她的義結金蘭與鄰近的女娼們同去看。

我當然也在其中，那真是好看的劇團，有戲劇有身段有唱腔，對於當時的女人家和小孩來說都像是犒賞。

如魔術魔幻般抽離尋常生活的犒賞。

第四章

妳見了我微微一笑，

我在心裡說著話，渴望妳再被造為人，我們再相逢。

秉燭在她鄉

——我的女朋友

1

堤岸是我們在寂寞、孤獨、脆弱、陰暗、憂傷、絕望時會移步走上去的狹長世界，因為那裡的前方是河水，平靜如明鏡，氾濫如野獸的河水，在下雨或陰天容易感到日子灰色時堤岸總是不約而同的出現幾個女人。我和妳，妓女戶一些長年有哀傷眼睛的女人。妳母親有時也會出現，我媽則很少走上堤岸來，她只是在二樓的窗口望著，在入眠時刻與醒早時刻，除此，我母親很少望河水，就是過台北橋也都是急匆匆的。我想是因為如果沒有絕對的必要與正確的時刻，千萬不要望河，悲傷會潰堤湧來。

雖然快樂時我們也會走上堤岸，想要站在堤岸上吶喊狂叫，像對空鳴槍式的一種爆破吶喊，但畢竟當時或現在，快樂的時候仍是那般的不多，甚至可說是稀有。

如果稀有，也是一種品質，獨特的品質，那快樂也就曾經抵達了永恆。

河水在這座城市命運幾乎像個公娼般地被踐踏，身體從表面到底層都遭過晦暗的欺凌，污穢且廉價。

這座島嶼首都之城的開始和成長中的變遷都離不開這條河，我的成長離不開這條河。這條河深度和淺度都是生命的一部分，我在深河，也在淺洲。在堤岸也在我家看著它，像看情人般的深邃。有潮汐有日夕，有舟楫有飛鳥，但常常都是我，堤岸的小女孩和老女人才能對應它的存在深淺濃淡，只有……海洋……沙灘相依爲命。我和女人的堤岸。我們一起邁向老化和死亡，就像眼前的河，也在腐朽和死亡。

淡水河，嗯，應該是一點都不平淡的，它的不平淡是因爲見證了我的存在。我的存在，見證了在生命城市的存在個體。真好，我唯一覺得父親留給我們的正確選擇是落腳在河邊，即便這樣的粗荒，野蠻中自有獸慾般的情調。

我常想會在生命每天的某些時刻嚮往看河水的人，內在通常都是潮騷起伏的，不安的字眼形容起來顯得平淡，其實不是因爲不安，是不想平庸不想無聊，不想死氣沈沈。

淡水河沿岸有多少戶多少人在夜晚的孤境裡攀在窗口上望著如瀝青般的黑幽幽河水，堤岸靜悄悄的，大半天裡無人時，我總以爲城市人的心都長繭了，或者腐朽地死掉了。妳說，看河水看久了，會被天使接走。潮音如魂樂。

下雨天的河水，終於有了愛人的撫摸，雨和河水跳華爾滋。河水在笑，在微笑。我說。

下雨貧窮人並不好受，水從天上來，漏水的屋頂無法承接雨水，地板有裂縫，噴出如水柱的水花。無法承接、有裂縫，都是難挨，只有小孩才會覺得好玩。下雨天見母親穿著有破洞的黃雨衣騎著腳踏車或是摩托車，穿過雨水簾幕，身體前傾俯衝，上了橋。可以想像一身濕透的衣服在宛如蒸籠的不透氣雨衣裡。如果遇突如其來的暴雨，就是有雨衣也沒用，更何況常常雨是說來就來，沿著下雨的河岸回家，是當年習慣的濕度。

我也好不到哪去，在學校，忽忽大雨，放學時刻毋須張望，不會有人有時間送傘來，甚至也無傘可送。我媽說，小孩要鍛鍊。妳母親見了在廊下望雨等雨停的我說，躲進來吧，我搖頭。寧可淋雨。雖然我也想和妳一起彎進柔軟的臂彎下，聞著夢中以爲的麝香氣味。但我以爲要和想像中的母親並肩作戰，這樣說是煽情的，但其實我真正的想法更煽情，因爲我希望我回家時母親見了濕淋淋的我會啓動她常常遺忘的母性，拿毛巾來擦我的頭髮，泡薑茶給我喝。雖然有時運氣不好，遇到女客人在試鏡間向她囉唆哪裡沒修改好時，我的自虐通常會換來一頓討罵，但我的犧牲討罵一頓卻反而是幫我媽解困呢。「妳不會等雨停再回家嗎？像隻骯髒的小貓！感冒可沒錢給妳看病。」女客人見她這樣俐落厲聲數落我，像是女性共有的柔軟也被激動了，反而不囉唆外，還幫我求饒似地說，淋濕身體很難受的，妳別怪她了，小孩都不懂保護自己的。說著說著，問我媽修改衣服多少錢，爽快地給了。

我媽才有了笑。我媽雖然把錢看得重，但我知道她對自己的衣藝還頗自豪，小時候她就善女紅，樵樵的手工織品在當時的村落就響叮噹了，可惜她現在都不做了，「工錢都不夠！」她說伊被時代淘汰了。後來我讀了書，知道她說的時代是資本主義。

我扯得遠了。我們在看河水。

妳說我淋雨的心機很有人性，顧全大局。我聽到顧全大局在堤岸上笑得躺在混凝土的石泥地上良久。

長大後，不斷有人問我最想去哪裡旅行？我回首才發現其實去哪裡不都一樣。如果還有不一樣的世界，那是重返我和妳的童年境地，就像我們常常突如其來的小小旅行一般，只有回到那個狀態，才有驚奇，才有溫度。我一直在重返過去，因爲現實太無趣。

2

遇見我的人都會不幸。要避免不幸就是一定不要愛上我。

不要愛上我。

一定不要愛上我！妳說。妳像個男孩似的鄭重，反覆要我聽清楚了：妳不夠自私，所以以後會受苦。

我聽著，想像妳說過的父親如何要妳和妳母親一起在臨睡前聽他如對軍隊般訓話與鞭笞。生命不再透明，只能說謊，彼此說謊。爲了不讓別人看穿，就必須不透明。十九歲我曾經對黃熙說不要以爲你已經看懂了我，因爲我不透明。

我不愛妳但我會想妳，我答應。妳說連想念都不要，那比愛的本身折磨人更甚。

後來我想我明瞭妳十歲的話，不要以爲十歲的人不懂什麼。五歲就是完整的人了，西蒙・波娃說過。我的深度和淺度，在拉扯，一種兩極狀態。生命的負數比正數多。唯一不負的男人我遇過一個，他對我太好，所以比較起來是我負了他。負不負也是比較，因爲他太多正數了，所以我不斷用減法對待他，後來他清算感情，覺得從來不需懷疑我的情意，但是對擱淺或是在流失的感情何必再繼續。

其實他該懷疑我的，我說的懷疑是用一種美麗的精神拉拔彼此的位置，而不是世俗所謂的一種暗藏指責的態度。

可是沒有人了解我的膚淺與深沈，幼稚與蒼老，混沌與清明，稀薄與厚重，邊境與核心，一如河流之於人的存在許多人已經忘記。

我總在告別。有時不明就裡，有時清楚演變。

總是這樣。告別妳，妳隨調動職務的父親遠離這座粗荒的小城，就這樣，我們告別，在冰冷的空氣中。送別在河水漲潮月圓初升之時。月圓，其實是月缺的開始，我感到這一別似乎充滿了死亡的肅殺。對岸燈火倒映水中連成一條條的金鍊銀鍊，時有小快艇奔速前進，打碎了串串的相連，碎光碎影。我們的眼瞳在光的明滅裡如星子。

許多年後，我站在堤岸，單薄地站在我們站過的位置。日子若要當日曆撕下，一定是成疊成疊的撕去。

真是沒有苦苦追求的事了，剩下的只是我們自己。爲自己可以言說自己的存在，其餘都是一種攀附。

我不知道有多少人懂得逼臨深淵的境遇，妳懂得，也就值得。

我重返堤岸，獨自憔悴地站在不再發亮的河水面前，想像那一日，我們十歲，那樣超齡的告別，像老人瑞地說著話。童年時接近成年，成年時卻接近童年。

就像很多年來我並不常想起妳，但我現在卻常想起妳，經常地近乎不斷的，綿續地近乎難安的，不是沒有理由，雖然我們倆的認識毋須理由，只需穿透存在。想起了妳，等於召喚了那段無法替代的河左岸時光。

我想如果我們在路上偶遇，妳應該可以迅速地指認我，雖然這樣的說詞只是幻想。我記得妳說過我不會老，好奇怪的說詞，就像喜餅廣告的口吻有一種不真不切，但也因爲不真不切反而又讓人感到超現實才會有的幸福。

而這麼多年來，我的臉型似乎和學生時期的變化不大，除了多了內在滄桑所帶來的心境幻滅外，外在的毀滅痕跡並不嚴重。縱慾時，改變的臉部線條是一種凹陷，使得我的臉頰骨更爲突出，這時我的眼睛不再如湖泊，倒有點像貓眼般的挑撥，很多人在那時見到我都會說我長得像母親。當我處在一種長久一個人的孤獨時，我才成爲我自己，如果這段時間偶爾恰好見到親友，沒有人會說我長得像誰，我像是個沒有血緣和家世者。我愈發現自己有愛情時，我愈像我母親，一個悲傷有缺憾的女人，包括臉型的凹陷，目眶的凹陷。只有當我回到孤獨時，我才成爲一個完整的人。

但和妳在一起我不會有缺憾。從小在家庭那裡所發出的磁波所感受到是缺憾，這種體悟缺憾的能力，使得成長面對的世界是一種不斷的失去。

有一種悠遠空寂的清澈或是纏綿陷溺至渾濁的境界可不是任何人可以參與我的，一種類似在異域草原的笛聲一種宛如是在台北酒吧的電子樂，誰有兩個極端對衡的能力誰就有辦法擄獲我的身心，二者缺一不可，是靈與肉並存之軀。

妳曾經那麼靠近我的清澈高點和那個渾濁的低點，那麼靠近到我曾以爲妳是我的另一個化身，雖然當時我們只有十歲，十二歲生日前妳離去。妳是一個令我自己覬覦羨慕的另一個化身，有點像真假公主被對掉了包，另一個化身過得比自己好。但那是當初我所以爲的，最後並沒有兌現。或者也可說是另一種形式的兌現，活的人感到受苦，死去的人不知所終。

3

我近來重返小學校園。

座落在台北橋下不久靠河岸邊不遠的正義南路上有個小學，小學外圍紅磚牆長著濕濕的青苔，那青綠的苔蘚好像會蠕動似的在風中微微擺動著短短的如嬰孩的毛髮，那毛髮讓我想到妳，白皙的皮膚有著細細柔柔的毛，聽我媽說那是好命的象徵。好命對我們當然抽象，好命也許沒有食物可吃來得具體實際。學校圍牆的榕樹竟已高可參天，按理小孩時看樹會覺得高不可攀，現在見到竟可連接上天際，好像我急著長高但樹的速度更快，於是以比例來看我又變矮了。看見學校升旗台的國旗高懸，好像今天早上才由我們分頭拉扯兩端給升了上去。仰頭看著旗幟飄上天空，地下的百人唱著青天白日滿地紅，黃黃的帽子像相思樹的黃花落滿地，遮蔽了腳下的水泥地。然後帶著濃濃外省音的校長站上了台，接著理著平頭的訓導主任上台，接著又有人上台……

然後有小女生就暈倒了。

接著，接著，突然時光把這裡的人事載走了，一切就剩我們自己的記憶了。

這裡的生命仍在繼續，我透過大門的直豎鐵條空隙看見學童在跳舞唱歌跑步。有一、兩個脫隊的小學生在樹影下竊竊私語。中午的鐘聲一敲，學生像被解禁似地瞬間衝出，沒有抬便當的值日生，現在的學生吃的是集體的食物，再也沒有私藏的便當了。那種故意不把便當拿去蒸然後再趁第三堂下課就急急拎出來吃的男生都抽長得特別高，高高地坐在後座躲躲藏藏兼鬼鬼祟祟地先是發出窸窸窣窣的塑膠聲響繼之是鏗鏗鏘鏘地鐵盒鐵蓋相撞。

4

今天是週三吧。

也是週三，我們魚族返回水裡的日子。

當時，整個三重的公寓建築最高是五層樓，也有滿多是三層樓的公寓，沒有電梯。但我們住的房子是屬於兩層樓的透天厝，透天厝相對於公寓來說就是私寓嘍，透天厝的名字很有意思，房子往馬路內凹，在騎樓下和玩伴玩跳繩的妳很霸氣，這是我在我家的二樓半上看著從別處撒野到堤岸邊玩耍的妳所發出的感覺。

我在我們都還沒入學前，我就見過妳了，在我媽要我去橋下的早餐店買豆漿時，見妳從開店的自家被打扮得像公主般地很不情願且倔強地上了娃娃車，然後黃昏我有時去我舅舅的鳥犬店幫忙看店時，見妳卻像個破布髒娃娃般地被送了回來。可以早上乾淨得那麼清澈，下午骯髒得那麼渾濁。當時我見了真想和妳交朋友，妳的德性竟和我一模一樣。我想向舅舅撒嬌，請他送我一隻文鳥，讓我們共同飼養。又或者可以同去我表舅的照相寫真館一起拍張合照。最好是早上拍一張，下午再拍一張。上午是公主，下午是女丐。

其實我大部分的童年光陰我都像個女丐。

我們認識是因爲妳媽送衣服來我家修改。

我當時依舊倚在窗口。望河發呆。

因爲長頭蝨。被剃了光頭，遲遲不出門。我的髮絲如流年消殞，日子有傷口。

妳當時聽說窩在家裡啃指甲，啃完指甲，拔頭髮，一種吃毛癖，毛髮成團堵塞在記憶的腸道，妳對一切感到厭倦。症狀和我們家的咪咪黑貓相同，只是咪咪的生命有化毛膏可吃，妳的生命卻只會堵塞如雲塊，宿命有醫可治，但妳的卻沒有，因爲妳已放棄，童年就有的個性，放棄。

5

很多年後，午夜，我家的電話會突然響起，特別是我一個人租賃於外的大學時期。接起，無聲。我想那一定是妳自天堂打來的，不管是不是，我都這樣想著午夜沒有回聲的電話。且都是週三打來。誰會知道我們的祕密呢？除了妳，一個不存在現實的妳。從來不在現實的妳。

從妳四年級轉學後，我一直在打聽妳的消息，甚至怨妳，妳的離去匆匆，當時我家又未裝電話，都是借舅舅的店家用的。

國一那年，舅舅的照相館有台北人遺留了一本台北市區電話簿，我緊張地試著找尋妳父親的名字，因爲姓舒的不多。叫舒服的就幾乎是微乎其微了。

撥去，一個外省腔調，來自空寂卻鏗鏘有節奏的聲調，像極了妳的另一面。我心跳加速，幾乎像熊叔般的口吃。舒舒在嗎？對方遲疑了一會兒，在那時間的空白裡，我預感，想像妳父親扼殺了妳，想像他如何把妳當男孩養的種種魔鬼訓練。只有妳媽暗暗心疼。

電話像是打到地獄似的沈寂。在我準備要掛時另一端的聲音發出，讓我像觸電般的疼痛。舒舒走很久了，妳是誰？

走很久了，走去哪？我沒問，回答我是黃永真，綽號小蝴蝶，舒舒的綽號是小貓。

哦，……是妳呀！

口吻像是很熟似的。

我們找妳好久。好久。後來放棄了。

怎麼會呢？我們一直都沒搬家，雖然後來搬了，可是在我十六歲以前，至少有六年的時間可以找得到我啊。

我去過堤岸，去好多次妳們家都沒人，有次見了妳媽，妳媽還不開門，說陌生人找一個小女孩是有企圖的，且妳媽說我們家晦氣。寫紙條給妳和到學校辦公室請老師轉達，都沒有消息。聽說學校對這樣的事很敏感覺得小女生還是不要太介入的好。

我聽了還真不知有這些往事，我那個吳財發老師和我媽還真有辦法阻擋所有靠近我的人。

可是為何那麼急呢？

舒舒的父親卻沈默了。緩緩他才說，舒舒死前想見妳一面，唯一的願望。可只有三天的時間讓我們找妳。

舒舒死了。就在我們告別後的十天。

我想起那年是滅鼠年，整個淡水河沿岸開始發臭，河水反撲，人們把太多髒東西往下傾倒，河水開始蔓生著瘟疫般的菌。到處都有衛生所的人在堤岸小巷的骯髒水道溝渠噴著消毒水，家家戶戶分著老鼠藥和老鼠鐵籠。夜晚，娼寮裡時常有妓女在執業時發出尖叫，然後傳來一陣跳腳急打。有時入睡，屋頂上方總是熱鬧得有如嘉年華會。黃昏，有大人們拎著一箱箱剛出生的小老鼠給在街上玩耍的我們看，小老鼠眼睛都還黏著液體，十幾隻挨著，繁衍力十足。大人突然起火在報紙上往紙箱一丟，我尖叫地一路奔回家。

在橋下舅舅所開的鳥犬店的某些獸類都生病了，麵包店也傳來恐怖的氣爆，穿著細高跟鞋的老闆娘奔出，一臉烏黑。消息傳出是瓦斯管被老鼠咬破。沿路汽機車被震得東倒西歪且殘破如戰場，表舅奔出來照相，像個戰地記者的衝鋒陷陣。

不論是衛生所噴消毒水或是火燒小老鼠以及氣爆等，這些照片現在還掛在表舅的照相館裡，宛如那個滅鼠運動是一則出生入死的重要新聞般，世代提醒著子孫要像毋忘在莒般的注目。

我們小孩在家裡的客廳和騎樓的廊下有論件計酬的家庭代工可做，當時，抓老鼠也可以論件計酬到鄉公所報到。像外公早年捕蝶賣給日本人般的論件計酬。一切都論件計酬，論件計酬講究的是速度，像我媽在淡季到紡織廠上班一樣也是如此計薪。

生命在當時以件數來當單位，連感情也是一種酬庸，看誰動作快誰就有辦法過得好。「妳爸就是被那個野女人搶去的。」我媽用了個鮮明的搶字，好像感情只是因爲她的速度過慢，搶不過別人才會發生質變。

舒舒的感情也以件計，因爲她在軍人家庭是獨生女很要不得，過往軍人怕被滅種，要生得多且最好第一胎是男孩。我想起舒舒的媽媽，眼神老是有一種如河水漫漫的蒼遼哀愁之感，溢滿水氣迷濛的眼睛。難怪她喜歡我的眼睛，我們的眼睛都有河水的倒影。

我談得很拉雜，我一向不懂感情如何秩序化、結構化和明朗化，你說我就是這樣任性，我無言以對且一臉茫然盯著望了一生的河水，心想水爲何流不盡流不完。然後突然我賭氣說，你這麼有秩序那你教我好了。黃熙搖搖頭，也看河水。還是說說妳的河流故事吧。

河水看多了，真的會有兩種極端，不是萌生一種無限空寂的底層要不就是有一種滅頂在汪洋裡的浮沈浮載。一有岸一無岸。

滅鼠運動滅了鼠也滅了我童年的生死至交。老鼠藥竟然發得如此多且如此方便取得，可我從來不知道可以以此自殺。後來長大看了塔可夫斯基的電影才發現貧窮國度的小孩都有過這種想法，吃完老鼠藥，集體進入昏死，等待天使來接他們。

就這樣，小貓是吃老鼠藥死的，我說老鼠藥沒毒死老鼠卻毒死了小貓。爪子來不及長大的小貓沒有能力對抗世界。

我在掛電話前，要求舒爸，允許他讓我去舒舒生前的房間回味往事。他卻說，她的房間在幾年前被一場大火燒得面目全非，舒舒的母親要求離婚，我現在住軍眷，結另一個婚，有另外一個小孩，已經不是以前那個家了。

哦，那好，就算了，心想大火已經幫我弔祭了她。

這樣一想，突然想起什麼似的，竟以嚴肅警告的口吻說著，那請你一定要善待你的小孩！

對方聽了突然從空寂中滾熱了心，歇斯底里地說著，妳這話什麼意思，好像是我害死她，當初她不要和妳來往就好了，妳和妳母親一樣都是怪人。

砰的一聲電話斷了，傳來嘟嘟嘟響，又回到空寂。空洞。

我氣憤了一晚，心想那你這個做父親的幹嘛急著來找我，難道要我替你女兒收屍。雖然我多麼甘願爲小貓做這一切，可我不能僭越這個父親，因爲他必須愧疚，至少要反省。可是從這一通電話看來，我爲小貓心痛了。白死了。

6

死亡。除了蝴蝶和小頌，妳是第一個教我面對死亡。如何對一個曾經親密的人學習失去他，即便是假裝，假裝的一種堅強。妳把我推下河水，要我直接面對，我學會游泳，是這樣來的。我喜歡，因爲我知道妳的心。

我心痛地想起那個升旗典禮，妳一個人坐在那裡無聲地掉著淚。

老師發下一張紙，題目：〈發現自己的身體〉，步驟：(1)在洗澡時請觀察自己身上容易看不見的器官。(2)請想一想這些器官有什麼功能。(3)請特別注意隱密的地方，像是眉毛、肚臍、指甲、腳趾頭等等。

我望著紙發呆，畫著小孩兒看著身體，不懂什麼是身體的隱密，看不見的器官只能任其好任其壞，只能感受。

7

三商百貨在堤岸大路開張，我們初次的童年物質經驗堆疊在小巧的店裡。慶生。

買卡片、蠟燭、風鈴。

風鈴懸在矮厝二樓窗口，隨著風輕盪，和河水淙淙齊鳴。

流水和風鈴聲音如天上謫仙陪伴寂寞小孩。

8

我們去過許多次圓山動物園和兒童樂園，去動物園爲了看大象，去兒童樂園爲了坐摩天輪。

沒有錢買坐摩天輪的票，只需在摩天輪附近徘徊就好，總有嚇得一臉蒼白的女人搖著手說不坐了，不玩了。這時手拿著其他票券的男朋友看見我們期盼的表情便會把票給我們。

幸運時，我們可以連坐四趟摩天輪。坐在上面搖晃，快速轉動，下墜爬升。望著城市在腳地的渺小，自己那麼靠近天空的雲，讓天堂的風吹過耳際。

動物園，也是一種悲哀和童真混雜的地方。這裡有單純的凝視，也有慾求的對望。

我曾經在動物園裡見到父親和一對母女，十分親近，女人婉約中有一種特殊的氣質，有一種我住在堤岸裡所見的女人中所沒有的氣質，

當時我沒有跑上前去叫聲爸，因爲有一種痛，被忽略的痛，且有一種突然撞見的陌生。

我之後非常可以體悟戀人在沒有準備之下撞見戀人有了新歡的驚痛與陌生不解的折騰心情，特別像我這樣不是大聲嚷嚷的人，大概都是這樣的反覆纏繞吧。

後來我對動物園以及遊樂場都會蒙上一種奇特的怪異眼光，眼光的背後是刺激可喜中隱含無法預期旋即掩上心頭的憂傷。

9

舒舒，我長大了，且已經老了。妳還停留在十歲零二百一十四天的年紀。

城市快速激烈的時間感亦已把一條河水從流水清清澈澈搞成骯骯髒髒的渾濁發臭，娼寮的女人乳房和下體在下墜與腐朽間無可挽回地邁向死亡。

生活窒息宛如堤防的加高再加高，連我站在矮厝的二樓陽台都看不太到河水了，是怎麼樣的阻絕發生在我們的生命裡，我見不到妳，我也快見不到河水，世局人心竟比天上人間的兩地相思還要阻絕我想飛的心，再也沒有比對一條河流一棵樹和一個小孩以及一顆心更殘暴的事實了。

我替妳見證這城市左右兩岸的變化，我的眼睛目睹太多憂傷而常感到疼痛，我的手親手編織

太多爲死亡葬禮所做的花圈而有了梗刺的傷痕不斷，我的心疊合碰撞太多的愛情幻滅而漸感天地不仁。

親人在流逝，隨著河水，隨著時間，隨著白髮和身體流散的腐味。感情在流逝，隨著介入，隨著星移，隨著目盲，隨著不合和心緒渙散的怨懟。

舒舒，沒有時間可以再複製我們曾經有過的，因爲長大後良善的葡萄園已被闖入的狐狸踩得面目全非。而我們認識的年紀，我們只是鴿子，蛇和狐狸都不在生活的世界裡，即使我們的靈魂是老的是通透的，但世界還未腐朽，義人還很多。

而我在情愛翻滾中險險落地，幾番流轉生死，總是又天真又自以爲是。

大風揚起我燃燒情愛的骨灰，骨灰聞起來很嗆鼻很嗆心，妳一定明白我。

愈發覺得可以從真正的情人或曖昧的情人變成朋友的都是因爲彼此的交流還沒到底，還不夠深刻到痛的位置，或是說給予的一方無法成朋友，收受情感的一方還想要再當朋友，因爲是個收受者，而付出者才有痛感與失落。

妳不要以爲我們之間還有什麼，我見妳只是因爲顧及妳的需要與情義！某已故情人說。很多時候，我們搞錯了戀人一路失速淡化成朋友時處在關係苟延殘喘階段最容易誤謬的感覺，以爲還是可以成爲什麼的掙扎著，彼此不捨的狀態和東西不同，在天秤上兩人所放的愛之事體常常是等重卻不等義。你秤付出，他秤獲得；你秤情愛，他秤慾望；你秤心意，他秤形式；你秤獨特，他秤平淡；你秤過程，他秤結局。當然你也可能成爲他，隨著愛情對象所激起的深淺角色互換。

10

我們曾經攀牆偷看妓女交易肉體和魔鬼交換靈魂的行爲。一場場的交易，如夏日的藍光閃電，快速來快速去。

台北橋下舒舒的某個親戚開設印刷廠，有些裁切不宜卻印刷清楚的色情圖片來到了舒舒手中，我們常常爬到屋頂上驚奇地看著。也是另一種凝望與窺視。

只是一切都在流逝與淤積，不論悲喜。

如眼前的河水。

舒舒，我真想念你，我夜夜秉燭在堤岸尋找妳的身影，河水倒映燭火，幻影重重，我遂在自己的故鄉注定成爲每一場俗事的局外異鄉人，因爲妳的消失，我遍尋千回也僅找到了虛空中的孤獨，屬於「她鄉」的孤獨，這是一種本質，徹徹底底的存在原有。孤獨一如妳的離去，皆屬過早的面對與辭世，在我心終久不凋零。

我想起父親曾說主上帝是用地上的塵土造人，把生命的氣吹進他的鼻孔，他就成爲有生命的人。於今環顧四周，堤岸草莽氣息依舊，灰塵密度依然如霧飄揚。塵土可造人，那麼我在揚起的大量灰塵裡已見了妳，妳見了我微微一笑。我在心裡說著話，渴望妳再被造爲人，我們再相逢。

生活在左岸

第五章

在左岸的所有人家不論富裕窮困，

仍是過著衛星環繞恆星的生活，

台北城內是恆星。

1

起先的十年，我認識這座城市和其周圍的城鎮是靠著拜訪親戚的途徑所編織出的一張衛星城地圖。

除了台北橋下那些或遠或近的親戚外，在萬華有剃頭小姑姑，板橋有開成衣小工廠的大姑姑，中和有做家具的姨丈，永和有賣豆漿和煎包的三阿姨，晴光市場有開委託行的二阿姨，蘆洲有當警察的叔叔，新莊有種蓮藕和空心菜的堂叔，內湖有當牧師的表哥，五股有開鐵工廠做塑膠射出的東山大堂兄，泰山有開五金行的嬸嬸。

土城有被關在監獄的大舅舅。

也有大量居無定所的南部人，開卡車南北跑的，開宣傳車在淡水河兩岸遊走的，擺地攤的，到工地打工的，開計程車的，還有許多連三餐都無法溫飽的，到醫院賣血當血牛，到廟裡當義工可以獲得吃食，四處拾荒撿破爛，修傘補鞋和紗窗的，甚至也有把肉體交給醫院當新種藥物的實驗體者……

「福氣啦！」這樣的浮世畸零人只能如此地在亂象討生裡如此鄉愿或愚癡地想著。

許多名爲親戚眷屬的，既不親也不戚，既不眷也不屬，完全背離這樣的名稱屬性，就像家庭般地讓我感到疏離，但是他們依然構成我們黃家姓氏衍生出來的網絡以及血緣相繫的某個生命紐帶。

有的親戚隨著我父親的離去而和我們漸行漸遠，漸行漸遠原本即是人生的主調，我從不以爲奇。但至少我們這一幫被稱爲南部人的台北人有段剛移居此地的時間是聯繫在一起的，不論是爲了交換訊息或是爲了生活哀樂的慰藉，在某個純真年代，或許他們都還是一個沒有被城市污染的古老原型，在我幼年的眼光看出去的圖像是既熱情也冷漠，熱情與冷漠皆有一種分寸，不失禮的分寸。

童年我們除了和阿姨姑姑見得多外，和當警察的叔叔以及被關在監獄的舅舅算是奇怪的親密連結。以前有一首歌唱著「新莊對面是板橋，北投設有磚仔窯……」，我媽卻說這歌一點都不好聽，因爲描述的其實是藉燒磚的熱來對映女孩子想嫁的心如暝日不息的火在內心燒。我媽很愛唱〈春花夢露〉，橋下舅舅聽了說，三八雞，這歌還不是思春。

然後親戚們就開始東一句西一句地唱著老歌，熱鬧的境況堪比後來流行的卡拉ＯＫ。

拜訪親戚是當時認識外界的一種移動地圖，而弔祭墳塚也可說是另一個行腳旅次。

北上之後，相繼有人在此過世，觀音山上多了幾座拱起的小荒山，有小頃有舒舒。河水也多了許多幽魂，有最早的菊菊，有父親的骨灰漂散，有我們豢養的大狗小貓與無數的無名人氏與野狗野貓。我們這一代從父親開始即沒有堅持要魂歸原鄉，只有外公祖母他們才會堅持要死在南方。

上教會的大舅舅因為政治理念而被送到土城監獄改造思想。臨行前，他送我們家大同電鍋、電扇、唱片、三洋牌音響，他的詩稿與照片。

我們全家在他入獄前陪他逛圓山動物園，他說他的命運將如眼前的籠裡之獅，動物園的動物已非動物，監獄裡的人不是人，他也將不再是人了。

他要我們不要去看他，但我媽不肯。

後來這十年，我和我媽除了在醫院來回外，我們也經常在監獄裡走動進出圍城，體驗自由的分際。

2

盆地的六月是個已經開始有些熱氣升騰打轉的月份，從這個盆地的各個角落望去，只有樓宇的高度不至於遮住。

這一天當我們要出門時，旋即連打了好幾個噴嚏。我用力但仍保持某種特有的溫文，擤了擤鼻子，烏黑的噓沾在粗粗灰白的衛生紙上。我慣性會在河岸上瞇眼望一下天空，灰濛濛的。

台北橋下的大道盡頭有火光熊熊燃著，一圈圈地往外燒，鐵籬圍成的火，燒的煙燼也是如漣漪劃開般。我經常會覺得好睏，被大量的濃煙。

每年的中元普渡，河上的月光悠悠，人心卻是徬徨，總怕被水鬼抓去。傳說的鬼月七月，大人總不讓我們小孩靠近河水，覺得河水裡會措手不及地伸出無數的魔掌，把不乖的小孩抓去餵大魚。

整個島嶼都在燒著冥紙，點著攙有化學合成香料的香。全島在燒，當我這樣一想，畫面突然跳到俯瞰的角度，海中浮起的火燒嶼，像拜火般，讓我宛如進入眠夢般的怪異。

然後我便聞到了死亡的氣味。

風又再度把那氣味送到鼻息裡，我依味聞去，暗巷裡一隻得了皮膚病的狗兒幾乎是毛髮落盡般地頹唐於泥地上，身未死，卻已布滿屍臭。

這會兒突一陣感傷。我正要去幫我媽採辦外公過世要用的物品。外公，製作蝴蝶標本和夏日烤著龍眼乾的外公從小疼我，我從沒忘。下午，我和我媽還得到土城向大舅舅報口信，並買些祭物給舅舅，讓他象徵性地在監獄祭其亡父。

走到橋下的商店前，我特意繞去河口。下城的水渠在前些天連連的午後陣雨中，路邊的下水道積水未退，漫漶至一些不經意且急駛騎過的三陽機車，向兩岸噴出的水總濺著人，小姐們急急彎起小腿，掏出有著香氣的面紙擦試裸露於外的小腿腳踝。有的歐巴桑本能反應地拿起手邊的傘敲打正好被紅燈攔下的機車騎士，「啊你是沒生眼睛是否？」

我對這些下城眾生之相搖搖頭抿著嘴笑了笑。然後很快地又止了笑，我聞到下水道的氣味像先前狗兒身上的味，匍匐於下水道的支支流流蜿蜒在看不見之處。經過橋下一棟新起的玻璃大樓，滴滴答答的水像下雨似的落在破裂的紅磚上，流進了磚與磚的縫溝。

3

有人尖叫。她正搭著一輛客運巴士，客運裡的人全變成骷髏。所見的食物都餿掉，長蛆。有人開始拉著我。

是阿琪的爸爸，我夢見阿琪的爸爸，阿琪的爸爸是我大舅舅。他的臉快欺蒙上我，輪廓像是被壓扁的輪胎，「麻煩妳轉話給阿琪，告訴她自己保重。」他說。隔天我大舅被押解到土城看守所，此後即以政治犯身分長居那裡。

4

另外一個舅舅比較幸運，在當時看來。

那是二舅舅，他賣鳥以及兼做鳥籠生意和名犬交配的唧唧咕寵物店開張了。店面就在台北橋下，招牌大大地寫著：雲嘉唧唧咕鳥犬店。掛招牌的那天，我在隔街的清晨聽到鳥鳴狗吠的喧喧鬧鬧，打開矮窗探聲源尋去，十姊妹正好飛過眼前紛紛然地停在拂滿塵埃的行道樹上，總是結伴飛翔的十姊妹帶著略似麻雀的身影但沒有麻雀的嘈雜。

河面的霧氣濛濛地，略似陰晴不定，清晨天色一片未開，像是糊上了一層薄麵皮，水面蒸氣氤氳，我攀在窗櫺過久，手臂壓出一條凹陷刻痕。忽然聽到一陣鳥鳴，我遂興奮地頂著一頭凌亂的長髮從二樓奔下，胡亂地套著雙拖鞋便奔馳到我二舅舅那裡。當時許多人已經在那裡把賞著有著華麗衣裳的鳥禽。小阿姨見到我說怎麼像是沒家的小孩，說著就一把將我高高仰著的頭拉過去，我的長髮在她的手勁下被扯，哇哇叫著也沒人理。小阿姨拿了把家庭代工工廠做的鋼釘刷在我的長髮上用力地劃開。

然後，我聽到小阿姨的尖叫鬼吼，「阿真，妳生蝨母……」

我心裡沒個譜，不知小阿姨在說什麼，我聽過我哥叫他老師的太太「師母」，可是師母跟我有什麼關係？然後我聽到背後開始有了些人影在晃動觀看，阿姨連續嘖嘖嘖地從喉部發出聲響，並把身子傾斜，手指抓著一個小點黑影地擱在我的眼睛前方，「妳看，很大隻耶！」我見到她把拇指和食指用力一夾，發出噹的一聲脆響，一滴暗褐色的血沾在指頭的表面上，像硃砂痣般的冶豔。

「妳媽會把妳罵得臭頭，不知妳去跟誰玩膩在一起才沾到的？」阿姨輕鬆說著，我卻開始聽得一股冷汗開始要從背脊滲出，我媽是我冒冷汗的原因，她有潔癖，我的命運定然多舛。

當時也不知嚴重性，只是見到小阿姨的表情加上她不讓我多待在鳥犬店，讓我依依不捨地被她半拖半拉地離開店面。

我的手上攀著店的門不放，腳且有如釘了樁般，阿姨嘮叨著說靠近獸類更容易傳染，然後她用她的大手把我的小手扳開，在鄰近買了個燒餅油條給我，要我自己走回去。

就這樣我像個貨物般地被我阿姨送出去，她要我回家等我媽來處理這件事。

我媽上午都在市場做生意，我記得昨晚她說如果我乖一點也許我可以有一隻鳥和一條狗，但我不知道乖一點的定義是什麼？怎麼樣才能夠獲得一隻美麗的畫眉鳥和秋田犬？

我坐在河岸邊，眺視如水鑽躍動的河面光影，上午整條私娼矮厝的街巷安靜，窗戶緊閉，只有幾隻野貓在瓦楞板上緩緩無聲爬行。偶爾有幾聲摩托車聲響馳過，還有賣豆花的老人噹噹噹搖著鈴推著小車而過。

鞭炮聲突然傳來，伴隨著一陣驚嚇的鳥鳴狗犬的急促聲響，我蹲坐在河畔，聽到雲嘉鳥犬店開張，突然有一種想哭的衝動。孤獨地被排除在事件之外，我彎著身軀，感到近乎一種頹喪的痛，童年懂痛像是過於早熟，然而在我的生命裡從來都是如此地有另外一個世界織就我的感官與意象，這另一個世界是超我。許多年後，我長大了，回到我的草莽世界，見到傍晚六點時分，一輪落日的半徑正緩緩沈浸在淡水河的溫存裡，我走在加高許多的河堤，尋找那個獨坐在比現在低的河岸堤防的女孩背影，舉目所望的前方，台北橋的燈火串成一條條沒有被織成圓圈的項鍊，機車的光亮歪歪扭扭地馳向這座擁擠不堪的衛星城，引擎聲發出某種生存的怒吼。環顧四周，妓女戶已遷，我幼小的孤獨身影在河岸已經被某一隻落單的犬或漫遊如夢境的小貓取代。

5

小女孩在河邊哭泣。

因為長頭蝨，必須被隔離，連動物都要隔離，以為人畜會傳染。我在孤獨裡望著河水搖晃著自身的浪波，隨著時間的流逝，我害怕著我媽即將歸來且將發現我長了頭蝨。我更怕她會剪去我的長髮且仍要我暴露我剪過的頭髮在他人的目光中，她仍會喚我去買醬油，去打一桶花生油，去幫她收送某些太太要她修改的衣服，去藥局幫她買衛生棉和三支雨傘標感冒藥，幫小頌買跌傷擦的紅藥水綳帶……如果連還在家的我爸也沒發現我的異樣，他也會要我加入採買的行列，幫他買買酒買菸，而我自己卻替自己買回了一身的孤獨。

我從小就知道我媽從來不懂小孩也有自尊，她並不知道親子彼此間要透過了解與學習，她以爲生命的一切發生都是天意。然而對於一個早熟的孩子卻有格外自覺的尊嚴在生命裡頭呼喚某種傷痕千萬不要洩漏，某種姿態如果不是自己想要扮演的那就很痛苦，總要自覺安穩才要現身否則寧可自閉自決。

後來我預知的恐怖事情果然發生了，於我幾近死亡的凝視目光如機關槍掃來，當我進入雜貨店看見那個小一隔壁班班長守在他家的櫃台時，還有當我進入藥房看見帥帥的老闆正在讀某種深奧的地理雜誌時，我知道我的心正在被目光砍殺。藥房老闆是個書生，可他的妻卻不是，他的妻竟然在收了我的錢時發出某種驕矜有如刮玻璃的聲音說著：阿真，妳的長髮不見了，有沒有留下來可以做頂假髮呀，我一定買妳的頭髮。妳留那麼長，剪了可真可惜喲……

我抓了紅藥水和綳帶迅速地推門而出，老闆追出喊阿真忘了找錢。他的手碰觸了我的指尖，如冰遇火，涼得燙手又像燙得涼手地濛濛晃晃，我掉了淚在我回過頭快步離去的轉身時。心裡恨恨地說，頭髮才不要給她做假髮，最好她掉光頭髮。

幾年後，我想起這個詛咒時，我們一家五口早已搬離了那個環著淡水堤岸的家，那之前的光景是我祖母過世，在洗澡跌倒了兩次後。我曾企圖到環河沿路一帶尋找那個小藥局的身影，但卻遍尋不找。我常覺得那個六、七〇年代的婚姻有許多人都是配錯的，我媽說我想太多，總之人為之外有天意，「你奈他何！」她常如是說。

你奈他何！我尋找小藥局過往身影時陡然想起我媽的話，突然覺得這句話隱藏如飛蛾總是撲向火光般之不可解的宿命。

在左岸的所有人家不論富裕窮困，仍是過著衛星環繞恆星的生活，台北城內是恆星。早期我們全家每天是我爸我媽早上進城中午或到晚上才離城，後來是我們全家每天都要進城，包括我們讀書娛樂消費交際都以進入台北為主要前進方位目標，甚至我們生病也以到台北大醫院為榮。祖母洗澡跌倒中風住院的第一回，那年我六歲，是我第一次留在台北較長的時間，我陪我媽跟著住院，有時且獨自把我留下陪祖母說說話，祖母常向我媽說阿真真乖。後來我媽且把小頌送到醫院，一起和老人家做伴。黃昏時，我陪著祖母練習中風過後不太聽使喚的左手左腿，並且推著因為藥物過度而傷及腦力及身軀軟化至無法走路的小頌姊姊坐在輪椅上，我們一老兩小緩緩步上台北橋畔中興醫院外圍的淡水河岸。我第一次從台北方向看往左岸的自家方位，我看得幾近目眩神迷。

淡水河上，時有女人跳河，因爲愛情的殘破無望與背叛。一具具浮屍。浮屍上方的靈飄著仇恨，在河面久久不散。

6

堂叔在河邊橋下開奠儀業。客戶多屬自殺跳水的多，身體腫脹發臭，根本入不了棺。

早年我祖父黃魚觀曾經是嘉義的草地醫生兼爲地方保安宮內的藥籤架寫藥方。在二一、三〇年代許多人到不起醫院，至廟宇求神問卜，卜卦的籤筒除了有命運外也有獨特的藥籤架，藥籤上寫著藥方，善男信女問神擲筊求得籤條，依藥籤內的藥方指示服藥，早年人們看病曾透過這樣的藥籤方式，醫好了酬神謝天謝地，要是仍然沒起色或往生也只把一切歸於命。

我們搬到台北後，我祖父還私家調配一種洗屍的花香液，酒精調和著佛手柑和橘花香，有時我們這些女孩子會偷來抹在身上，手上耳朵腋下髮梢。企圖掩飾生活傖俗長久浸淫下所帶來的腐朽氣息。祖父還開發一些治憂鬱等等的精油祕方，薰衣草葡萄柚天竺乳香檸檬玫瑰調和一起是治情緒官能所引發的躁鬱症，他似乎預見了他的後代子孫生活在他方可能遇到的病症，針對恐懼情緒他還寫著用佛手柑檸檬甘菊薰衣草苦橙花等調配。

可惜我們當時收到偏方對薰衣草聽都沒聽過，我媽還以爲因爲她幫別人修改衣服所碰觸的都是舊衣，藏有人的體氣，所以特別需要把自己的衣服拿去草地薰一薰，如此才不會沾到別人的體氣。

我們倒見過佛手柑，親戚在山上種柚子，旁邊植有幾棵類似柚子的樹種，長出的果實很異常，像一隻隻伸出的手，指頭歷歷分明。摘下來的果實放在房間，一天從早到晚充滿著香氣，那是佛手柑之香。

祕方是從綠島寄出的，當時祖父還關在綠島。但政府當局卻關不住他的念頭，他持續把政治理念用在救治眾生精神和亡魂的祕方裡。

親戚們在橋下大路的一樓開店做生意，但仍租屋在堤岸附近的公寓或矮厝裡，生活初始是儉約的，拾骨拆下的棺材板有的拿去鋪小溝圳的橋，有的用祖父調配的洗屍液清洗過後，拿來釘成書桌讓小孩子寫字做功課，甚至也不忌諱當餐桌。就是有些被棄的墳墓石碑也被拾回家裡當爐灶的石台，堂叔開玩笑說很好用的，可用百年傳子傳孫。

那是個節約的時代。

還有三叔公的大兒子，我們叫他阿興伯，他開著橋下的第一家糊紙店，阿興伯年紀還大我爸十歲，是那種傳統老師傅，也是第一位落腳於三重的親戚。他擅長做很多紙糊的房子，房子被漆上鮮豔的桃紅竹綠藍白顏色，裡面有床有桌椅有家具，住著主人，環繞著美麗的女子和一群服侍的婢女、長工。

經常阿興伯和老師傅們正忙，特別是鬼月七月時節，糊著人們準備燒給亡靈的靈厝，他的徒弟阿奇坐在竹籐板凳上紮著小紙人，學徒年紀看起來和我大哥差不多，但一臉一身的結實，話雖如此，他的手藝卻十分的細，小不及巴掌大的紙人在他靈巧一紮下就是個活生生的胎靈胎現。

這樣的房子叫作靈厝，美麗的名字，卻是燒給死人的。有時應未亡人要求，靈厝在河邊點火，然後放水流，一路起火的靈屋在河水裡悠蕩，風火相舞，看得我目不轉睛。有著鳳尾屋簷的靈厝點燃了火光，宛如是國慶日時我們遠觀裝飾著滿滿小燈的牌樓，閃著不真的夢幻光芒。

我媽說那是燒給在這條河裡溺水的或是跳河的水葬儀式。

在這條河流裡我見到太多人類的儀式在進行，我們總以特定的儀式來彌補平時的疏離與疏忽，希藉儀式來讓一切安然處之或過去。我們著重一個時間點的儀式卻非常輕慢輕忽日常。

儀式雖美，卻很不真。如一切的節日慶典。

我媽和我一些阿姨們也因爲橋下衍生的喪葬行業而多了打工機會，權充孝女。我媽她們這一輩的女人都挺會唱歌的，若再加上故事性的歌詞，心情上聯想一些自己的命運與悲哀，很快就能投入情境。在那樣的場合，這些假孝女唱得悲哀萬分，連我在孩提時聽來都是如泣如訴的。

喪葬業少不了康樂隊，我兩個已入高國中的哥哥們在學校正好都是樂隊，一個善打鼓吹笛簫，也混進大人康樂隊裡充數。

我會做的只有花圈，把花瓣貼在框框裡，框框的中央經常寫的都是音容宛在。

葬禮讓我們家多了些收入，別人的死亡卻讓我們多了些歡樂。

但對於廟宇需要壯丁學起乩或是抬轎等過火一事，我媽則無論如何都不讓我們參與，特別是我哥哥們，她說讀書才好，到台北就是將來要衣錦返鄉，風風光光回去，若要當學徒或學做這些事何必北上。爲此，大我甚多歲數的哥哥們很早就離開左岸生活，過起住校讀書的昂貴日子。

我媽說值得，爲此，不管我媽的脾氣如何倔，我覺得她是個極有品行個性和想法的女人。

以前在鄉下時這位和我們走得近的堂叔就已經在做這一行，我叔公是道士，堂叔自小就對死這行業十分了然，他另外一個弟弟在八里觀音山一帶做著墓碑雕刻和拾骨洗屍行業。這個八里阿叔，開棺後拾骨，洗著骨頭去掉成年地底濕氣仍黏貼於骨頭的腐肉，屍骨未寒是常見之景。他常一看骨頭就知道當年是怎麼死的，總是輕鬆地說喝農藥死的骨頭的顏色會發出水鏽般的螢綠。上吊的嘴巴老是張著，臥軌的頭殼有汽油味……。我們聽了總覺他只是隨意說說。何況後來死亡方式多到不計其數了。特別是以前我孩童時代鮮少聽人說的跳樓自殺在台北對岸漸起高樓後，跳樓已成了資本主義情傷後的某種自我處決方式。

生意好時，也就是河岸邊一帶的死人多。我們家的客廳代工工廠和樓下木料行老闆的小孩，這一幫童工即有生意可做，幫忙黏貼著喪葬的花圈，計酬以件計，家裡充滿著花瓣的紅顏與白之純潔。

7

就在奠儀業的旁邊是我媽過世的那個媽媽的妹妹的小兒子，也就是我姨婆的兒子，我們也叫舅舅、表舅。他剛退伍，學了一身好攝影功夫，在橋下開了家相館。他拍婚紗拍小孩成長也拍快要過世的老人，至此整條橋下的喪葬業幾乎都由黃家相關親戚包辦了，連放大的遺照都含括在內。舅舅的相館貼滿了我每個時期的大頭照，還有幾張我哥哥的畢業照，全家福被我媽逼著取下來，自從我爸移情別戀後。生活開始大量出現快速沖洗照片的那一年，我這個年輕的舅舅因爲拜政府換身分證之賜，在很早的時候就賺進了讓人眼紅的七十萬元，那時三重新莊的一樓房子也才賣一百七十多萬元。他買了一台快速沖洗機器，我常常跑去幫忙，看著彩色照片一串串地滑出，幫他按鍵，切成一張張的三乘五，生活充滿了歡樂的色彩。

拍大頭照片的人們到他的小小工作室，化妝梳頭，安坐椅子上，然後鎂光燈喀嚓一閃，定格一張張歲月之臉。

相館旁是家麵包店，可惜不是我們南方的親戚。有時麵包店會在騎樓廊下架起火爐，上頭放著鐵網，一個細眉穿著高跟鞋的有錢太太在火爐旁盯著麵包店小姐在烘烤著豬牛肉片時有無偷吃。烤肉片和麵包剛出爐的軟甜香氣散在整個廊下，越過了奠儀業的消毒水味，香氣好像足以讓躺在棺木內的死人後悔草率死亡似的。讓人有了活的意志，至少對我媽而言，我媽覺得生活的犒賞也不過如此。市場生意或是修改衣服的件數多時，她倒常給我零錢，要我去買幾個剛出爐的麵包代替早餐的醬瓜稀飯。我幾乎是用奔的走到大馬路的商家一帶，在廊下的麵包玻璃櫃內盯著，像橄欖球的炸彈麵包是我姊姊愛吃的，蔥花麵包是我媽愛吃的，菠蘿麵包是我哥愛吃的，我則愛吃一種形狀像海貝類的麵包，螺旋紋一圈一圈地擴大如梯迴旋而上，裡面圈著奶油。

小時候只有遠足或是去醫院看望我姊姊或是其他親朋好友，我媽才會去買一盒豬肉片。去買的時候我媽總是刻意打扮，說是不能讓人看輕。然我發現我媽在暗中和驕氣的老闆娘競比。老闆對我媽似乎很有好感，總像是巧遇般地正好在我媽到來時從後頭像白頭老翁般地走出，一身麵粉敷在細白的皮膚上。相較於我父親，這老闆顯然一直是過好日子，家裡屬於有祖產繼承的人。對於我媽這種隱藏著某種野性的女人似乎特別好奇，何況畢竟那麵包店的老闆娘指使旁人的做作姿態很令人作嘔。

我媽經過打扮有種華麗的動人姿態，當時我父親的外遇已經成爲南方親朋好友暗中流傳的一則難堪緋聞，我媽於是更勤加打扮，結果浪子沒有回頭，卻被其他婦道人家譏爲招蜂引蝶。但也因如此，我媽似乎愈能生存於這條蒼莽的妓女暗巷，表面雖不同流合污，底子裡大夥都覺得彼此是可憐的女人。就這樣，我們因爲當初父親初到台北縣落腳於此地跟著住了下來，未料這個地方父親後來鮮少歸來，反倒母親在陌生的土地上帶領我們活了過來，成爲極少數不是經營色情行業卻在同一條街營生的女性傳奇。我們也跟著在這樣的寂寞暗巷和偶發的黑街械鬥混雜中懵懂的經歷了整個少年時期。

8

舅舅的鳥犬店在騎樓下吊著許多的鳥籠，籠子有木製鐵製，鏤空的雕花模樣很像一種精緻的懸空家具。

那年我上小一，戴上黃帽子上課，因爲長頭蝨而被剃光的頭髮已漸長，但仍短，戴上黃帽子就看不太到我的頭髮。下了課我仍然戴著黃帽子，順從地聽我媽的吩咐，唯獨除了洗頭外不肯摘下。

後來我看到跟我分同班的鄰居小孩麗美出現很不悅，因爲是她把頭蝨傳染給我的。她的名字裡的「麗」字於她是個痛苦，我見她寫名字的皺眉樣，才有些高興。不過很快地我們就又說了話，在我只有五公分的頭髮上再長了三公分後，因爲她送了我一隻他們家剛出生的小狗而感到和她做朋友也是有開心的時候。

那時我已認識舒舒了，每天她從親戚所開的印刷廠偷了些東西出來，就這樣每天她都捧著許多印壞的紙張和她一起躲在屋頂上偷看，有時拗不過麗美的苦苦哀求也讓她看，這小三八雞在看時所發出的笑聲很刺耳如刮玻璃。

就這樣我讀了很多課外讀物。有一天她也很神祕地捧著一堆印得有些不清朦朧的雜誌和圖片紙張給我看時，我和她簡直是分享了彼此最深邃的祕密所在。

裸露的男女照片猥猥褻褻地出現在我們的瞳孔，我那時常漾著水光如湖泊的眼睛蒙上了纏織一塊的堆疊肉身，湖泊像頓時湧了一堆泥巴似的，穆然且木訥訥地逼臨逼近我們未曾見過的裸體無盡的慾念深淵。

後來我和舒舒以及麗美在屋頂的煙囪角落玩起遊戲，舒舒當醫生，麗美當護士，我當病人。然後再交換角色，彼此爲對方看診，當醫生的可以左右逢源有病人有俏護士聲東擊西，兩地相思。

從橋下大路拐進某些巷弄也開始出現不少漫畫小說出租店，我們便多了去處，舒舒零錢比較多，通常都是由她租下幾套漫畫，我們在屋頂上輪流看，看到天光黯淡才肯從屋頂爬下。有時在屋頂上會有鴿子停駐，這時我通常會站在紅瓦屋頂上極目眺望台北橋的方向，只見舅舅也在屋頂上揮舞著旗子，養鴿賽鴿，也成了鳥犬店的一大生意。舅舅似乎也看見我了，向我揮揮手，我捧著鴿子在掌心。想起基督徒的父親說過的話：要良善如鴿，靈巧如蛇。

屋頂上一根根的天線矗立天空是當年的城鎮一大景觀，街坊在中午傳來布袋戲聲，傍晚有電視卡通，七點檔有歌仔戲，八點有連續劇。當時有個明星宋岡陵演陳香梅的故事《一千個春天》，讓我媽邊縫衣裳邊著迷地看著，我媽說她其實一直想嫁給軍人，她喜歡男人挺拔的樣子。「哪像妳阿爸，沒什麼力氣，文弱弱的只會提筆。」

9

隨著經濟起飛，衛星城鎮聚集著愈來愈多的商家，大都是南部人。

有個招牌橫寫著：冷氣冷凍冷藏，連起來直直念是「冷冷冷」、「氣凍藏」。對映著煙花戶的小招牌有一種趣味，某家煙花戶用筆歪扭地寫著：暖身暖心暖屌，我二阿姨來我家玩時經過見到差點沒笑死在天后宮的廣場外。如果招牌分開直直念就是「暖暖暖」、「身心屌」，二阿姨假惺惺地說這麼明目張膽，良家婦女經過都要臉紅了。

後來二阿姨決定要在彎進煙花巷的巷口擺檳榔攤兼賣香菸和沙士可樂等生意，她看準生意鐵定好，便要我媽入股。我幫二阿姨的攤子寫上菁仔、雙子星等字，有時我和小頌姊姊也得幫忙看生意，把檳榔對半剖，包上紅灰、石灰。彎進巷口尋花問柳的機車男士見了我們小姊妹站台，會多買一些且開玩笑說：幼齒顧目睛。

難怪後來我談戀愛的對象常常說我這個人有一種勞工階級的魅力，我根本就生活在一個俗麗的電視劇情裡。

當舖這個行業在橋下也開了一家，藍布幕底印了大大的白色字體：當。我們初到台北時陪我媽進去好幾次，因爲小頌的醫療費用快要壓彎了我們家，我媽把她親生母親遺留給她的寶物咬著牙狠狠地當了，進當舖前，我媽用手帕拭著在眼角泌流的淚水。

後來我對當舖的印象總連結到我媽的淚水意象裡，總以爲走進當舖是那樣的悲哀。

這是蒼莽又讓人懷念的左岸過往。

第六章

我們是異鄉人，城市的異鄉人，彼此的異鄉人，感情的異鄉人。

習慣成為一種異鄉人，因為靠近的疏離，因為熟悉的陌生。

重返純眞年代

——我的男朋友

1

沿著三重淡水河堤岸直走約二十分鐘再左拐可以抵達兩所小學，一是光興國小，一是三光國小。我們只差幾戶人家卻被分派讀到稍遠的三光國小，我媽媽當時很不喜，她說什麼名字不好取要取個三光，我還兩光（台語不靈光之意）ㄟ，男孩子讀了就算了，女孩子也讀到這樣的學校。

母親覺得女人家和這個「光」字牽連在一起有種不潔，像是隻手扒雞被扒光了般。

這所小學校園具備所有台北縣衛星鄉鎮在七〇年代的粗荒樣貌，在粗荒中卻又隱含某種革新氣味的細緻變化。兩層樓高的連棟成排建築早已不敷使用，特別是在我前面幾年的龍子龍女大量暴增，學生一班都在五十至六十以上，濟濟滿滿地擠擠挨挨在一個方形的空間裡，小孩的乳味混著汗味，低年級的一緊張有的還會尿水偷偷沿桌沿木條滴落，然後有小女孩突就低低咽咽地抽抽搭搭起來，突然感到自己被家人遺棄在水泥的荒野裡，混在一群她所陌生的族類裡無由地十分害怕。班班爆滿，當時的家長忙於到台北攢錢，小孩能在國民教育義務實施多年裡受教自然家長求之不得。然而學校在興建時實在未料民國五十幾年之後原先暴生的小孩都已陸續進學了。來自大陸的校長宣布除了五、六年級上全天外，三、四年級和一、二年級學生都是輪流上半天課。這下賺到的人當屬三四年級的學生了，我二哥當時很快樂，就是那時候他打棒球和學游泳，讓我很羨慕。

大象溜滑梯在我剛進小學時延續著我幾個哥哥唸書的粗荒模樣，石灰細石混合而成的大象身體挺立在小孩兒上課的搖擺心思裡，鐘一敲響好動的學生兩腿已在木條椅子上摩擦難耐，想念著大象光滑的長長鼻子，順勢一溜，每個從象鼻上滑下來的小孩笑得咯咯響，世界事物呈現在眼前是從笑開的嘴巴中吐出它的字詞位階。猴子家族負責旋轉圈圈的遊戲，一隻母猴一隻公猴分據圈圈的兩端，小孩子一坐上去，旁邊的頑皮同學即轉動猴子的手一下，圈圈就順勢轉了個方向。穿裙子的女生哇哇叫著。倒轉的那一刻，頭在下身在上，雙手抓著猴子伸出的毛毛塑膠手，我喜歡那樣的乾坤倒轉。爬竹竿吊單槓說來是傳統而粗荒的原始遊戲，更遑論女生玩的跳加官、跳繩和踢毽子比賽了。在那樣的空間前方是升旗台有個國父遺像。在夾竹桃花叢的兩端是榕樹，中間也有個偉人銅像。

好了，這就是每個小學在當時的基本模樣。我進小學時，感受到的不同是學校在趕著許多的工程建設，蓋新大樓，蓋活動中心，回想起來，不少的老師和鄉公所及縣政府的人都是在當時突然致富的，他們延攬工程獨攬廠商決定權在校園裡暗暗廝殺掠奪。而校園卻是天真的小孩在玩著他們年復一年相似粗糙的公共遊戲。校園的洗手台和花盆在翻修，仍採蹲式的廁所也明亮了許多。然而我期待校園多幾隻大象溜滑梯的願望從來沒有達成，大象溜滑梯只能在全校放學時的孤零輪到我和它共嬉。

在我第一個哥哥的時期，廁所是一條方形的凹陷河流，水在私處下方流動如河水，沒有拉把沒有所謂的衛生紙。有一回，我小哥立葉返家，眉毛左方滲著一條紅血歸家。午後，我正幫我媽摺疊她修改好的衣服，並玩著線頭，東扯西扯地玩著拼湊色彩。我哥哥立葉的臉髒黑黑地且血紅紅的，我媽這人鮮少大驚大怖，可能是被小頌姊姊嚇過之後的訓練，從此她都是靜靜的近乎冷。她只從轉動的縫紉機輪帶裡停了幾秒地抬眼看了我哥一眼，一眼就夠冷夠淩厲了。「學校廁所的磚塊破了，被打到。」立葉說。「這麼粗魯開什麼學校，真是的，和政府都長一個模樣，你怎麼沒向老師反應？」我媽說了話，手上修改的洋裝華麗地閃著珠珠和絨布面的光亮熠熠閃曳，洋裝被她的手轉來翻去，車衣的節奏響一路滑過有錢婦人的心愛衣裳和我的耳膜。

幾天後，我媽要當時未進學校的我跟她到學校。我媽穿著自己做的洋裝，也是絨布，湖水綠的表面繡著小小的戲水鴨和幾朵花在她的左側胸前顯得典雅，且出門前化了妝，但她打扮我的樣子我並不喜歡，特別是蝴蝶結在我的胸口上是很惱人的視覺。一路上，我媽蹬著高跟鞋穿過低矮的私娼寮，許多妓女們正好在吃著晚起的早餐，在窗邊門口望著我們行過，我媽是虎虎生風，而我是躡手躡腳地如受了腳鐐般過街。

到學校時，第四節課正敲了鐘。我媽用台灣國語問了正在修剪花草的校工是（四）連（年）死（十）餓（二）班在哪後，她以難得的溫暖微笑對著校工說謝謝。外省老校工盯著我媽的身材有一會兒，我在我媽拉向前走之後還回頭看那校工一眼，校工仍定在剛剛我們問路的姿態裡不曾動過般。四年十二班的老師正在教著數學，幾隻雞和兔子……，我媽敲著洗石子地板一路仰望著上面的班級數字，在四年十二班的教室門口停住，我冷不防突然停住還衝撞了她的側邊骨頭一下。我們母女是背光，我回想當時教室的小孩見了突然出現的我們定然以爲是黑衣舞影者，我拉拔脖子想要看看小哥一時卻尋不到，總覺那個空間裡的每個人都長一個模樣。站在黑板的老師在學生一陣嚷嚷才回過頭見到杵在門口的我們，他帶著有點發愣的笑容迎出外頭的光亮。

我媽說起小哥的名字：黃立葉，小哥被老師喚出。我媽的細指尖指著立葉小哥的眉間說，學校連幫他包紮都沒有，老師也該……。我在我媽旁邊向小哥笑了笑，小哥有點不好意思在公共空間裡突然來個親子相逢，搓著頭又摸摸受傷的眉毛上端，像是很不適的樣子。其實那是當小孩的人在學校見到家長的慣常不安，總是闖禍的人才會蒙召見，但我小哥那個樣子看來像是挺難受，「衛生鼓掌是做什麼我是不懂啦，衛生就衛生，還需要什麼鼓掌不鼓掌的，做事還要拍手？他說他負責掃廁所，就受了傷這不太對吧，小孩在學校受傷我們再忙也不會不懂的。」這男老師了解全盤後，忙向我媽賠不是，說他不知情，定然會向學校報告和爭取等等話語。我媽不知有無聽懂，好在這兩、三年她的國語在台北環河市場裡被訓練得還算派得上用場。只是股長被她說成了鼓掌。

我不知爭取什麼，但我還滿喜歡我小哥的這位男老師，心裡希望明年入學可以給他教。幾天後，男老師帶了一籃水果來到我家，時值下午，四年級上半天班，立葉跑去玩水，客廳兼工廠的空間依然是剩下我媽和我。老師來到，我嚇了一番，丟下紗線就跑到後頭。老師看來一路像是受了不少折磨，出現在我家時還在用手帕拭著汗。那些妓女戶的女人眼見一個白面書生行過，鐵定是摩拳擦掌兼且消遣揶揄。

男老師走後，我家客廳多了好幾百元和一籃蘋果。隔天我們去醫院探望小頌姊姊時，在病房削蘋果時，整個空間都是蘋果的香氣。我媽忽在病房的窗口咬著蘋果說：「嫁給這種老師應該不錯啊！」

隔年我上小學，被一個女老師教，她溫和但平庸，引不起我的興趣。不過她派我收作業送到辦公室的文藝股長工作讓我的學校生活多了期待，在辦公室我總梭巡著男老師的身影。有時見了他埋頭改作業還會繞到他面前，可惜他太專注了並未見到我。當時小學生的書包多屬紅綠兩種，男生揹綠書包，女生用紅書包，塑膠和布質兩款。但低年級有一種黃色書包，這款黃色是屬於雙肩背包型的，我覺得時髦，我媽無論如何都不買這一款。「就在矮了還揹雙肩書包，壓到長不高，就跟我們的矮厝仔一樣像豆腐般高，如果長得沒三吋豆腐高，我看妳也沒出息了。」

我一直到學校擴建三層樓高的五年級時才被這位男老師教到，一個封閉的校園多年來折損了一個書生。我見到他時，已然成了個十足的物質主義者，我也才得知他的名字叫吳財發，原來他的名字如此明目張膽地俗氣到了頂點，真是讓我失望。不過這吳財發對我還算好，我倒深刻記憶過他說我有一對奇特的眼睛，專注看人時像是會吸人靈魂似的攝人心魄。

小學三、四年級時，我們仍過著半天的課，因爲當時如火如荼興建的學校工程突然停擺，康固力的水泥建築搭著鷹架停擺在我們遊戲的空間裡。另一隻新的大象溜滑梯原本有機會在我小學結束時完工，但也停擺。每天經過只有大象四條腿的空間都會矮身一蹲地穿過大象的腹部肚皮。舉手觸摸洗石子的表面指頭冰冰涼涼，躲在沒有成形的大象腹部，隔絕了外頭的午後陽光，在下學的安靜空間顯得隱密，有時見到校工的腿經過，有時見到幾隻野狗路過，學校工程的灰塵飄起，我在細沙上以食指寫字，覺得那空間有一種奇特的模糊快意與悲涼混雜在小孩的低矮視覺裡。

上國中後，我才知道工程停擺都是因爲貪官污吏或是黑道介入，以至於後來經過小學校園心頭都蒙上一股陰影。

2

五年級開學不久，班上轉來一個面目清秀的男同學趙榮祖。我記憶他是因爲跟他到過台北車站的希爾頓飯店。

他是從台北橋右岸搬過來的。長得眉目俊俏，榮祖是當年許多老兵爲他的小孩所念念在茲的懷鄉名字，光榮你的祖先，明示著一種勿忘祖國的不死精神。

他的家被拆了些年，在他要進小學的那一年，夷爲平地，早已動工多年，新的白色龐然建築物已矗立在台北市，成爲我們這些鄰近鄉鎮小市小民幻想偉人的具體呈現。

這建築物是現在的中正紀念堂。他的家園成了偉人的榮耀陵寢。他父親倒高興搬遷，當時一河之隔的三重離總統府一帶近，他父親打聽到房子租金卻只有台北的三分之一，遂決定過橋，從右岸搬到左岸。但每天他父親卻得從左岸開計程車到右岸，穿梭右岸繁華一整天後才拖著疲憊的身影越過台北橋回到左岸。

升五年級了，小學老師說要補習，就是那個吳財發，一個令我失望全面靠攏資本主義者。交補習費給老師，他卻又說這些錢還不夠他去希爾頓吃頓飯。

我們盯著老師手上的鈔票，看著他黑色眼鏡眶下複雜的神色飄過，心想希爾頓是什麼東西啊。我以爲是一個滯留台灣的老外名字，我跟著未入獄前的革命青年大舅舅唸ABC狗咬豬般地懵懂。

我不禁在課堂上想起老家常出現的兩個騎腳踏車的摩門教徒，穿著白衣黑褲，一臉純潔地傳著教，任身後的風沙如簾幕薄帳地盤起如烏雲地滾在前方的路，他們仍向路過的村民散著一臉的和平與信仰之堅毅。

榮祖同學爲了討好新學校的同學及顯現他的台北城市經驗與身分，他總是在下課說著台北希爾頓台北車站台北電影院台北百貨公司台北遊樂場台北動物園台北學校……，每個名詞前還要加個台北，台北像個又近又遠的名詞。我坐在自己的座位悄悄聽著，台北之於我是醫院的代名詞，是姊姊的代名詞，有時是母親市場的代名詞，有時狀況好一點是醫院鄰近後街那些外省賣著家鄉美食攤販的代名詞。但我卻從來沒想過台北還有許多的具體事物在那裡延伸我未知的感官境域，我像靈犬般地束起我的兩片軟軟的小耳朵，這對曾被母親形容成宛如小老鼠的兩片小耳朵急急打探著陌生世界的消息。

「台北大同水上世界的溜滑梯水道可比我們的大象好玩多了。」趙榮祖說。我心裡駁斥著是叫水上樂園而且地點是在板橋，板橋有個堂姑姑，和我媽挺要好，有一年我媽和我一時無聊還去找過她呢。當時覺得從三重到板橋真遙遠。

男生的粗糙顯然是受不了趙榮祖的某種自負腔調，男生若停在那裡聽他說話只會暴露自己不屑的靠攏與惹人厭般的娘娘腔吧，只見男生早已哄然散去，某些家裡有給零用錢的男生早已攀牆拿著塑膠杯去買蚵仔麵線或是酥炸蚵仔餅了。只有少數女生公然聽著趙榮祖說著希爾頓和台北傳奇，聽他流露得意神色地說著在潔亮如鏡的玻璃帷幕下吃著早餐，在雕花的大理石浴室洗過蓮蓬頭澡。「什麼是蓮蓬頭？」臉上長著雀斑的麗美咬著髒髒的指頭問著。趙榮祖顯然對她嫌惡，對這問題感到愚蠢似的不想答。其實包括我都挺好奇呢，浴室有蓮蓬頭，我家洗澡間只有外公用他的手工技術箍的木桶以及五金行買的塑膠桶當盛水的浴缸用，另有一個塑膠小盆舀水洗頭用。我聽到蓮蓬頭，在課本上畫著一個頭髮上盡是白色泡沫的美麗女子如夢幻地走出一個氤氳的空間裡粲然一笑。

我想起了明珠，遙遠的明珠，投淡水河成爲憤怒女海神的明珠。想起明珠在學校那樣荒蕪的空間裡，再抬頭看趙榮祖一眼，未料他正也瞅著我，眼光發著亮。

班上本來即有個取名林悼祖的外省同學，父親是浙江人，長得很聰慧但傲氣滿滿。名字有個悼字，此君卻是傲骨中帶著某種不恭的嬉皮笑臉，從小就有一副吊兒郎當的公子哥兒況味。

他和榮祖兩人常一言不合扭倒一起。互相抓雞雞，抓頭，下勾拳，上揮拳，踹右腳絆左腿，甚至滾在沙地上搏打。

榮者不榮，悼著不悼。

我在課桌上定定坐著，如此想著。有時他們竟打到了我桌旁，故意把其中一人摔到我坐著的懷裡，害我急急站起拉開椅子，才鬆脫了他們。之後有一人黏了箭牌口香糖在我的長髮上，害我剪了一撮後，左右長髮不均，掉了一天的淚。再度想起幼齡時長頭蝨的那天，我的驚怖散滿在黑黑髮絲落地的那些剎那剎那。

我因上課鐘響仍趴在桌面不動方被老師喚起，然後老師說別哭了，就要我走到他身旁，站在講台上後髮絲被他的剪刀一橫，我回到座位後暗暗落淚的情形趙榮祖是看在眼裡的。

幾天後，他在我懸掛於椅子的袋子丟了張紙條，說要邀我上台北玩，他可當導遊。比起悼祖的行徑榮祖是好多了，悼祖同學曾捉弄過我，竟在我懸掛於椅子的塑膠袋子的背帶上用原子筆寫著：「黃永真，我愛妳，悼！」

「我愛妳」後面跟著個「悼」字實在不祥，加上行爲惡劣，愛也如同是恨。那原子筆寫在塑膠材質的背帶上擦拭不掉，最後用刮刀刮去，揹帶已然破相，險險欲斷。母親且責罰我浪費，後來她縫了個布袋給我，幼年的我覺得老氣而偷偷不用。

3

這是一趟小孩版本的台北祕密之旅，我和趙榮祖同行。我騙我媽說學校要遠足，她還幫我準備了一包五香豆乾和菠蘿蔥花麵包各一，我央求她把蔥花麵包換成炸彈或奶油螺旋麵包，她的手停在針線上，想了一會兒，從縫紉機的右邊三層抽屜抽出最下面一格拿出她裝零錢的小錢包遞給我十元，「那蔥花麵包給頌頌吃，妳再去買一個。」說著看看銅板，遞給我。她說話的聲調平疲，少見的遲緩，我注意到我媽的表情還算平靜，難得有的平靜，目光裡沒有太多的波動，好像是因爲一種放棄掙扎的慢速度。我走到小院子時，母親又把我喚住，拿了五十元叫我到雜貨店買一盒鱷魚牌蚊香。「你們的手腳都已經快變成紅豆冰了。」她瞧了我一眼。那目光說不出的一種愛意，混雜著長年生活的疲憊。

在走出矮房的堤防沿路上，我想著她的表情，想她這一天好像修改了特別多的衣服，而且都是幾乎要整件拆掉重修的大工程。我媽在我們矮房的一樓門面角落在很多年前就叫我哥寫上：「衣術高明，修改疑難雜症，樵樵的店」的字眼，樵樵的服裝店是最早的名號，後來因爲訂做衣服的人愈來愈少，成衣流行又便宜，許多人反而是拿衣服來修改的多。我媽常說她這雙巧手本來是想用來畫圖寫字的，她這雙眼睛本來是要用來讀書的，結果卻拿來讀身體。我媽說她只消看女人身體幾眼，或者稍微摸一下人體，幾乎來修改衣服的人連穿都不必穿給她看即知要修改多少。哪些女人是豐胸假臀也逃不過她的明眼。

「如果生命的決定可以像衣服修修改改就好了。」我想起她有時在和前來修改衣服的女人聊天時常掛在嘴邊的話。下午的光陰，母親和其他鄰近的女人是話題時間，「眼睛做得都快瞎掉了，還是跟不上時代，錢還是同款薄。」樵樵說。

在往雜貨舖的路上突然對自己撒的謊有些微微地難受，但很快地就因爲習慣而適應了這樣的心情作祟。買麵包和蚊香回到堤岸小路時，街上的妓女戶已經點亮了黃燈泡，門戶大開，生意差的還出來站在街上對著經過的摩托車騎士揮著手叫著春，也不管機車騎士的後座是否有載女人。她們和我打著招呼，「阿真真乖幫媽媽買東西啊。」我笑一笑，塑膠袋被我晃了好大晃，晃出一個開心的弧度。家外頭前面停著一輛熟悉的腳踏車，冶遊在外的父親回家了。

推門進屋，我媽在拔著一顆還有些青綠的木瓜，「放到米缸幾天就可以吃了。」我的遠足背包多了一粒她從別人家後院摘來說是野生自己長到我們家的綠番茄，一根長滿褐斑點的香蕉。香蕉是萬華姑姑去探望姊姊時送的，我媽拎回香蕉時向在撿來的大理石椅子上看報的我爸說了句：「真罕，難道伊不知破病的人不能吃香蕉啊。」我爸咳了嗽一聲，我媽續說：「小孩子愛喝養樂多，好久家裡都沒有養樂多了。」偶然回家即掃到颱風尾的我爸放下報紙說：「不是有訂牛奶和養樂多？」這回答徒增我媽情緒原本就是不穩的人之暴怒底層，「有訂？鬼訂的啊，沒繳錢你也不知，外面的野女人可能喝的奶都比我們家多！你看好了，咱們走著瞧，暗夜走多會遇到鬼。」我爸從口袋拎出幾張鈔票，放在縫紉機上，鈔票在幽暗的空間頓時像有錢太太的絲綢衣服般地發著亮。

我媽在台北這麼多年可真是磨得一身好功夫，國小畢業的她國語漸入佳境且愈來愈有對話的功力了。這辛辣之詞吐出，我家瀰漫著一股火藥味。我緩緩地在旁收拾著背包，看著引起爭戰的香蕉一眼，把它放進背包，準備週末下課後和趙榮祖到台北。我媽見了轉了話題：「阿真妳香蕉這樣放會壓壞，另外提塑膠袋放。」

香蕉提在塑膠袋裡，拎到學校放在抽屜，像養蠶寶寶般地愼重放著。

那日的學校課堂顯得漫長，下課也刻意不和趙榮祖說話以免被女同學說誰愛上誰了。

掃完地板後，趙榮祖先走，在三重客運的公車站牌下等著。

那是我第一次獨自和一個男孩上台北，在小學五年級的時間節點相碰撞，台北於我比趙榮祖還來得魔幻。

4

就像午休時，我們被迫趴在課桌上，以桌面當寢，和另一個男女同學同眠。我總是會自己先和自己玩一場遊戲，就是把雙手壓在雙瞳上，眼前不再是講台黑板粉筆桌椅，而是燦麗的星空逐漸閃閃亮亮明明滅滅地劃出一道道銀河，滑過，啪嚓啪嚓，星星火花連綴成萬花筒。之後，光消失，一片黑暗，沈墜於寂靜。

我突然想起白蝶，我的一位遙遠未曾謀面的哥哥。他似乎把他生命裡的迷霧森林擴散到了我的身上，在他的世界我見到一種隱隱的悲涼，盤旋在生命烏雲的上空。

午休過後的鐘一敲，原本假寐悄悄在課桌下玩沙包玩橡皮筋的男孩女孩早已如韁被瞬間脫去般地衝到外頭走道野嬉或奔到福利社買包王子麵。教室之間充溢灰塵，男孩格鬥和女孩追逐所踏起的塵埃，也溢著許多人揉捏王子麵的胡椒味。我像個靜物般地仍趴在桌面上。「黃永真永眠了，睡死了……」有人在我周圍逗弄地說著話。直到我聞到一股肉燥麵的氣味方甦醒，循著氣味，看到了一張嘴巴油油的臉，手正探進粉紅色的肉燥麵塑膠袋捏出一團乾脆麵，手指頭上有著蔥油，整個空間充溢著貧窮裡的飽滿香氣，這氣味的出現簡直可惡，讓沒有便當可吃的我正午陷入一種軟弱和無力。

想像力消失的我頓入一種如實的飢餓，飢腸轆轆，如鹿渴切溪水，如人子仰望天父。眼前開始發白，嘴唇發黑，事物傾斜。

之後，我躺在醫務室。挨了兩劑營養針，胃囊不再發酸，頭部不再缺氧，手臂卻開始發疼，心裡某個部位顫著痛，貧窮所公開的痛楚奔放在熱騰騰的血液，被忽略的痛感啃噬著我的身軀靈識。我媽那些日子在清晨即忙著大批發市場的買賣生意，她兼職在一樓後院圍籬所養的雞頗有收穫，許多遠從台北對岸的雞販過台北橋來到三重環河一帶的我家買雞仔和成雞。我媽說她締造傳奇，「以前都是我們跑去台北對岸做生意，現在他們一早就自己跑過來。」可她忙完雞場生意後旋即到台北後車站和永樂市場一帶買鈕釦拉鍊線頭和布料，家裡別人託修改的衣服已經因爲沒有零件修改而堆積著，到了中午她得到學校接上半天課的小姊姊。前些年我的小姊姊已經從醫院回家，也跟著我上課，但反而比我晚兩年級。

我早晨醒來的那會兒，家裡安靜，只聽聞我姊姊在唱歌。母親早已上市場，我翻翻冰箱，幾日來都是空的，只有小姊姊的液體藥瓶冰在小冰箱裡，貼著日期，提醒我要餵食她所需的一種奇怪食物。

總是在低矮的二樓窗台上發呆一晌，才起身穿制服並幫姊姊穿好校服，一同出門。整個環河堤岸一帶陷入一種戰場過後瞬間被遺忘的寧靜，前方已鋪的柏油路幾個月下來被卡車往來迅速的車輪震出了傷裂的凹痕，多雨溽熱的小島經不起踐踏，土地崩塌，瀝青曝曬。行經天后宮旁的空地上殘留著小販交易批發時雞群慌張抖落的羽翅，白白黃黃，悽悽惶惶。小姊姊行動緩慢地唱著歌，我遲緩地在前等著，走著。

在午後寧靜的衛生保健室，一個塑膠美女裸體有著深淵般的黑眼直盯著我瞧，白色窗簾外偶爾有一、兩個人影走過，夾竹桃的枝葉映在白紗窗上有種骨瘦嶙峋的水墨畫意象。而我一個骨瘦可見飢黃的女孩在夢見了羽化成仙的白蝶哥哥後，就躺在白色的空間裡被集體隔絕。

我想起有人抬著我進入這個空間，有個人影在離去前還探到我的臉下有幾秒鐘的停駐且深深地望著闔眼的我，我漸漸浮影的人是從小就帶點玩世不恭的林悼祖。

可恨的林悼祖。以逼臨的氣味掀開我的底層，又以逼臨的凝視召喚我的內裡。

我感到他的可惡，但在那樣的可惡裡，好像我又喜歡著他一些什麼。

那天整個下午的兩堂課我一直藉故躺在保健室，我需要隔絕見到林悼祖一會兒，我也知道那教室定然還殘存著肉燥麵那無比鮮明的氣味。

我爸那天出現在教室。當我被老師從保健室喚醒走回教室收書包的那會兒，我見到難得一見的父親身影。父親從校方處收到通知，靦腆地報我以微笑。褪了色的紅色書包被他拎在手上。

父親已不常回家，只在週末或週日的上午趁我媽不在時回家一下，偷偷放一些錢在我媽的縫紉機上，總之父親的形象愈來愈蕭索也愈來愈疏遠。有時，為了看他，便特地去郵局佯裝要看新上市的郵票，在櫃台張望一陣，大半天也未見他。

沈默地走著。他騎著腳踏車載我從學校一路騎出，他特意拐去三和市場，在一攤賣有嘉義雞肉飯和彰化肉圓的攤子旁煞車，老邁的腳踏車發出刺耳的響聲。

幸福的午後。父親問我要吃哪一種，我說可不可以兩樣都吃。父親忙開口向小販點菜，熟門熟面似的小販用圍在脖子上的毛巾快速拭去汗後盯著我看一晌，狐疑地開了腔：「咦，啊怎和你牽手生得不同款？」父親尷尬地搖頭說：「伊不是年綺遙的女兒。」小販拍拍額頭，哦了好大一聲。

那是我第一次聽到年綺遙這個女人的名字，在那樣錯置的空間。

黃昏我爸牽著腳踏車和我步行堤岸。幾年水患下來，堤岸已經逐漸增高，岸上有人在放著風箏，風箏一直往上竄，往上竄，想要逃離下方定點拉力的束綁。我看到風箏在上方風力和下方手力的兩端拉拔下，覺得瘦長的父親好像風箏，似乎帶著這樣的宿命意味與象徵。「爸，你都不再寫信給我們了？」我突然說了話，表情嚴肅而期待。「爸和你們都在台北了，不像以前因為路途遙遠，所以已經不需要寫信了，再說，妳媽……妳可以打電話給我啊。」哦，我回應一聲，無限感嘆。我母見到我父之信，可能會烈性焚書也說不定。以前在鄉下時我媽收到父親來的家書之甜美表情，已如夢幻泡影，再也沒有比這樣的人生境遇情懷對比的落差更讓我感到幻滅了。

幻滅如深淵，一旦墜入即插翅難飛，只等著黑暗抵臨。我是個背著十字架的小孩，因爲父親對主耶穌的真誠信仰賦予了我這個永遠純「真」的名字。可父親對感情如此隱晦，我當時竟脫口而出說：「爸，你很少上教堂了，對不對？」我想起兒時他曾經抱我上過靈糧堂。在點滿蠟燭的聖壇用手指抹了幾滴水在我的稚嫩臉龐，當時我媽知道了還很不悅，她說她昨天才帶我去恩主宮求媽祖關聖帝君保佑我，庇護我，隔天就上教堂，「別說天上的神會眼花，咱阿真也會霧煞煞。」

父親聽了我的話，嘴唇苦苦地笑了一下，然後把原本牽在手上的腳踏車放下腳踏板煞住，坐在堤岸的混凝土水泥地上，我跟著他坐下望著河水，小小波紋的流動款款，「不是很少上教堂，阿爸都沒去了。」父親續說教會並不容他有婚姻之外的感情，於是他便自我放逐。父親向來待我自小即如大人，一個完整的人，這點我很感激。「我看到上帝已經飛過教堂的十字架了，上帝常常並不只存在於教堂，到處都有他的認真身影。」我在淡水河邊想像著上帝飛過教堂十字架的樣子，突然舉手空中招招手。「那我可不可以不要叫永真，這個永與這個真字很累的。」我當時面對父母感情的流離變化對世界已然沒有永遠的看法，加上面對嚴格的母親又慣性說謊逃過劫難，離真愈來愈遠。「永真」之名讓我的生命有一種反諷。父親笑笑說，名字意涵只是我對妳的祝福，不一定會成真，也可能朝相反的路徑走。「妳看我們村子裡那個叫福安的人不是在二十九歲就不安不福了，妳只要喜歡妳的名字就好，喜歡它跟著妳意義才會成真。」我想起班導師吳財發，可真是愛財到極點。

然而黃昏的魔術時光很快就絕滅了。夜晚的黑色墨水像染缸般地浸在眼前，河水已如墨河。

父親站起，牽我和腳踏車步下堤防。他送我到門口，卻看看錶望望天色，就定在那裡，揮手要我進屋。我像意會什麼地也不問，向他揮揮手。

我轉身推開日益腐朽的木門，一隻野貓正好從水泥的圍籬跳下，背向路燈的父親剪影投射在推開門的泥地上，拉得長長。踩著父親的身影走進屋。身影消失，聽到身後腳踏車的古老機械音在身後如老歌般地響起。這一別，我知道父親至少很久才會返家，我蹲在原來映有父親身影的大門口處胸口發痛地想要掉淚卻一滴淚也流不出，屋外的河水正漲潮地發出呼呼切切的拍擊，替我乾涸的眼睛如淚般浪波湧進，回首天際一輪斗大的鵝黃圓月在台北橋的山色那端爬升。屋內幽暗的廚房處傳來我媽炒菜的孤寂單音，我姊姊仍在唱著反覆的旋律。哥哥們在學校資優班自習以及台北車站一帶的補習班補習未歸，兩個女子在屋內，父親和哥哥們都在屋外。瞬間我對屋內屋外的世界湧起一種無限的感傷，不知要同情誰的寂寞，都如此的世俗，都如此的深切，都如此有理由，都如此地寫滿了人的處境與難處。

難過，純粹被一種命運震撼；難過，純粹被一種思念所勾起。

只有我卡在進門與出門的大門門口，遭受突如襲來的家變以及細微感情牽動。

我蹲在門口的那個片晌，懷念起幾年前在我六歲左右，父親有一陣子常拿我當幌子帶我到郵局工作，我認字快又有聰慧之姿，父親信任地交給我一些信件，要我依樣畫葫蘆地學他歸類，幫信件放進層層不同區域的多層次開放木頭櫃子裡，信件躺在每個小櫃子，等著被送交到寫信者相思或託付的對象，讓我閒散的本性裡感到一種使命感。小小的台北橋下郵局的門前和櫃台前總是門庭若市，而我和父親在後頭的小空間裡卻很安靜，只有一台破舊的收音機發出中原幾點幾時或是鳳飛飛的歌曲，偶爾有一位老郵差會進來收件，順便拉張鐵椅喝口茶和我爸有一搭沒一搭地說著話。除此之外，我只聽到信件在我手中發出的微微細響，響出的語言如情歌，我常好奇地端著幾封筆跡有個性或是莊嚴秀麗的信封瞧了半晌，想像力所到之處似乎信件就跟著我的想像飛到了收件者的身邊。有好幾回我偷偷地把信拆開讀完才又用漿糊黏回去。

我辨別出情書的筆跡萬無一失，總是百分百確認是情書後極有技巧地趁我爸轉身在忙時悄悄撕開封緘處，取出信紙快速地似懂非懂地讀著，道德模糊，好奇迫切。

魚雁往返，青鳥傳情，在那個年代，我對於郵局擔任信差的角色有一種孩癡式的景仰，特別是後面那個無關金錢的分派信件空間，以及老郵差在午後休息呷口茶的緩慢模樣。五百CC的玻璃杯水漂浮著綻開的茶葉，陽光或雨滴在郵局的鐵窗外溢滿氣候的變化。

隔年，我的祖母，我喚伊阿嬤，她因爲鄉下房子在颱風海水倒灌時倒塌而暫時搬上來和我們同住。阿嬤的出現雖然常出現婆媳冷戰或熱打的氣味，阿嬤有時氣我媽的凌厲與精明也會氣說她做鬼也要捉她，我媽聽了則駁以她會上天堂和阿嬤的地獄是兩個世界，阿嬤要捉她是在做夢。「妳生的兒子做的孽還不夠害慘我嗎？日子有夠歹過呀！」我媽在縫改衣服時忍著淚免得淚水沾濕富家婦人的昂貴衣裳，但她愈忍就愈顯得氣無從發的咬牙切齒，「想我當初鼓勵他到台北打拚發展，自己在鄉下過苦日子，伊自上台北看了台北查某就完全心飛了，厝裡親像旅館。」我阿嬤聽到這裡才噤聲不語，兩代的女人各自坐在客廳幽暗的午後斜陽裡。而我的手掛滿了線頭，等待我媽取用。然而掌中彩色繽紛的世界卻離我極遙遠。

阿嬤暫住我家後，伊和我及姊姊同睡一房，有人警告我媽說老人家和小孩同睡會吸走小孩的飽滿元氣，我媽聳聳肩無所謂，「不睡一起，難道要露宿街頭，空間就這麼點大啊。」

祖母唯一的工作是幫我們準備午飯，從此我有了便當可帶。小學畢業前都沒有再躺過保健室那張有著夭折死亡氣息的白床。保健室連結著我對林悼祖和父親的記憶，說來一切有些突兀的好笑。

5

我和趙榮祖一同遊逛台北城，前面說過當然不能讓我媽知道，這種事太罕見，一個小女孩和一個小男孩要從台北縣玩到台北市。由於母親的向來嚴厲，使得我們幾個小孩特別是我習慣撒謊，從小事到大事的撒謊，撒謊是爲了遮掩，既然遮掩，生命就很不透明。

學校集體遠足出遊的藉口是這樣輕易地被我吐出，趙榮祖說他並不需說謊，他父親向來信任他，「我爸爸是個有信仰的人。」他說。我在和他等三重客運時聽了此話有些微怏，覺得他這話充滿了傲氣，心想你的意思是說我媽很沒水準。

但因爲他幫我出來回的公車票所以我到口邊的話就又吞了回去。

帶點小小私奔幽會的模糊感覺，登上午後不太有人的公車，顯得空盪盪，兩個小孩的下午。一路馳上了台北橋，我特意往右看堤防邊的某一間兩層樓的房子，說是兩層樓其實是一樓半的高度，那一排房子的天花板低矮，像是倉促蓋成且為了省工料的一種空間壓縮感。二樓上方通常都再被搭以半層，有的養鴿子有的給小孩子睡，妓女則用來躲警察和逃生。像我們家就是二房東，一樓又分為二，右邊再轉租給小家庭做木工的小胖，他的工作場所就是一張長木桌，後頭用木板隔出一間房，他和女人及和我同齡的小孩房間。可我常見不到他的小孩，說是給外婆帶的多，他的女人也常見不到，我媽說她常常也得出去攢食討生活。有幾次我發現她也混身在妓女戶的某個窗口賣笑，見到從堤岸望過來的我會不好意思地急急閃躲進房。

從橋上望向堤岸，午後的熱氣像蒸籠地蓋在那個荒蠻之地，高高的混凝土做成的堤防頂上，有著蓬頭垢面和光著腳丫和光著屁股的小孩在跌跌盪盪地追逐，像原始人，你的心情才替他們捏把冷汗會掉到河水時，他們卻頓時又折返到大片的空地上玩耍，河水在退潮後露出一整片沙洲，游移著垃圾和某些動物的浮屍。而眼前通往台北方向的公路卻有一股新興之氣，路上有許多豪華私家轎車、新型公車、流線型摩托車，連某些計程車的車身都有一種嶄亮。正午，時間似乎對這座城市還顯得早，空間還有一種秩序，而世界在我眼中看出去似乎都是巨大且無知的。

一直望到右邊的視野已經成了一條模糊的邊界，才從自己的地理方位轉回公車上，趙榮祖似乎也跟著我望了右方堤防的方向，他說妳住那裡嗎？我點頭。我媽說那裡很亂。我點頭，聳聳肩無所謂的樣子。

「那你可以去橋下左邊的大馬路逛啊，我很多南部的親戚在一樓開店做生意，你喜歡鳥嗎？或者是狗？」趙榮祖說沒感覺，不過聽我說話很有感覺，好像鳥和狗放在一起有一種奇特的畫面。

他說因爲母親有潔癖，不准他養動物。難怪我覺得他身上有一股潔氣，像整天都散著肥皂香味的奇特，這在男孩身上少見，相較之下我顯得髒兮兮的。我穿的衣服樣式都算好看，可我媽常要我自己洗衣服，所以我的衣服布料的顏色很少有完整的，不是沾有洗不掉的醬油就是原子筆，起先幾年我媽對於這些都還在意，漸漸地很多事她都有一種力不從心的樣子，我生命的遭遇也有許多是她無從介入和知道的，因爲我習慣對她撒謊和沈默。習慣很可怕，像一種癮品，我爸手上經年點的菸。

我們是異鄉人，城市的異鄉人，彼此的異鄉人，感情的異鄉人。習慣成爲的一種異鄉人，因爲靠近的疏離，因爲熟悉的陌生。

台北方向的另一端逐漸隨著車速而成爲近距離畫面，往左方看，寫著魚丸看板和美麗門面屋宇的街道林立，由上往下看，人車在正午陽光下都只是流動的黑影。河水閃爍如貴夫人衣服上綴的亮片高低錯置的屋頂層層黑瓦紅瓦襯著灰磚蔓生的青苔，在潮擁的舊街有一種靜物般的腐朽，連續成一個動線的騎樓裡店家勤快地做著生意。橋上右方有補習班和一座小學校園。趙榮祖指著右方的某條街說那裡有個太平國小是他媽媽以前讀過的學校。我聽了覺得像是一個家族族譜般清晰的身世悠然在望般地也跟著他所指眺望了那個方向。

車子下民權西路右拐進重慶北路，新學友書局在左側，哥哥曾經騎踏車載我到這裡買他的教科書。我說要在哪下車呢？趙榮祖理所當然地說當然是西門町。我說我去過，在中興醫院附近。

其實我根本沒進去過，但聽趙榮祖那得意口吻也不免想要回嘴。

及至公車進入中華路，我的記憶漸漸兜攏在一塊，我確實和母親來過這一帶。初到台北的幾年，當父親外遇的事漸漸浮為檯面的閒言閒語時，我姊在醫院那些年，母親得空都會帶我到處在西區一帶溜達。從老家北上的小姑姑一直落腳在萬華，也就是我媽口中的艋舺，在康定路和西園路一帶吧，起先她學剃頭，後來她漸漸摸得討好男人的門路，加上長相甜美，很快便認識了個來剃頭兼馬殺雞的小開，說小開也不過是家萬華米行的兒子，但卻給她一筆錢開店，年紀輕輕就當起老闆娘，旗下擁有不少小姐，小姐們總是穿著亮麗合身的改良式短旗袍，看起來頗有俗麗中的品味。我們除了偶爾去看看姑姑外，順便給她剪頭髮，雖然她開的是理髮廳，重要的是我媽可以順便收幾件小姐要改的衣服或旗袍，這些在台北工作的南部小姐因為發現在這一行賺錢頗容易，名為剃頭實為吊凱子，無不使出渾身解數。為了穿上身的衣服好看，總是留給我媽修改，價錢也都不囉唆，何況我媽還是老闆娘的嫂嫂。「旗袍可不是每個人都會改的呢！」我媽收件時會攤開她們給的華麗衣裳端然瞧瞧，並有點拿喬作態地回應。當時理髮廳的騎樓靠柱子旁邊總是有個老擦鞋匠在緩慢擦著鞋的同時猛瞧著我媽的胸部看，我媽卻從來都不瞧他一眼，說她討厭男人蹲在地上工作，「沒志氣！」進了玻璃門後我媽嘴裡嘟囔著說，還下意識看了看自己的高跟鞋，空間流散著濃濃的古龍水和洗髮精氣味。我媽進門頭撇撇了說：「喂，小梅啊，你們外頭的龜公是不是很久沒爽了，看女人看成那樣。」裡面的男女都笑成一團。「那是妳才有的禮遇哪！別人他還看不上，妳別看伊不起，他可是超級保鏢，這一帶的人都怕他幾分，他是看我男人的面子才下午來佯裝站崗，其實他是警察中的警察，妳真以爲他是擦皮鞋的啊。」我姑姑笑彎了腰，我媽一臉紅白交替閃過的神色，覺得自己有點糗，遂轉話題到我身上，「妳再玩就要把妳留下來學剃頭！」我忙停止玩弄那些新奇的吹風機電鬍刀等我以爲的玩具，我喜歡來玩但一點都不想幫陌生男子剃頭。

當時我姑姑的店已經很豪華了，有許多電動座椅，理髮小姐用著細細的高跟鞋往輪軸一踩一踩地扭動著臂，坐在上方的男人身子便隨著座椅放低放平而斜躺成一個頭部略高身體趨平的角度，臉和小姐的臉靠得那樣近，泡沫沾滿臉的下半部，刮鬍刀輕輕地滑過，唱盤放著包娜娜的歌，屋裡的角落有水聲嘩嘩啦啦，熱水器的火一下子轟然點著了又轟然地噤了聲。一個男人躺著抖動著腿，上方是個小姐在幫他沖洗著頭髮的泡沫，吹風機嘎嘎響，傳動著一股聞得出是機器散出的人工熱氣。自動玻璃門總讓我感到新鮮，站在那裡門開門關，一條無形的邊界跨在那裡，我總是故意假裝不小心地晃到那，見門開了又閃躲了一下，直到我媽轉過來喝住我。玻璃門是黑色的，裡面看得到外面，外面卻無從窺視裡面。

我和我媽從台北橋進入台北城內，總是從中興大橋離開台北進入城外。一去一返，兩種橋段，特別是在康定路等待公車時騎樓下幾乎都是擦鞋的假鞋匠以一種掩護在窺視著往來的人。有時遇到初一、十五正巧店家在騎樓燒著冥紙和拜著水煮的三層豬肉、蔬果、供品火燭和小姐擦鞋匠散發一種自我孩提時就有的魔魅與俗麗氣息。

我向趙榮祖說著，換他流露難掩的心情悸動。

下車後平交道鐵路的柵欄剛好放下，人車混雜裡我們兩個小不點是奇怪的身影，那天我們先是逛電影街，等待看是否有情侶或黃牛突然不能看或無法退票的票可以轉給我們，等了半天仍無這樣的好運。然後我們去了今日百貨公司的樓頂，昨晚我媽要我買麵包剩的零錢我沒還她，且出門前還在縫紉機抽屜偷了幾個銅板，遂和趙榮祖坐了碰碰車和鬼屋，他竟沒膽玩雲霄飛車，我一個人又感沒趣，又玩了幾下打擊魔鬼和夢幻投籃便很無聊，幾個國中生瞪了我們幾眼，趙榮祖撞撞我的袋子說去來來百貨逛逛。來來百貨的「來來」像兩對眼睛瞪著來人。許願池站滿了女人在丟銅板，我好想跳進池裡撿錢。之後肚空空又繞回今日頂樓的某個遊樂場的椅子上吃著遠足的食物。處在這樣的高樓確實是我生命裡的第一回經驗，四周應有的歡樂卻在平時的白天顯得空盪盪的無力。一切機械大都處在停擺的狀態，只有幾個遊樂設施尚有一、兩對情侶在轉動著。沒有人尖叫狂笑的遊樂場，收票小姐和啓動設施的男人都懶懶的。遊樂場一角開張著一個紅藍白條紋的遮陽傘，一個胖胖妹把紅色的肉條沾著和了水的麵粉遲緩地將它放進油鍋炸著，上面寫著「熱狗」，爆過一陣時間的爆米花奶油香氣還擴散在她多脂的四周。

在白天的陽光裡，這樣的百貨公司頂樓讓我有一種深沈的寂寥。

「爲什麼那樣長得長長像香腸的東西沾了麵粉去炸就叫熱狗，狗怎麼會熱？」我無聊地咬著麵包說著。「狗會熱啊？妳沒看過三十七度C的天氣在外面的狗會熱得吐舌頭。」我聽了白他一眼，「但這和熱狗有什麼關係？」「妳不覺得狗發熱吐舌頭時，舌頭的長條形狀很像熱狗嗎？」許多年後，當我看見夏天吐舌的狗散著熱時便會想起和趙榮祖的對話，我總是莞爾一笑。

離開寂寥的頂樓遊樂場，我們在真善美戲院一帶閒晃，看著平交道柵欄放下升起，升起放下，人車停住開動，開動停住。反反覆覆，穿著制服的站長出現退去，出現退去。我和趙榮祖數著柵欄放下的時間，像盯著雨後停在樹葉的青蛙脹鼓消殞的脈搏般專注。「二十分鐘。」我說，「二十分零五秒。」他說。他的錶有秒針，顯然更精準，我掛著爸爸的大錶，突然想念起我的父親。自上台北以來，我從沒有和他逛過街，不知道和他到台北的光景如何。

我們逛到國軍英雄館，趙榮祖一臉如小兵的肅穆，彷如他父親般。力霸百貨的透明升降電梯閃爍未來世界的夢幻帷幕。

我想去希爾頓大飯店看看，是什麼樣的大飯店讓我的導師如此地夢想著把補習費拿去那裡吃一頓的野心遐想與充滿對金錢不足的怨懟呢？

我們決定步行。從中華路穿過北門，再右轉到忠孝西路，往前直直走，就可以見到高高的四方形大樓，那就是了。趙榮祖像在背書地陳述一個遠方的地圖。

在希爾頓大飯店的高高廊下，幾個金髮碧眼的外國人看著我們發出善意的微笑，跟著他們光潔的皮鞋和手裡的一只沈甸甸手提箱進到飯店大廳，旋即被天花板的水晶吊燈和大理石磁磚吸引，然而很快地便有個穿制服戴著白手套的男生請我們出去，說外人不可逗留。

我第一次見到除了新娘之外有人堂皇地戴著白手套，白手套，白手套在我們眼前的高度揮舞著，我感到自己似乎充滿著不潔。

那是我進台北城唯一的夢幻。時近黃昏，一抹斜陽掛在希爾頓大飯店的頂樓尖端，斜陽攀爬至天際線，宛如是一只魚貝被時光沖到了海岸線，緩緩擱淺在我的目光裡。等公車的前方寫著館前路，路上店家依然有著騎樓，騎樓上有穿著光鮮的男女在等著人的模樣，招牌是台北衛星城少見的商號，美國商業銀行下方還寫著英文，中國大飯店門口有人進進出出。視線舉目所及的路底有座像外國圖片的柱式圓形騎樓小柱和水泥粉光飾面的浮雕牆面。漸漸地，車站的車潮人流已經將眼前的城市點綴成一座燈火通明的華麗之都，而橋的另一邊，我的家卻仍是浸在黑夜的荒煙蔓草和感情缺失的地底墳塚。站牌四周一片混亂喧吵，有個男人苦著臉向一個女人述說他的錢掉了，沒錢坐車子回去。女人不搭理，男人轉向另一個人乞求。有些流浪漢和阿兵哥模樣的人往身後的圓形噴水池走去，趕搭火車的急切狀。站牌四周都是要從台北搭公車返回衛星城鎮的新移民，他們從左岸來到台北上班，女人的臉上已是殘妝且掛著某種幻滅氣味，男人一臉不安於室且有一種忐忑的毛躁感。

吃完最後一片五香豆乾，上了擁擠的三重２３２號公車，路開往繁華的另一個凋零方向。

我們兩個小孩擠在大人的腋窩下方，四方都是肉蒲團，肉身像牢房，囚禁著一天以來人們來到此城的工作疲憊與汗水。

在公車顛顛簸簸的搖晃裡，我想到了我媽和小頌，車子上了橋，突然蒙上一片無比的惆悵，就像左岸的路燈一樣蒼白。

漸漸地，當我習慣說謊這件事後，我們開始彼此都不知道彼此的遭遇。在慾望橫流的城內城外，我、母親、姊姊，是陌生的三位一體，父親、大哥和二哥是陌生的三位不一體。

這次給我的意義是，完美的謊言可以瞞天過海，我突然覺得，我媽也許也是如此地對待我。我們彼此撒謊，卻又天真地以爲善意，其實說穿都是爲了保護自己的自由。台北突然成爲我一個可以逃亡之所，當一切都隨著成長在初嚐幻滅和失去時，台北卻給我另一股新生的好奇。

6

以幽靈似地低語向初次的男遊伴說再見，我穿過一堆的肉體來到公車門口，拉了鈴，步下車。前方的三和夜市的尾端攤販已經捻亮燈泡，賣魷魚羹雞肉飯蘿蔔湯排骨酥的攤位燈泡上方銜繫著塑膠細繩，旋轉出一圈圈的紅色弧度，驅趕著惹人厭的蒼蠅。我梭巡著有無母親的身影，有時她不煮飯會來這裡買些過往老家的小吃回去。

從餐桌的食物可以看到一家的聚心或離心。我們家總是很少圍坐在餐桌上，一人上去挨著桌沿吃，吃完擱著，另一人再挨上去，或者同時挨上餐桌都只是爲了夾菜旋即又退到各自的角落。如有開飯，餐桌上總是那麼幾樣，炒黃了的空心菜或是高麗菜，冬夏兩樣交替。煎荷包蛋和炒碎的蛋交換。有時更不必夾菜，因爲是炒隔夜的飯或是煮麵條。

我已經快要忘記剛搬來台北時我們有過三、四年光景的熱鬧，我媽熱中於等待一年一度的三重大熱鬧大拜拜，她親自下廚，煮十多道菜，其中的芋頭燉酥炸排骨湯讓我懷念。當時席開兩、三桌，她且學著當地人把桌子搬到堤岸的人行道上。圓桌旁有樹有狗，有鳥聲。南方親戚渡河跨橋到我們家「吃熱鬧」，喝酒划拳，有的羅漢腳在飲宴的酒意作祟下，熱氣浮上身，勾動體內騷動，往往就跑到鄰近的娼寮求爽。彷彿我媽辦桌是替他們的慾望找合理出口，我媽在那一晚像個海派的大戶老鴇。在精神上，她往邊界走，沒幾年，在我父親日漸不見蹤影後，她突然對食物萎靡不振，連帶的我們幾個小孩特別是還在幼齡的我和姊姊顯得弱不禁風，發育不良。

沒有母親的身影，小販倒是熟人熟面地喚我要不要吃點什麼，我搖頭地轉身離開市場的尾端入口。並特意繞去一家華南銀行旁邊的店舖瞧了瞧。某些工人正在裝潢，敲敲打打。聽有錢太太送衣服給我媽修改時聊天說著第一家百貨行要在橋下開張了，到時候她們就不必每次都必須過橋到台北百貨公司買胸罩和絲襪內衣等，聽說叫三商百貨公司。我媽笑著，也不答腔，我看她的表情似乎在說著：「買夜市的穿穿就好了，買個內衣幹嘛那麼囉唆。」當她的笑帶有一種微微上揚的冷度時，我知道是一種不以爲然。我見慣了，她對於其他比她過得優越的女人態度。「什麼三三？取這種怪名，聽到三我就火大。」我媽繼續用著小碎片粉餅劃著女人身上要裁掉的地方做上記號。三這個數字像是讓她想起什麼似地恨得牙癢。

越過安全島往橋端走去，路燈愈顯得慘白。再拐進私娼寮的堤岸小路就更淒清了。通往夢幻已成墳塚的家園，有在燈泡下趕工的母親，有呆坐在椅子上的姊姊。男人和男孩都在外。我手裡握著未吃竟的炸彈麵包，感覺前方也有一顆還沒有裝上引線的炸彈在我的未來世界等著我。

我們家在我爸上台北的那個時間點在內部的結構裡已經裝了時光燃料，爆發什麼或不爆發什麼都已成形，只是時間的問題，我早已看出來了。

7

不久，某天下課，當我們都不在教室時，我和趙榮祖的椅子被某個搗蛋的男生交疊在一起，兩張椅子面對面，椅子前腳穿過另一隻椅子的下方空隙緊緊卡在一起。

我面對那樣的畫面感到一種趣味的好玩，突然想起四歲時在外公的蝴蝶標本工作室見到的蝴蝶死亡之姿，在交配中被天敵追殺死亡的蝶影。某次在林間一隻麝香鳳蝶正破蛹出，成蝶的身上發散著一種類似的麝香味，不久一隻雄蝶即聞香而至。趙榮祖見了卻氣脹似地臉色發紅，他一氣說話的聲音就會拉高拔尖。他撲向悼祖同學。

他變音時生氣說話的聲音簡直無腔調節奏可言，像刮玻璃的刺耳。我第一次覺得我可能很快地會厭倦趙榮祖。我沒辦法忍受一個刮玻璃的聲音在我的四周響著。

8

吳財發老師在學校補習，還在中興大橋的附近開了一間冰棒工廠。像幼年時鄉下的「孩提夢幻冰工廠」般製造冰棒，只是夢幻不再。

他主要是做棒棒冰、雞蛋冰和紅豆冰。冰，對小孩具有等同魔術的號召力。

母親，彎腰車著衣服的母親聽了大力地搖著頭，說我夠聰明哪需要補習，這吳財發這麼愛錢要嘛去幹一票啊，幹嘛欺負我們這些婦女小孩，明天我到校向他說。一聽母親要到校，我很害怕。隔天下午上課很不安，老是東張西望，吳財發把我喚去，我說明了事實，他想起見識過我媽的個性且想起我是優秀哥哥的妹妹，迫於某種事實地勉強讓我免費，但有個要求是要我假日下午到冰棒工廠打工，他會給我一些零錢花用，買筆記本或課外書之類的。我想買的東西都窩在新開幕的三商百貨，口紅、心型內褲、香水燭台、卡片、信紙信封、小圓鏡……

這主意的來到，讓我的小小夢想有了點想像的依歸。

我家到中興橋只需沿著堤岸一直一直走即可到，但是走起來起碼也得半小時，路程走久一個人可很無聊。於是我託趙榮祖一起打工，他聽說有冰棒和零錢可花用欣然同意。吳財發原本要騎他那輛偉士牌到我家載我，又怕見我媽想想就算了。於是同意有趙榮祖陪著一齊打工。原來老師欽點的打工者可不是處罰，而是獎勵。

直到多年後，每個夏天，我都會想起這家橋下的夢幻製冰廠。進入工廠冰冷冷地起著白煙，每個臉孔和物件都有一種海市蜃樓的白融霧化感，乍然從熱氣流裡進入冷濕的空氣，總是讓我打了好幾個魔鬼噴嚏。

棒棒冰是一種如細管子般的冰條，作法依然和老家的冰工廠相同，五彩的食用化學色素攙入水中，黃香蕉紅草莓白牛奶綠蘋果的色料溶解在水中，透過我們的小手搖晃，搖晃，色素和水相依偎，這時我們便拉機器的手把，手把送來注入水用的細長管子，一按鈕，水便透過細長管子的輸送正確無誤地灌進塑膠的長圓套裡，然後喀嚓一聲，塑膠密封成形，送入橡膠輸送帶，一管一管的冰棒便五彩繽紛地被投入冰櫃中，等待結凍。

想起幼齡時在老家的孩提夢幻製冰廠，連帶想起整天爲了革命而唸英文讀詩的大舅舅。他嚮往台北，最後卻以囚犯之姿被送進了這座城市的邊陲圍城，被遺忘的人，命運在獄中顯得也沒有命運了，因爲一切都沒有變化。大舅倒有點像冰棒，被結凍在某個方寸之地，動彈不得。

事物可以複製，然而時間卻無法結凍釘住。如此看來，大舅舅正好相反。

而我的生命是成長在變動的人事，這塊土地與成長的一切都處在一種解凍狀態，無可挽回地朝向解凍融化。

覆水。難收。有時連水也不必覆，事物本身就有瓦解的自我矛盾力量。

幾週以來，我們家的冰箱多了好多做得不成樣的失敗冰棒，我媽和小頌以及從學校寄宿返家的哥哥們都很開心，啖著貧窮滋味裡不用付費的幸福，我在黃色燈泡的搖曳下望著我們家人吃冰棒的臉孔，有的快吃有的慢慢地舔，有的冰水已經滑濕了手，不管採取什麼姿態吃冰棒，每個人的臉在那樣的昏黃裡浮顯著一種不真切，飄浮在夢境般，每個人都像漫畫人物的幸福表情。

這是第一次我有想成爲漫畫卡通人物的念頭。就像小女生玩的紙人遊戲，故事劇情全自己創造。

唯打工過了一學期後，我們的調皮本性顯露出來，常常混水摸魚，有時老師一走我們即鬆手，幾個同學都是嘻嘻哈哈，手裡沾著食用色料且互相潑水或偷吃冰棒，直到有個同學打翻了一桶紅草莓色料，紅粉泡到了濕滑的地下水溶成一條驚豔豔的血河，流到了工廠附近的人家地下水道。於是有人告密說非法營業，吳財發的夢幻製冰廠便關了門。

關門那天，吳財發請全班到冰工廠吃冰棒。五十幾個學生人人咬著各色的冰棒，周圍的空氣白煙繚繞如舞台乾冰，我以爲當時我們正在進行一種行動藝術的前衛表演。

吳財發總算讓我小學生涯的最後一個月有了個夢幻的結束。

爲此，我常常想起他。想起他時便會看看自己的十隻指頭，恍然間似乎還沾著五彩的食用色素，空氣飄散著香香飽滿到有一種假假甜滋味在無限擴散。我想如果當時只有我和吳財發在那樣宛似乾冰白霧繚繞的大工廠裡黃昏相會，也許我會愛上他，且和他冰冷的熱吻，像黑貓發春般地和他上床。

也許吧，誰知道。時光早已把我融解成一個不成樣的女人，我常常破碎又完整，完整又破碎。住在野貓的娼寮小巷，若不是因爲有朝夕爲伴的河水在洗滌和救贖身心，我無法想像從四歲就被一種無法選擇的命運落腳在一個黑暗潮濕之所的我之心智會發展變化扭曲成何種德性？與何等的高潮與低潮？

台北城市裡的人不知道我們的存在，我們卻只要走上堤岸就可眺望整座城市存在眼前。天色犒賞著，每天有著不同的染織光影於河水的色彩遊動上，或蹲或站的旅人臉上偶有夕照暈映，偶有微雨沾濕，很快地，藍色天光遍染，繼之天色漸沈入河。對岸陸續華燈初上，燈光如火把勾勒著城市的邊線；迅速地，一座燈火通明的城市乍然迸放。

一河之隔，沿河的左右兩岸皆進行著娼妓買賣，只是右岸是明目張膽地高舉豔幟地存在，屬於我們這一邊的是難堪的隱隱存在。河水的魚腥味隨著河風撲面襲鼻，魚腥味如下體味，瀰漫在河水的沿岸暗巷小街，起落著無常。

9

自豔妓菊菊死後，我對於整個環河沿路堤岸一帶上的矮厝生活感到如秋天落葉的近乎鄉愁的悲傷，我的娼寮鄰居兼好朋友清秀也顯得欲振乏力，沒人管他，他的課上得有一搭沒一搭。

我們常常相邀去河邊玩，那年我們已升上小五。開始感到對零用錢的需要。我們身上沒有零用錢，我想到在妓女間看到的畫面，在河床的公園旁總有許多對情侶在青青草畔交疊交歡，抽動著身體，扭動著難忍的亢奮。我告訴清秀我們可以賣衛生紙給情侶換點零用錢時，清秀對於這個想法感到超現實的發著笑。他軟弱地說不會成功。然後我想到林悼祖那副玩世不恭天不怕地不怕的模樣，我覺得這門在河邊公園賣衛生紙收愛情稅的生意可以找他合作。

林悼祖聽了直說點子太酷了。我第一次聽到有人形容事情用「酷」這個字。他白我一眼，說這是英文。英文我大舅未入獄前教我不少，但就是沒有教這麼生動的字眼。

我們在河邊販售衛生紙，林悼祖很敢開口，他說一疊賣二十元，口氣很硬且目帶兇光。當然買賣成交不算多，但總有那麼幾個沈醉於愛情交歡的男人不想要有小鬼在旁偷覷做怪以免壞了興致，而且林悼祖長得高大，聲音穩重，臉色又有幾分剛毅般的狠勁，在野地幹那筆勾當者通常被發現時緊張不察，加上二十元對他們微不足道，也就向我們買了衛生紙。一包衛生紙可以分好幾十疊賣，一小疊二十元簡直是利潤太好。

許是彼此對比太強，反成爲一種互補，林悼祖和私生子清秀成了好朋友，只是林悼祖不想被看穿這樣的好法，所以有時不免會作弄和取笑清秀的軟弱膽小。爲了壯他的膽，他常帶清秀到河邊淺灘或是騎腳踏車到遠方的某些溪流邊游泳。清秀從來沒有男生好友，私下對我說他非常崇拜林悼祖。他去哪他就跟著去哪，生活在女人堆裡，他說他的生活從來沒這麼陽光和瀟灑。

小五下學期，有次清秀感冒沒加入衛生紙銷售的那幾天，林悼祖有回模仿河邊情侶突然把坐在草地的我壓在他身下，我想到在妓女戶裡看的色情圖片，緊張的直推打著他。林悼祖趁一陣扭打在我喪失力氣的空隙吻了我。吻了之後，我反而陷入一種不知爲何的期待，身子動也不動。結果這傢伙竟然裝作沒事地拍拍手站起，我也跟著爬起，用手臂擦擦嘴唇，胡亂地拔著草，兩人沈默看河。他突然像是爲了化解沈默地丟了一團揉捏的衛生紙過來，正巧衛生紙團彈到我的胸前後再咚地一聲掉到我身體下方私處才停住。林悼祖笑開了，我卻更加火大。

然而升六年級那年暑假，清秀死了，溺水而死。在某個農曆七月。那個年代常常有小孩一個不愼遭河水滅頂成了小小水鬼。那陣子我並沒跟去，母親囑我在家看顧沒學可上常病情加重的姊姊，所以三人行就成了他們男人幫的世界了。林悼祖向我說暑假結束前他一定要把清秀鍛鍊成一個眞正的男子漢。

結果卻在暑假還沒過一半，清秀就化成塵。

悼祖自責說是他刺激清秀，清秀才往深處游去，等他發現清秀求救，游至他身旁時清秀已經奄奄一息。

整個妓女街在清秀屍體撈起的那晚休業，因爲清秀這個私生子是由整個妓女戶共同認養的，她們如喪子般地團結在一塊，守著清秀那乾淨的靈，點起了白蠟燭，蠟燭之火七天七夜未曾斷歇。

從此有著小混混神色的林悼祖自此成了個沈默且成熟的男孩。我和他果真成了好友，我拋棄了浮華的趙榮祖，轉向有格調的林悼祖，況且我們中間有個重要的回憶，關於清秀。但我絕口不對他提起清秀。清秀曾經是我和悼祖之間重要的關係人，然而也因爲清秀，國中畢業後，林悼祖即決定不再和我碰面。他寫信給我說，和我在一起會呼喚起清秀，清秀是他生命的一大陰影。有很長的時間，長到有好多年之久，他不敢看河水，不敢到有潭處，甚至洗澡不敢用浴缸，水面總浮現起清秀溺死前的臉，不斷在擴大……

有關於悼祖的深刻記憶還有一回是他父親在小學六年級下學期中午前跑到學校說他們家族守喪的時間已過，要把悼祖的名字改成榮光，悼祖在課堂上振振有詞地像發表對日抗戰宣言似的嚴厲以對，請同學評理父親的自私殘害了小孩心靈，他說他一生都要感到一種哀悼的悲愴心情，這是他的良心選擇，如果真要改名那麼他也要自己選名字，才不要什麼俗氣的榮光，最討厭榮這個字了。聽到這裡，我悄悄覷了趙榮祖一眼，他生氣地嘟著嘴。林悼祖續說，若要改名字那他要改成「悼清」。他父親聽了就向老師搖搖頭說算了，那他寧可要他的小孩悼念祖先也不要悼什麼輕的。

上高中後，有一回我在學校自習完畢，無聊地走到台北車站搭三重客運，一上車竟見到唸師大附中的林悼祖，頭戴大盤帽，神色憂鬱。他見了我笑了笑，我也笑了笑。車子在晚上又是起點站沒什麼人，我沒有理由不坐到他身旁，他也沒有理由逃走，並坐，無話。車子經過淡水河時，兩岸綠地的河邊公園已經是小有規模，昏黃的美術燈雖然仍顯粗糙，但已沒有當年的野氣和草莽味了。我們雙雙望著河水，河水這個永恆的情人，帶給我們彼此的生命有太多的悲歡離合。

車子過台北橋在重新路停，我沒下車，林悼祖方開口轉頭問：「不下車？」我搖頭，窗外的風把吹拂至臉頰的髮絲遮住眼睛，撥弄了一會才溫慢地說：「搬家了，今天是來找我媽的一個結拜姊妹。」

「哦！」他說。在車子快到正義北路和自強路口時，他問我：「這幾年過得好嗎？」我點點頭又搖搖頭，突然想念起在從四歲遷移到台北河左岸的無盡之悲與歡，所有的人事如河流一波接著一波地打上岸邊，堤防經常擋不住氾濫的潮水。在龍門路口和重陽路口附近我拉了車鈴，我站起，拉拉書包。車子突然一個煞車害我沒預警地又跌回林悼祖身旁，幾乎把他撞個滿懷，聞到他身上的一股淡淡體味和菸味。還是那麼憂鬱式的陽剛。

紅著臉地向他揮揮手。告別他。也告別我十六歲前所生活過的河流左岸生活，在那條河流堤岸上所發生的情愛哀歡與生離死別。河流所看過的多少夕落與死亡，這一切我懂我懂。那是沒有暗香浮動的夜晚，只有簡單的人性基本慾望如潮水夜夜如夢襲來。漸漸發臭的河水亟待清水專案，而我的人生沒有專案可依循。

下車後，眼見公車馳去。我陡然想起五、六年級放學時的一種畏懼，畏懼家裡沒人，畏懼整個天光在傍晚尚未到來的一種蒼白，如鬼魅般的蒼白戚戚。半樓高的黑暗裡似乎藏有鬼魅，我總是大力地丟著書包，以爲如此可嚇走鬼魂。

當時回想，見到自己壯闊地穿著名校綠衣裳，悄然以爲生命再也沒有什麼可以讓我驚嚇的發生了。

10

至於另外一個趙榮祖，我曾在大學榜單裡見到他。他可能也是在榜單裡見到我，因爲我在學校的系上收到他的信。後來我們在他的台大校園園遊會見了一次面，記得那天好像買了熱狗吃並去買了幾本盜版書，「熱狗」的童年笑話已遠。在泡沫紅茶店聊了一會兒，記得他後來國中畢業後其父親又搬到了台北，家園在一九九一年基隆河截彎取直計畫裡又被迫遷移，我聽著他氣憤地說著：「上萬居民離開家園ㄟ，什麼殺人奪命政府啊！」我聽了大力地吸吐著紅茶裡的奶水和泡沫，想到曾經他的父親是多麼引以爲傲，家園成了中正紀念堂，成了偉人靈魂居所。似乎命運給予趙榮祖的是不斷地在河床的左右岸移動，且永遠注定下錯棋，因爲所選的家園後來都被無能的草莽政府看中，而被迫焚風毀林鳥失其巢的遷移。

「來加入台大的學運吧！」他突然向我熱情地說著，眼睛閃爍著改革的光芒。他不知道我是個無政府主義者。我當時聽了大笑了幾聲，還被珍珠粉圓差點嗆到。

園遊會結束前，我看到趙榮祖背著我在某個學姊攤位買了一張日本明星中山美穗的海報後，我在騎摩托車返校後就沒有再和他聯絡了。

後來聽說這樣宛如野百合的革命激情分子在大學畢業後成了個肥胖商人。電話的第一句開口一定是你好你好。就像當年他剛轉學到我們班時，滿口的台北台北一般。

我曾經有過這樣的左岸男朋友。他是如此的過活。

我覺得沒什麼不好。

一切都像河水來來去去。我說過，再也沒有什麼值得驚奇了。雖然你不信。

第七章

我以為最大的缺憾不是死亡這件事，

而是沒有告別，來不及告別。

死亡的方式

1

曾經，經常的，有一天，某個時辰，下午之後，黃昏之前，就是那種天色要亮不亮要暗不暗的一種曖曖天光，那種會讓開車的人陷入某種清晨般的灰濛濛錯覺，要開燈或不開燈的猶豫，在那種說不出的寂寥卻又不像完全寂寥的氣氛裡，就像想念起哪個遠去的情人般空氣瀰漫著森林霧氣般的濃稠惆悵。

就是這種時候，我總是會被一種氣味喚醒，那是融合著嬰孩般的氣味與未曾謀面的一種謀殺死屍味。襁褓，包裹著我初啼於世的肉身之第一塊布，聽說那是我未曾謀面哥哥的遺物，襁褓其實是一只破布，像被天意退貨的舊料重新包裹在新生兒的軀殼。在我二哥之前曾經天使如流星般地出現一個男嬰然後又殞落。

因爲一個生命在啼聲初鳴即闇啞即告別，我們小孩的排序於是往上跳升，三哥變二哥，姊姊變老三，我成了老四。但我喜歡老五，老四有一種死氣沈沈，老五則可愛輕巧。可是我媽不允許，她對過去向來少有留情，她說定然這個家不是那個要離去的小孩要的，否則不會早夭。

「老四就老四，反正妳是老么是最小的，排第幾不都一樣。」我媽縫著針線說，她說不許我再提五這件事，「五，就是無，真是小孩性情！才會這麼執拗地老是吵著，再提一次我就要把妳吊起來打嘍。」聽到吊起來打，可真把我嚇得噤聲不語。

租處樓下的那位木工師傅，夏天他總是掀起上身T恤露出白胖胖吃飽飽的腹部，我們住二樓上下樓梯總得經過他的客廳最左側，聞著木頭味。但他對於妻小卻十分嚴苛，總是給他那位沈默溫靜的妻一點買菜錢而已，他的小男孩大概常餓得發昏竟跑到別家偷東西吃，木工師傅把他調皮小孩阿宗吊在廁所毒打的畫面，我可忘不了。害我後來看到阿宗都覺得他像個吸血鬼似的搖搖晃晃地吐著長舌。阿宗和我同班，有一回老師把我們倆排排坐，我堅持不肯移位，老師拗不過我才把阿宗換到另一排坐。當我轉頭看阿宗時，他狠狠地對我做鬼臉吐舌頭，又嚇得我趕緊把目光轉回自己的課本上。所以我媽用這一招嚇我倒管用。

那是我們家的第一個葬禮。我說的我家是指我們這一代。當然無數代落腳在雲嘉這一帶的親友是很多族代宗親所網成的紐帶，葬禮不知凡幾，代代如流水，墳塋如小丘拱起在田邊在樹下在原野。

我說的我家是以我爸我媽結合所開創的家。

我未謀面的哥哥，一個沒有蒙賜名字或者綽號的嬰孩因一場病而消失了。我在嬰孩時期穿了他的遺物，我就有了述說的記憶。也許我不是喝了什麼孟婆湯，而是因爲我穿了那方成人形卻未成人子的哥哥把累劫的記憶給了另一個嬰孩我。他之後的另一個哥哥也就是我現在的二哥立葉反卻沒有接續他的遺物，當時二哥出生時我爸正好信奉基督在教會裡獲得一批美軍給的布和奶粉，所以我媽就爲二哥縫製了新衣裳，加上她還在喪失前一個嬰兒的悲痛裡，對於嬰兒消失事件不久即來我媽肚子報到的二哥便疼愛有加，且給予高度重視，唯恐重蹈覆轍。後來，我二哥立葉長得挺拔且俊俏，不僅拜基督和美軍之賜，連帶著也感謝我們家早早面對的一場夭折，死亡具有凝聚力，雖然時光拉長會療傷一切，但在大夥都還思念著某件人事時無疑死亡有某種號召力，死神最大。

姊姊出生時，因是第一個女兒，我爸愛女，在美軍物資尚足的境況裡也使得我姊姊不必穿前人遺物，她有她自己所擁有的新事物。

而我出生是財星卻沒有獲得什麼，反而當時家裡充滿了快樂，悲哀退了位，發財夢，要讓日子過得更好的聲音像蟬鳴般地響在每個人的腦波裡。我媽熱中於所有通往正財和偏財夢的途徑，她不僅加工趕製衣服，也不時到鎮上買獎券。反而我的出生是被冷落了。這種快樂氣氛因爲不是從個體內部散出而是因爲某件事物導致的假象快樂，這種樂透瘋，在童年的我看來是哀傷透了。

我被冷落，一切從簡。我用家裡小孩的物品集合體，四個小孩其中一個亡歿，我接收所有的舊物老氣味，我像海綿般融合地用著每個小孩長大後所棄之物，所以我對每個人似乎都有種超乎他人的了解。除此，我的特別是當時我媽已經沒有了悲傷，她從床地內部角落拿出所有過世那位哥哥的遺物，陽光下她曬著這些小小孩兒的東西，她反覆說：「從今以後，要學會遺忘，要放捨不屬於咱們的情。」於是我睡他的床，蓋他的被，睡他的枕，做他的夢。穿他的衣，戴他的帽，套他的鞋，長成他的樣子。用他吸過一個月的奶瓶，只有吸吮指頭是屬於自己的。

這個哥哥，是我們家第一隻消失於瀰漫白霧清晨的白蝶，如白霧般地消融在無垠的蒼穹且不再復返。而我那後來發病且弱智的姊姊也是蝴蝶，被釘死在標本箱的蝴蝶，靈魂被禁錮的大藍蝴蝶，只能想像藍天。

我，也是蝴蝶，一隻黑蝴蝶。黑暗與黑之間沒有邊界，飛翔於內也飛翔於外。

我看到以父母爲家族紐帶的第一個死亡，從空中，穿過密密防風林和搖曳舞動的竹林。清晨濕霧迷離籠罩在矮厝的白石灰瓦房，上百上千隻的白蝶在度過漫漫的黑夜破蛹羽化，高掛在枝葉上，或撲翅學習飛翔。我媽我爸我哥姊皆熟睡，白蝶飛進，飛在他們的臉上，飛在他們的被上，然後我媽醒了過來，接著我爸，接著嬰兒那雙雙藍色澄透如靈魂一滴光的雙瞳也張開了。

許多人以爲村裡的大霧飄進了房裡，白白茫茫，濕濕冷冷。

一聲少婦的尖叫劃破晨曦。一雙藍色的眼睛永遠闔了上來。

2

我媽親手縫製了小衣裳給了白蝶化身的哥哥，放置在我父親打造的小木箱裡。夫婦倆騎著摩托車運著小木棺到荒野，那荒野孤零地突起幾座墳丘，是曾祖父母之墳。

黃昏時，他們望著小丘靜默一陣，燒冥紙，焚香。歸來時，我父親載著母親，母親坐在前座，兩人似乎有說有笑，在經過一種錐心的事件突然有的一種故作輕鬆樣態。腳踏車的鍊條轉動在鄉下孤寂的黃昏藍調裡，天光幽藍，路燈亮著慘白，巨大芒果樹的小小枝枝葉葉如墨畫地映襯在藍天裡，空間布局仍有許多的空隙篩漏著藍藍天色。餘生之後的人，不論感情神傷或肉體捶打，如能度過，對於這樣的尋常年輕夫妻安靜的在一起是不可多得的幸福。

而就在同時，我父親的母親，也就是我的祖母也流了胎，大伯父之妻也就是我的伯母也流產。祖母要她的女兒幫她把流掉的血胎拿去後院的葡萄樹旁的榕樹下埋掉。好些年後，我那個搬到萬華的姑姑回憶起這些往事突然打了個冷顫，她說當她還是少女時見到自己的母親下體流著血，用力吐出破碎的人形，月光爬進屋內，在硬水泥地上依稀可辨識出頭手腳的形狀，人子不成人子，肉軀還是肉軀，血腥氣味如殺戮戰場。她在我祖母的吆喝下把可能是弟弟或妹妹的破碎軀體拎到後院，包裹死亡肉軀的破布早已滲出血滴，初自人體流出和自身血流的腥紅沾滿了姑姑的雙手，野狗聞腥狂吠到來，團團圍住了她，覬覦著她手上的胎屍，到處嗅著。她說連續多年她都是被嚇醒的，等到她高一未竟，就急急輟學上台北，遠離故鄉的紅色黑夜。「妳阿嬤有夠狠的，叫一個小女生去埋葬，這種事也做得出來。」我媽站在小姑那邊，替她發出不平之鳴。

這是夭折的葬禮，我們家的一個死亡符號，沒有人再提起，從那至今至後，只有未出世的我透過蝴蝶，靈魂的自由，目睹了生命原鄉的張皇與倉促的大量留白。

3

我們再回南方老家，是因爲祖母的葬禮。

早在祖母屍體被運回老家時，她已經在醫院住了些時日。家裡沒大人，真的是沒大人，母親在遙遠一端的山上靜養，父親從來少出現，哥哥們住學校宿舍，家裡只有我和小頌姊姊。祖母住我家時某天又在洗澡時跌倒，昏厥。我緊急去敲隔鄰老娼阿桃的門，她們來幫我叫救護車，從此祖母沒有再起來過。

腦幹破裂導致了祖母喪失知覺和行動能力，如植物人的插著呼吸器。夜裡，呼吸器的聲響在四周紛紛大力地抽抽放放，比河流的聲音還要絕望和孤獨。我下課後背著書包帶著功課，換了幾班車來到台北另一個我當時極為陌生的世界：醫院。

大型醫院是個奇怪的空間，比我們家還要置放著更多的可能性之對比世界。地下一樓美食街攤販聲息著人們對口腔腹慾的熱情，一樓以上住的重患從口腔裡插入管子。

進出之間，即生死之間。

美食地下街有著一切如常的活動，水果行、花店、超市、自助餐、郵局、銀行、髮廊、照相館、洗衣間、殯儀業以及推銷健康器材和健康食補的推銷員在某個搶眼的位置促銷著向上帝借時間的夢幻行為。

如果不是有一些坐著輪椅吊著點滴的病患和穿白衣的人行過以及鼻息飄著消毒水的氣味，我會以為處在某個超大型百貨公司或是車站之類的空間。恍然之間有一種上樓逛百貨公司的幻覺。其實現在回想當時若說是處在百貨公司之幻覺也不為過，那些病患就宛如櫥窗物品般地陳列於一床一床的位置，病人是展品，家屬是出錢者，醫生是購買者，上帝是決定者。

醫護人員走過，一臉疲憊，沒有我想像的風流醫生俏護士的模樣。

我常想如果我要假裝是醫生，只要套個白外套就可以僞裝了。孩提時隨母親到中興醫院探望當時住院的姊姊時，離開醫院，如果時間許可我媽總得要逛逛街聞聞真實生活的氣息才想要轉回去，或者投到另一個夢幻，那就是到電影街看電影。若要聞聞對活著的熱情氣味那麼不遠處的今日百貨公司通常成爲我們的首選，我媽很能閒逛，對每一個專櫃就像詢問病情般仔細，總是逛到兩腳發瘦兩眼發直，到了廣播打烊的時候，我總想要躲在某個角落不想被發現。

醫院人們的表情有點像塑膠製乳品的人，生命如空殼。

父親重新回到我們家，因爲子嗣不能缺席，我媽又不准外面的野女人出現，她說只要那女人出現就會多出現幾條人命。說得那般斬釘截鐵，彷彿我們的命也危在旦夕，被母親拿來要脅。

父親一個人出現。全家很有面子的一同回老家，嘉義和台南交界的一個荒瘠村落，離海岸車行十五分鐘，村名「好美」，好美已遠。那也是最後一次全家同聚，沒想到是真的最後一次。隔年父親突然過世，生命並不給我們彼此對話和解的機會。

我們沒有向橋下的舅舅訂花圈，那晚我們自己做，因爲家庭代工做多了，十分熟悉。捧著花圈搭火車回老家，實在是奇怪的全家身影。

那時台北車站已經在改建，噴水池不見了。當年我和趙榮祖逛台北車站時，上方牌樓寫著：「反攻大陸　毋忘在莒」也已卸除。

城市到處展現著興建的生命力。以交通，以速度來告知我們城傾城毀，如成住壞空。

火車愈往南開，愈見荒瘠。因爲荒療遼闊，世界顯得很大，很大。

我吃了鐵路局便當，望著田疇綠意如飛浪翻湧，有種真切的幸福。

全家人因爲死亡事件而重聚一堂，前往出生地，原鄉的鄉愁如車窗反映在父親的臉上。童年之眼看出去的物體是大的，稻田山色如世界盡頭，父親的腿如象腿之巨，母親的頸如長頸鹿之高。

4

原本住我家的阿嬷有一年在浴室洗澡時跌倒，就醫後漸漸康復後吵著台北她住不慣，加上老家舊地重建的屋宇在父親幾個兄弟合資下也已完工，阿嬷便搬回老家住。那年我已升國一，對台北市已經十分嫻熟，特別是西區一帶。

國二那年，我母親突然生病，患了一種長期壓抑導致精神崩潰的隱疾發作，被送到八里山上的療養院修養。那年祖母應父親要求，前來照顧我和姊姊。當時哥哥們紛紛考上南方大學離家在外，我的世界突然又僅剩女眷。祖母來了十個月零七天後，突然某天的晚上沐浴又跌了一大跤，這一跤跌得她宛如木偶被敲碎般地不起。

撐了三十九天之後，祖母走了。

就在那時八里院方通知我母親可以出院了。彷彿她的病情是因爲祖母的關係，祖母一走，她整個人就好了。「做鬼也要捉妳。」我想起祖母對母親說的話，感到害怕，我暗暗向祖母的靈求饒著，希望她放過母親，叨叨述說母親也是個歹命人。如果祖母要捉就捉我好了，我在那些日子裡，黑夜到來，總是如此害怕著。

我清楚記得那天是週日，我一個人從三重坐公車到台北北門的塔城街搭上往淡水的客運，途經竹圍工廠、紅樹林，在淡水小鎮晃了晃，繞過淡水茶室在舊街市場的小攤販旁吃了碗魚丸湯，並點數了錢包，看看還有餘錢便買了包魚酥放在書包裡。

在碼頭上搭了渡船坐到了八里。身旁有著許多化著濃妝的脂粉女人在海風中廉價香水混著魚腥味滲進了我危脆的鼻息，一陣如浪的暈眩猛猛襲來。好在開船後氣味便被速度沖淡了。

淡水的河流和我從台北橋或是三重堤岸觀之的淡水河有著不同的視覺感受，眺望河海交會處，寬闊蒼遼。

一樣的是流浪狗和野貓。在堤岸遊蕩終日，八里的山上開滿了茫茫的蘆葦，蜿蜒的小路旁盡是青塚，雜草處處。路旁植有竹子，墳墓在竹林空隙矗立荒涼。一座小廟以鋼筋水泥建造，菩薩黑著一張臉，香火在陽光下成一條線。鐵皮工廠裡面磨音陣陣，工人正在電鑿雕刻著某隻石獅、某尊菩薩，地上碎石鋪滿地。一家寫著療養院的房子隱在樹林間，我走進。

腦性麻痺的兒童在另一個方向。

精神疾病者在療養院的走道盡頭。

母親呆坐在床沿。我不確信那是她，她曾經那麼有生命力，那麼有能量，像女超人，曾經在生育我時嘲笑她的妹妹也就是我的二阿姨得產後憂鬱症的她，在當下的那個薄薄初冬的傍晚顯得那麼單薄那麼無能。我在門外看了許久，雙腳沒有力氣起步。倒是母親轉頭看見了我，綻然如花豔地對我吟吟笑著，揮著手。「阿真，媽媽等妳真久，醫生昨天說我可以出院妳會來找我，我早早起了大早，等妳等大半天。」

幼時我和她去中興醫院吃牛肉麵的美好滋味又浮上心頭，覺得許多人的心智都被這座掙扎的台北城市所過的辛苦日子給逐漸磨損了。當初如果我媽我爸不搬到台北，我爸也許仍只是鄉下農人或公務員，也許一切還可以平靜。然而，這都是白說的，事情的發生都有深意，我只能童癡式的相信與接受。

我們走下山，像當年我們一同走過淡水河沿岸抵達中興醫院的相偕神態。時光已過十年，從四歲到十四歲，台北城內城外，我們生活其中，充滿愛慾情仇也溢滿悲歡離合，充滿生老病死也溢滿成住壞空。

淡水河依然流淌，時間唯一靜止的是我的姊姊小頌，一個沒有時間感的台北靈魂。毋庸追逐，只是活著，沒有熱情，只是存在。一個事實，一個夢碎。原本我們以為台北的醫療技術會讓小頌得以療癒或至少控制住，然而一切卻在崩毀中。隨著這座城市的興建，我們的生活就像此城的舊遺跡漸漸消失，被剷除了。

我和我媽在河邊等著搭船。擺渡人在岸邊繫著漁舟，碼頭有人在賣著新鮮漁貨，糯米大腸和米粉湯在河邊碼頭再上去一點的高處熱騰騰地蒸散出薄冬裡食物該有的熱度與香氣。我媽說吃碗再走吧，真好，溫柔時的母親。每每從醫院出來時慣有的溫柔，這點十年來已經成為她給我的獨特個性印記，相較於有人在醫院裡的歇斯底里，母親反而在閱歷過生死離別的當下會湧生一股強韌的生命力。我們進進出出過橋上橋底穿梭在三重的家與台北的醫院之間，她倒是都有著一種從容。她生命唯一的兩個挫敗點是嬰幼時其母過世，再是我爸的外遇與後來棄我們選擇另一個家的崩潰與感情面對被支解的危機憂患。

她不平衡，主要來自我姊姊生病以來都是她在撐住這個家，所以爆發我爸外面有女人以來她長期都在情緒的起火邊緣。直到火勢蔓延燎燒她的生命精神與軀體，她才第一次離開我們住到另外一個城鎮的陌生病房。母親發作的那天有如恐怖片上演，她撞著牆，摔一切可見的東西。鄰居聞聲而至，她看見那些平常她口中的野女人似乎更添暴怒，想要衝去打某個女人結果頭部卻在猛衝時撞到鐵門而昏了過去，我望著她倒下，頭部流著血，四周突然安靜。

有女人打電話。救護車警笛一路響，我父親跟著出現。

然後就是母親被送走了。

母親不在家，父親不在家，哥哥不在家。我竟被她回絕去探望她，她在醫院拍了個電報給我爸，唯一的要求是送小頌暫時到醫院請個特別看護。我爸隔好些天才返家看到電報，他皺皺眉頭，望望河水，摸摸我的頭，就走了出去，什麼決定也沒做，什麼話也沒說。

那些日子，我帶著小頌一起晃到鄰近認識的妓女戶阿姨家，平常母親不給去，現下無人管我們姊妹就大方的去，小頌的藥早沒了，那些天好在她的病沒發作，我們就在她們的客廳裡看著暴力的摔角影片和聽著模糊不清的電台放出西洋歌曲，翻翻色情雜誌裡豔麗的金髮裸體女人的私處和那一對對讓我作嘔的過大乳房，看著日本漫畫裡一式白馬王子和清秀佳人的完美劇情，打發長長的無聊。小頌跟著我睜著眼睛看，有時發出吃吃的笑聲，讓人心疼的空盪盪日子，姊妹相依爲命的悠緩時光。陰暗的客廳裡時時有藍領工人進進出出，有的若不懷好意會被阿姨們捶打一番，「不要欺負小孩！我們這裡有的是你們這些臭查甫要的。」有些老朽的阿姨們（在我媽口中被譏笑是老娼）從小看我長大，加上她們沒有兒女看我成天煮著肉燥麵吃，就過來殷切招呼，要我們姊妹一起和她們吃中飯和晚飯。後來常常我們就半躺半坐地在客廳睡著了，醒來已是清晨。完全複製了四歲我初到台北的境遇。

只是童顏已老。

就這樣度過了十三天的無聊生活，時值寒假，一切清淒。哥哥們都決定留在南部打工賺學費，我知道他們急需金錢，否則無法讀完大學，但我心裡也隱隱知道，他們都不想回到這個瘋狂的家。

一個隱藏瘋狂的母親與常常消失的父親，會讓人卻步，阻礙個體追求幸福的勇氣。

我可以體會，從小就善於體會，這周遭的一切發生，可我好想念他們。曾經，他們，給予我和小頌一些莫名所以的快樂，有過那麼幾年的童年光陰不再那麼充滿女性的陰柔，家有男性的氣味，和他們騎腳踏車一路漫長地經過台北橋中山北路，再到再春游泳池游泳，或者騎腳踏車到機場看呼嘯如夢似幻的飛機起降，到仙公廟拜拜，到台北新公園野餐，到重慶南路逛書店，我和小頌負責幫他們看管腳踏車。他們一人載一個妹妹，一路越過台北橋，有時停在橋中心，我們三人對著河水深處吶喊，小頌也學著我們發出不成形的吶喊。

台北的時光消失得無比殘酷，快樂讓人對比出憂傷的深度。

去接母親的那一天，我的選擇是對的，雖然療養院的人告訴我，有客運可以直接抵達三重的重新路。可我想和母親同搭渡船，我們之間有好多東西和感情的障礙需要從此岸渡到彼岸，需要超渡和渡化。想起小學時上學總要經過一家精神病院，當時的精神病院有如監獄，一樓的鐵窗口總是攀附著幾雙渴望逃出的手，幾雙眼睛透過鐵窗盯著疾風走過的人。就在一樓，以鐵窗相隔，所謂的正常人就端然地走過騎樓，讓鐵窗裡的人瞧見另一個自由的生命個體隨時在他們的眼前行走而過。小學時經過那個私人鐵窗精神病患公寓，覺得奇特的殘忍就在我的生活四周上演。包括每天到學校背著菜籃賣營養不良菜色的瘋阿珠，還有同班智障同學阿賜，以及我那個本來輕微弱智，卻因藥物變本加厲成中度智障的小頌姊姊，他們都是被遺忘的天使，微笑起來像朵花單純的天使。無命無運地飄搖在生命的這條破船上。

我媽是屬於偶發事件引起的短暫失常。不若我姊姊的是屬於頑固性的癲狂。

而我呢？淡水河悠悠蕩蕩，我既非短暫性也非頑固性，我擺盪在此的兩端。

思緒如此漫長無邊無際。

鵝黃黃月色明亮亮地灑在昏濛濛的海上，母親說了話，她說她不喜歡同船女人的粉味，讓她想吐。

我知道那些粉味脂氣，牽引她記憶破碎的痛楚。嘔吐並非是身體的反應，那是她對一切勾起的記憶反胃。

5

「好美里」海邊，海色蒼蒼，雲層厚厚地罩在海面上，灰灰冷冷。

葬禮結束，祖母安葬。我們坐野雞車回台北，我吵著要搭火車，母親卻不理，一路表情凝重。

父親沒有同我們在一起，當我發現時，野雞車已出發上路。父親不見了，我沈默。另一個女人來把他接走了，離家的父親不再是父親，是個遙遠的人。

6

十幾年後，當我第一次躺在冰冷的手術檯，拿掉一個過早來到而我不能接收的禮物時，我在進行一場體內的死亡葬禮。

當我開張著雙腿，等著打麻醉劑的清醒空檔，我想起的人不是情人黃熙，而是我的母親。

我望著慘白的日光燈流著淚。

曾經在一個午夜，國二暑假那年，聽到三夾板傳來到我家玩的小阿姨和母親的低低對話。好像是墮胎流產之類的女性私語，我其實未睡，還在爲物理課頭痛地想著答案。小阿姨突然激動地揚高聲音，姊，妳這樣不好吧，很傷身體。

之後，我曾見到母親任修改的衣服堆積如山，人終日疲累地躺在木床上發愣。小阿姨偶來探望，煮著好香好香的麻油雞、麻油豬肝。母親都沒什麼吃，倒是都被我小姊姊吃得一乾二淨。

小阿姨也不忍斥責。只交代我要看住我媽。

我不知要看住我媽什麼，後來就是母親歇斯底里地發作了。

那也是一場葬禮。身體的、愛情的、親情的……

一些未謀面的亡者，我想那個生命會是和我一樣來自同一個父親嗎？還是來自另外的臉孔，誰有多少可能成爲我母親的命運推手？還是那只是一場生理的意外？

7

再來是一生沒有交過女朋友的弱智堂叔之死。

死者被發現時，床底下塞了滿滿的空酒瓶。

人死像塊木板。硬梆梆。

8

跟了我們家十多年的黑貓咪咪和小黃大狗走了。放河水流，水面漂著金剛砂。

9

外公走了。

隨著他的蝴蝶標本，飛飛飛。悲傷，飛飛飛。

10

國三那年，我們家來了個女人。

父親的女人，從我三歲父親就和她在一起的另一個女人，耳聞如此之久卻第一次見面。

女人溫婉，注目著我的眼睛，我迎上去和她對看。「妳有一雙如湖泊清澈的眼睛。」女人說，「妳有一雙如霧迷濛的眼睛。」說完，我很想笑，覺得像在學校演舞台劇。但感覺這個女人有一種氣質，我媽身上所沒有的文藝氣質。

女人進來屋內，環視了一下，也不喝我倒的熱茶就只是捧在手上像溫手似的抱著。她看著我，突然說，她是無事不登三寶殿。我的預感第一次錯誤，我在心中發出冷冷哆嗦，以爲父親就此要和這個家斷絕，和母親離婚。

女人帶來的是訃聞。父親昨晚過世，因爲突發性的猛爆性肝癌，連住院都來不及告訴我們就走了。

我以爲最大的缺憾不是死亡這件事，而是沒有告別，來不及告別。想到今生今世自此在人間不相會，不撫不擁，無言無語，不關不愛，無聲無息。我的淚溢滿了湖泊，婆娑在一片淚水般的汪洋。

母親聽了少見的安靜。她說難怪前些天在掛香時，她的衣服被香火觸燒了好幾個洞就覺得不祥，掛在手上的佛珠也在掛香途中返回香客暫時居所的那晚斷了線，撒了滿地。一百零八顆，她在地上撿著，卻怎麼樣也少一顆珠子。

再算時間，那一刻是父親過世的日子。

我聽著母親說著話，想起兩歲時母親把我背在身上對著擠上卡車的父親揮別的急急姿態，無數個寒夜，東北季風刮起，我們坐在老厝的冰冷地板做著母親從鎮上拿回的家庭代工產品，守候著來自台北父親的消息。

台北的夢，隨著我們全家北上，成爲六〇年代末期的台北新移民，男生的夢才起，女生的夢卻墜落。隨著發現獨自北上兩年的父親外遇的事實後，家裡即開始有一種破碎。租屋在台北橋下的生活也令母親和我大失所望，這裡充斥著比南方鄉下還草莽的廝殺氣，入晚妓女的明豔行徑混著打粗工的工人、喝酒的原住民、卡車司機、修路工人、流動攤販、雞場氣味，以及那家家戶戶不時傳出的打罵聲，家暴哀嚎聲，緊鄰的二樓矮厝加蓋成二樓半，聲息相通。總是見到一個老兵拿著菜刀或是竹棍追打著妻小，或是喝得醉茫茫的男人摔酒瓶地大聲嚷嚷。這麼緊密的生命遭逢，比鄉下的空間疏離來得更讓人神經緊綳。

民國六、七〇年代我們家度過了暗夜哭聲有好長一段時日。直到民國七〇年代中葉左右，來到台北打拚的外地人才有了喘息的機會。

隨著我爸過世，似乎挽救了我媽。我重新獲得一個比較正常的母親，用完全失去父親的代價換回。

父親的葬禮，骨灰飄落淡水河，以其遺願。

這條河流曾經給他夢想，如今也安其魂。

父親說當我望河，河水發出的聲音就是他的愛之言語。

11

在台北橋下做鳥犬生意的二舅舅因爲賽鴿比賽輸了一大筆，負債，跳淡水河。

這河流生生不息，生生長流，可也吸納不少魂魄。

那是母系家族的某種悲哀印記。

12

醫院傳來一則死訊，因有肺病長期在松山療養院住院的三舅過世消息。

我媽在台北民權西路殯儀館花了三千兩百元租了個豪華靈位，就在黑衣黑服盛裝打扮好的時候，電話響起，「還沒死，還沒死啦，醫院說他的脈搏突然又跳了起來。」二阿姨說。

我媽原本準備哭泣的情緒是帶點表演性質的，但消息突然，一時之間無法解放情緒。

我媽還是在電話裡頭哭，哭得很傷心。

像是一個未亡人的哭法。

我知道她想起我的父親。

悲與歡

第八章

煙花巷的女人看煙火，不如不看，
看了只讓人徒然背脊發涼，美得遙遠，
讓人無端心痛起來。

1

堤岸的某戶人家，裡裡外外正在忙著粉牆漆裝，人們在街上往來，抖動著街上的行道樹。步伐快一點的通常是在忙著採買，步伐慢的通常是停下來好奇觀看或詢問這戶人家有何貴事要發生？

河水貫穿著大城小鎮，這是個有些水道和川溝還沒有加蓋的年代，婦人還會到河邊洗衣，小孩常常一個不小心就跌倒在小溝裡，挫傷了膝蓋。淡水河漫漶上岸，聰明的人家便在河岸沙地種些蔬果，河水把沙田和小路分隔成二，河水流到我們家的田地這一頭時其實就剩下一條水溝般。

堤岸上女孩子的窗戶正對著河水。她捧著書，搖頭晃腦跟著唸唸出聲，童音老成地唸著：「淒淒復淒淒，嫁娶不須啼。願得一心人，白頭不相離。」女孩子的母親腳踩縫紉機踏板，聽著笑了，哭了。

天氣晴亮，女孩家就把木窗推開，迎著光化著妝，常常粉末伴著風向和空氣飄走，飄入了水裡，這條河靠近岸邊人家的最表面上，飄遊著胭脂的薄薄香氣，如玫瑰花瓣連成一張水毯，搖啊搖地晃盪著，像姑娘們臉上鋪成的薄膜。可撕的薄膜，可喜的香味。

有人要辦大事啦。

我媽突然聽到煙花人家終日放著喜慶之歌，不免也嘈嘈切切地想起以前余家曾有的盛況。當年大女兒的她要和我爸結婚，雖然她的繼母不甚歡喜，可我外公可是全力挺她，外公在南方村落放話說要給大女兒阿樵一個體面的婚禮。

那時我媽的妹妹，也就是和她最親的二阿姨就是主要採買婚禮嫁妝的人。二阿姨在我家回憶著幫我媽辦嫁妝的光景。她說那天要穿過鞭炮四散的煙霧塵囂拐入長而窄的布街時，她分明聽到煙霧中有人在唱著〈流郎歌〉：繁枝高拂九霄霜，蔭屋常生夏日涼，葉落每橫千畝雪，花開曾作漢朝香，不逢大匠材難用，肯住深山壽更長，奇樹有人問名字，爲言南國老甘裳……

當她尋聲一轉頭，正覺好聽時，那吟歌者卻被一群抬轎的陣頭把他給衝離了她的視野。好日，就是陰陽界兩頭忙，悲喜交雜而過。街的一頭在敲鑼打鼓慶嫁娶，巷尾一方在嗚嗩吶鐃鈸哀離別；歡也流淚，悲也流淚，激動者很難不五官俱焚。直至天色向晚，生死兩界的雙方才以相同面目辦桌宴請四方來客，以吃收場，不論悲喜。

古曆上寫著那日是月德合日，嫁娶訂婚安床開光出行祭祀拆卸修耗動土進人口開市掛匾立券交易納財入宅移徙安葬解除破土。每日沖煞沖虎六十一煞東，每日胎神倉床外西北，每日凶時丑辰午未，每日吉時寅申亥。

經過某家大寺院，二阿姨說她連打了好幾個噴嚏，並也流著屎淚。擦擦眼角，望見整個寺裡的祭拜供品已快擺到街上了。她想起這天是要拜拜的，初一或十五吧。那些天來她忙著打理姊姊瞧瞧辦嫁妝的事，繼母不理不睬，兄長也就是我大舅每天只想搞革命，於是她這個唯一和我媽同父同母的妹妹反倒成了母親。我覺得二阿姨似乎有點像我，我在我小頌姊姊的心中很可能也像個母親吧。

在年輕的二阿姨要前往布莊時，她還特意繞去了兒時曾經住過的海邊古厝走走，古厝的老街商家正熱鬧，她一時嘴饞向一個小販買了支李子糖葫蘆。邊吃邊晃到河岸邊，靜坐在海岸看海色，吃到最後一顆時，她開始放慢速度，捨不得一口咬下而改成用舔的。舔著糖漿，吃得嘴唇四周漬著一灘紅，像唱戲的。

舔完最後一滴糖水，丟掉細竹子，她探探長袖手膀內的口袋，才想起這是要出門幫姊姊辦嫁妝。

2

聽二阿姨說自己母親的婚禮，我覺得陌生。母親可不願聽，她說聽了徒增荒涼悲傷。看看我父親啊！說走就走。

有一種喜宴，擺起來很嚇人。

堤岸矮厝裡的娼寮妓女們際遇最好的當屬小莉。小莉要結婚的當天，我卻得了眼疾，原本說好要當小花童的，卻臨時被換角。我原本說什麼也不肯被我媽抓去看眼科，只想巴望著能混水摸魚，還是嚐嚐當花童的滋味，雖說我一點都不喜歡小莉。

我媽半拖半恐嚇我會瞎掉地把我帶到橋下一家眼科診所。四周的人在醫院外的長椅子上疲憊地等著叫到名字，有種欲哭無淚如岩石般的表情僵硬在四周。我倔強地不肯進去，手扳著門把不放，被我媽用力一根一根地扯才鬆手。我的一隻眼睛被包著紗布，堤岸粗俗的女人看到我大聲笑說定然是我偷看她們在和男人相幹才會得針眼。

我和舒舒確實偷看好幾次，但舒舒沒有得針眼啊。

我如湖泊的清澈之眼，那些日子有如迷霧籠罩在湖面，一切都不清楚，且不諧調。且來的真不是時候，我喪失了唯一一次可以當花童的機會，因爲再往後我就超齡了。

小莉她遇到個有錢的日本人，願意娶她，她迫不及待地從良。我和同伴舒舒偷看過小莉在床上的樣子，她穿衣服比脫光光的樣子好看，表情很浪很蕩，全身像著火一樣地尖叫。她的尖叫帶有一種喉嚨唱高音之後破掉的刮痕，可喜又可怖的氣氛瀰漫整個三夾板隔間的陰幽窄房。男人在她尖叫幾聲後也開始著火了，像我們在動物園看的野獸正待出籠，喉部發出摩擦似的聲響。他們的身體忽上忽下，忽前忽後，劇烈抽動如屋頂的抽水馬達。整個房子的所有事物都在搖晃，床在搖，鐘在搖，窗戶在搖，三夾板在搖，旋轉風扇搖搖欲墜，塑膠花盆被震晃到矮腳櫃的邊緣。男人隨著喊聲趨高，陡然高喊一聲我來了！

我來了！像是台語「喊水會結凍」般的簡明高亢。

只是，我和舒舒面面相覷，四下看看，以爲男人看見我們，嚇我們他真要過來了。

可能上天懲罰我偷看要當新娘子的人和其他男子肉體交易交歡的事，所以讓我在她婚禮的前一天得了要命的難堪針眼。

小莉在堤防沿著河岸邊擺著酒席，喜宴有點像是我們初到台北時遇見的四月十五三重大拜拜。大白天，辦桌工人已開始在路口放著「禁止通行」的告示牌，一陣匡匡噹噹地拉出鐵架，撐起塑膠棚，藍白條紋的塑膠棚透過天光灑在原本灰灰的沙泥地，以及不平的柏油路，老是被急速卡車撞壞路面或是大雨沖刷凹凸不平的路面上突然有了一種好看的光線。

辦桌的人從卡車拉出交叉的鐵架，往上放片圓木板，鋪上大紅桌巾，喜桌就成了。並紛紛放上圓椅，鐵椅子被拉得嘎嘎響，小孩子就在棚下玩起來了，很快地椅子就被我們玩一二三木頭人追逐中撞得東倒西歪。矮厝裡有大人看不慣才拉開木門吼我們幾聲。

臨時搭的禮堂上掛滿貼著金紙的囍幛被風吹得簌簌響，囍幛紅布貼著百年好合等字，那些金字紅紙還是昨晚整條小巷的童工一起剪字貼成的賀禮。

辦桌的人開始在天后宮的空地上殺雞炸魚，幾層堆疊的方木盒子裡面擱置著欲蒸煮之食，通常都是燒酒雞或四物雞之類的燉藥湯雞，整個小巷溢著老薑和藥材的香氣。

聞得整條街洋溢著某種光彩，就連小孩也知道今晚是被祝福之夜，不管將來如何，這一晚大家是都活過來了，等待從來在堤岸裡是悲哀的，只有這樣的等待，等待食物，等待喜宴開拔，等待有了氣味，有了感官的呼喚。

至於小莉以後的幸福，我們都不知道，只聽說她很快地去了東京。

我只記得她穿著大紅閃亮的旗袍來敬酒，我一眼包著紗布，用右眼望著她，她的臉歪歪的，嘴唇紅豔如血，血脂沾到了白齒。她的男人一直在旁邊笑著，阿諾阿諾地哈腰個不停，新人背後的囍幛金字被風吹歪了，百年好合的「好」字只剩下一邊的「子」字。

我突然想到他們兩人在床上浪蕩的情形，噗哧一笑。我媽正好在拿塑膠袋裝食物，以爲我在笑她，瞪了我一下，我的右眼感到一陣熱的疼痛。我媽瞪我的樣子很有說服力。

歌舞脫衣舞孃已經脫到剩內衣內褲了。

我媽和我二阿姨咬著耳朵說著話，「卡早的婚禮哪有這麼不見笑的，都是請戲班來唱歌仔戲，戲子包緊緊的，哪有這款樣子的，真是生眼珠也沒見過！」

小莉很先進，在堤岸的煙花世界裡，她不僅第一個敢擺明嫁給日本人，且第一個請脫衣舞孃來慶賀喜事。

堤岸生活第一次這麼火辣，如此全街參與。

豈料後來脫衣舞秀會因爲台灣建設大興而在工地大熱呢，我媽後來見了工地秀倒很開明的向別人說，這也沒什麼嘛，早些年我就見識過了。

3

縫紉機旁的收音機依然轉著帶，歌聲傾訴〈溫泉鄉的吉他〉，女人的夜夜愁。

夏天來臨的前幾日，母親和堤岸女人一起從挫敗和死亡的陰影中恢復元氣，這可從我媽和鄰近女人突然開始對食物熱中看出。

但我媽通常在節日一過後就又少了熱情。

有時食物還會掛在院子的竹竿下良久，隨著女主人陷入慣性的突然恍惚後，食物就被遺忘食物本該有的功能，像是我們在部分餐廳的櫥窗所見的模型般懸掛展示於外。所有的人家爲著一切奔向腐朽的事物做準備，冷藏冷凍，取出放入。只有我們這一家好像常常忘了一些該有的動作，不是失速就是停格。

等到我媽從往事裡久久回神，食物已可直接餵給圍籬後院的雞仔和小豬吃了。

但至少許多節日來臨前，特別是端午，她會被街頭巷尾和市場暴增的人氣買氣喚醒舊日時光的殷勤。她提著菜籃，依舊穿著有點發舊但合宜的洋裝上市場，拎著食物穿過成排的矮厝，有一種興隆之感在她的身上散出。她在後院抓幾隻雞在手上捏著探著，放下幾隻又抓起幾隻，最後挑中一隻待宰的雞成爲拜拜的主要牲口。她並在那一天裡把糯米泡水，曬著竹葉，做著餚餡，豬肉、香菇、花生、鹹蛋黃、蝦米、紅蔥頭……。

她在廊下包著粽子，手腳一向俐落。她做事要嘛不做，一做又過多，像是輸人不輸陣。我們家的粽子成串地掛滿了竹竿。端午節，五月五，母親在市場買了艾草、榴花、菖蒲、山丹等許多枝葉線條雅致的植物掛在腐朽脫漆的木門。說是這些植物可以驅逐毒魅消除害蟲。家裡還充滿玉蘭花香，端午前些天街上有人在兜售，女人家少不得買些吉祥物，沒有香水也得有些花香爲伴。

恢復生活元氣的我媽說，兒時遇端午在老家還有個取「午時水」的習俗，從十一點到下午的一點也就是午時時分在水缸裡裝滿水，說是可解暑退燒，「午時水整年不壞的。」我媽說，她且汲午時水幫我姊洗澡，她說姊姊突然發這種病多少是中邪，要驅逐毒魅，淨化聖靈。

很多年後劉德華唱〈忘情水〉時，我常想起的人竟是我媽。那個常常有著疲憊神色卻又個性鮮明飽滿中隱含著某種凋零和不幸的女人。

總是又倔強又寂寞，又堅強又悲哀。

白天，天后宮媽祖出巡，七爺八爺伴隨於側，大步舉腿走動時，我和姊姊覺得新鮮，可很多膽小小孩都嚇哭了，金紙銀紙不斷地往鐵網編成的簍子丟，煙霧瀰漫如河面起大霧，煙霧如布幕，恍恍惚惚。

我和姊姊手舞足蹈的，因為節日慶典帶給生活的改變而快樂著。

傍晚觀河岸的龍舟比賽，堤岸女人紛紛走上河堤，她們說看比賽當然是為了看男人，身強力壯的男人，不然難道是為了看河水嗎，哪個女人誰那麼呆啊。

4

住堤岸的壞處是做大颱風漲滿潮淹大水，但好處是看國慶煙火和光復節煙火毋須擠破頭才看得到。我們只需離家門一百公尺，步上堤岸。

廣袤的河水是我們家的蒙太奇現實電影院。

煙火在河邊燃放，只消第一聲迸！在空中徹響，我們即快速奔出，邁向堤岸。老人家動作慢，早已拿了小板凳佔好位置了。

白綠紫橘紅散開成巨大之火花，再下墜消殞如滿天星辰。

小孩子不斷地尖叫呼喊。他們站在堤岸成排成排的拉長身子拉長雙手在河水黑幕的倒映下，小小人影像是等著被天使接走的星際之子。

娼寮的女人生意興隆，外面一波波襲來的熱鬧像是爲她們拍掌似的興風作浪。婆娑群迷。

煙花巷的女人在節慶之日偶爾會在交易的交換姿勢裡有時有幸地瞥見外面窗戶的繁華煙火一眼，煙花看煙火，不如不看，看了只讓人陡然背脊發涼，美得遙遠，讓人無端心痛起來。堤岸的喜宴節慶，悲欣交集，端然滑過生活聲色的底層。

住過沿河堤岸的人，經常會看著遠方，看河水和光影變化。而從台北橋的堤岸所對望出去的不是遠方，不是夢想，而是看向一座城市。倒洗澡水時看一眼，等人時看一眼，發呆時看一眼，有人呼喚時看一眼。十年下來，對岸風景和對望的動作已是生活的一部分。

城市高矮相間如密林，經常掩映在塵霧裡，這種濕濛之感一直籠罩在我的內心之河。殘渣灰燼飄進河裡，死屍氣味瀰漫在堤岸。

早年，河堤旁的妓孃們最大的客源是極爲剽悍的苦力工潮，從嘉南一帶跋涉上溯的男人和她們在身體的一場場交易中，望見跨越河水的橋一座座地向前往城市伸去。欣賞新橋的通車大典、河邊的放煙火表演，甚至只是假日小孩放個風箏，對她們而言都是奢侈。外面熱鬧地慶祝著，而她們依然躺在矮小陰幽的床舖，爬在她們身上的男人如過江之鯽。鯽走，性離，一切又回歸黑暗闃靜；而她們的下體也開成了一朵朵似河岸旁被染塵和毒辣陽光曬乾轉皺的野花。

矮厝人生，醜陋中滲著堅強。旁邊陸續起樓房，傖俗的公寓參差，公寓旁幾家閃著霓虹的鐵皮屋裡檳榔西施抖動著白細的腿，並露出長年受凍於外的乳溝；幾個猶仍操舊業的中年妓孃眼神仍有一搭沒一搭地攀附著河岸風景和騎著摩托車行經的男子。夜晚將襲，聶小倩們幽幽魅魅地等著寧書生上門。

母親常常在縫改衣服時對生活與感情發出一聲聲的闇啞蒼老嘆息，嘆息從她敗壞的齒縫中悄悄溢出，飄進矮厝的石牆紅瓦木材裡，成了往日情懷一景。

第九章

時間會溜走，時間會再來。

我沈默，我一個人。

我想念妳，從近乎痛苦到平靜，我成了一條河，

河流貫穿我的陰暗與光亮，

洗滌發炎潰爛千瘡百孔的傷口。

告別情深

親愛的黃頌真：

我的大洋娃娃，我的小頌姊姊。

我們都叫妳小頌。妳是引領我們移居到台北的靈魂人物，也是讓我們搬離煙花街的靈魂人物。雖然一切的發生是如此地措手不及。

是妳讓我早早成熟，知道什麼是命運，什麼是定數。每一刻都想死，也每一刻都想活。每個瞬間都可能是天人永隔，當下在此很短。

只有像我這樣渙散的人才把當下拉得那麼長，對妳來說，當下如一瞬。因爲沒有延伸，沒有想像，沒有慾望，沒有注目，沒有失落。

只有存在。

人子之苦。一切如戲。

出入醫院的這十多年，幾乎每天都有大死一次的感覺。我在醫院做功課，在醫院等待食物，在醫院看著另一種人生，看著人抬進抬出，我跟著妳這個大洋娃娃。妳的心智因爲長期服用控制大腦不正常放電的藥物，從原本有的八歲智商退化成四歲，生命最後一年又漸漸失去一切的心智活動。

世間竟有如此頑固的癲癇，如此的病真是磨人心智。

小頌，妳跟著我和媽媽多年，似乎成了我們的深切責任，一旦這個責任突然卸除，我們的重心也跟著突發失衡。我和媽媽突然回到了自己的軌道，可這麼多年爲他人奔忙，突然不知如何開始自己。

天秤上的一方被移走，雖感輕鬆卻很不能適應，且呈嚴重傾斜，我終於明瞭「輕」這般令人嚼之無味的難受，比生活的「重」還讓人難挨，因爲沒有目的即少了奔赴的方向。

小頌妳的死是獨立在其他葬禮的篇章，甚至比父親還要重要，因爲妳值得獨立書寫，比之於其他人。從我出生妳就和我相依爲命，妳是我的大洋娃娃，巨大的洋娃娃，沈重的洋娃娃。但卻也是個無法離開的洋娃娃。有妳覺得沈重，沒有妳卻覺得若有所失且生活無序無味。

關於妳，記憶都是殘篇斷簡，但卻都是光鮮歷歷。

國一那一年某家廠商的廣告宣傳車來到堤岸，敲鑼打鼓地號召大街小巷的媽媽們幾月幾號來參加台北橋下的商品展覽。在卡車上的拿著麥克風的宣傳人員看到我和同學在堤岸跳加官玩耍，姊姊妳在旁邊靜靜看著。那男人下卡車，迎向我來。問我要不要打工，因爲他們當天在商展會場設立攤位需要一些妙齡少女顧攤位。我問說那要做些什麼？他說只要微笑啊。那我就想小頌妳也會啊，妳一天到晚微笑。我指指妳說，我姊姊可不可以參加？她去我才去。我想起家裡有一張照片是許多年前我們還在南方時，我媽也曾經去參加嘉義市的商品展覽，她當時身穿印有南僑肥皂的衣服，頭戴著帆船帽，插著小旗子，小旗子寫著只要兩元三角。我媽笑容可掬地揮舞著小旗子，那上頭的價錢好像是寫她的身價似的。

男人點頭說好，他似乎看不出小頌的症狀。

那天一早我帶著妳走到橋下，攤位已經在布置著，找到那個宣傳車的男人，廠商便要我們兩個換上泳裝，我呆立著，我說這太露了，被我媽看到會被罵。

誰知妳穿上泳裝宛如小天使，我都看呆了。早些年，妳是個美少女。

父親離家，兩個哥哥陸續上高中大學，家裡只剩我們兩個女兒和媽媽。苦日子，讓我們都成了乾瘦的小孩，玩著貧窮遊戲，而妳是我的最大玩伴，我的大洋娃娃。純真的臉龐永遠停格在幼年。

妳的頑固性癲癇，其頑固更勝生命的虛無，更勝我對愛情的貪執。

我們來到堤岸，所幸有一條河流陪我們訴衷情，聽寂寞。我們形影不離，但無話可說，妳近乎語癡，我們最常說的話是陪妳數一到一百，還有老是問著對不對，好不好。

我和妳在一起十四年。整整喔，十四年，從頭到尾，不需離。我長大追求的愛情原型就是我跟妳的方式，在大量的沈默裡，我們心電感應，只需注目即明白。小頌，妳走後，我的生命從飽滿的殘缺變成殘缺裡的殘缺，什麼都不在乎，妳真該看看我現在經常掛在臉上的神色，薄倖又蒼茫。

我好喜歡好喜歡的姊姊，已經死了的姊姊。骨灰隨河流漂，靈浮在我心中。

堤岸的中午，所有的女人男人都在睡覺，女人等待天黑起身，男人都是堤岸的工人等著下午上工。媽媽還沒回家，四周一片死寂，妳從醫院已經回來一年，漸漸習慣和我單獨相處，且我感覺妳愈來愈愛我，就像我對妳一樣。

我和妳上學，妳是姊姊卻比我低兩年級，這樣我可以照顧妳。有人欺負妳，班上喜歡我的男同學會去你們班找人算帳踢館，小學時我有點像太妹，每天都髒兮兮的，身上到處都是養樂多的乳酸菌味道。

夏天，矮厝前院有人種著芒果樹結的芒果好酸，我們常吃得眼睛全瞇了起來且一手鵝黃黃，像泡在酸菜裡，怎麼洗也是黃黃的，一臉貧血樣。芒果之前有蓮霧，蓮霧長得好小，常常來不及摘就被掉下的蓮霧打中，有時落在地上被奔跑的我們踩過，常濕滑地跌跤了。我跌跤爬得起來，妳一跌我就得拉妳，妳當時因為服藥愈發像頭小象，我拉妳還不如說是跟著跌跤，撞成一團，樂不可支。

只是不能被母親見到。否則我就得挨衣架打，拎衣服去河邊洗了。

可憐又忙碌的母親，有一回因為瓦斯桶沒瓦斯了，身上沒錢吧，我看她在劈木頭燒炭，燒了半天飯沒熟，母親開始瘋了似的找出爸爸的衣褲開始燒，衣褲燒入火中，有父親的味道。妳竟然還好玩地跑去房間拎出一堆衣服也要燒，正要丟入，媽媽突然發現衝過來阻止妳，卻順手打了站在一旁看火看得入迷的我一大巴掌，「皮在癢，小頭顧好！別光發呆，發呆錢不會掉下來！」

我覺得委屈，抱起妳手上亂抓的衣服，都是媽媽的衣服。後來長大些才聽橋下親戚說「燒衣褲」是代表人死了。

父親在媽媽的心中是死了，她當然有理由燒。

醫生囑咐我要常帶妳出去曬太陽，堤岸上常見到我們和小黃以及咪咪的身影，我們都是沈默的小孩，空間靜得聽得見河水的流動聲。

媽媽出門工作前，會交代我到市場買些乾麵油飯之類的一起吃，可我喜歡帶妳一起去買，因爲我喜歡聽妳那種沒有意識到會吵嚇到別人的高分貝興奮尖叫，妳出門就會很開心，特別是當我們兩姊妹走過台北橋下的某些公寓一樓，見到窗戶開著但隔著鐵窗的關著一些瘋子在對我們笑時，妳也會張牙舞爪地向他們打招呼，妳什麼都不怕，真好。

可有回我卻嚇哭了，因爲一個瘋婆子突然趁我不注意抓了我擱在鐵窗口的手不放，把我抓痛了，且因爲害怕而哭了起來。妳卻在一旁愣住了，呆住了，猶疑一會兒還走到大馬路上，在路中央停住，經過的車子按著喇叭而妳不知危險。我一方面被瘋婆子抓著，一方面對妳尖叫吼叫，好像我才剛從瘋人院跑出似的。

後來瘋人院的院長聽到小孩子尖叫和瘋婆子的怒罵狂囂趕來扯開我們，我忍著手臂發紅的痛，跑去路上拉妳，被公車駕駛員罵得很慘。

姊姊，妳啊，頑固而任性的妳，不知我的痛。

還沒發病前，妳是手工藝天才兒童，妳幫我織過一個毛線娃娃和一頂毛線帽。妳還會摘許多的菩提葉子浸在水裡泡個幾天，待葉綠素褪去，染色做成美麗的死亡標本。

我們家族都擅長做死亡標本，像外公的美麗蝴蝶標本，像我的書寫，寫的是死屍，時間的愛情的回憶的標本。

我記得妳抱過我許多次，大我三歲的妳當時很有力，七歲抱四歲，卻像在抱個娃娃。而我是抱不動妳的，起先妳還能走路，到妳生命最後幾年，已受藥物侵害，雙腿無力。後來妳有了一張輪椅，突然就有了一張輪椅。是父親的女人央人送過來的，差點被母親因嫉妒之火燃起而險遭拆解的輪椅，經我在旁邊不斷地哀求哭泣，請母親爲妳著想，才留住的。

筋疲力盡的母親，在那一晚過後，爆發了憂鬱症。多年的壓抑和心靈糾結的痛苦一夕間爆發開來，難以言喻的內在如原子彈被炸開一個巨大黑洞，然後倒下失去任何力氣。在黑暗的谷地，我瞥見母親的靈，也瞥見纏繞自身基地的情感錯結。夏日的閃電霹靂一聲急彈至河面上，河水瞬間發光，星光在水面跳舞，反射到堤岸家裡的窗邊，在河水的邊境藍光裡救護車來到，我們三個女人上了車。

晚上的堤岸，左邊的天后宮在舉行水懺法會，梵唱大悲咒。右邊煙花巷的男女在床上進入慾望的深淵開始交纏抽動，發出如獸的低鳴狂叫。

兩極世界，在我們的堤岸生活裡對比鮮明。

河水企圖漫過防波堤沖向岸邊、路上……我們的心上……危脆的肉身。

停電了。黑暗一片。陸地和水面沒有界線。

孤夜，我想念著你們。你們皆在他方。

從此，我的名字該改成黃永獨，我將真正地面對孤獨，荒涼。

自此，我生命裡所愛的人走的走，離的離，倒的倒，病的病。我在那些日子帶妳去動物園，我推著妳，緩緩上坡下坡，呆坐在兒童樂園的遊樂場外看著別人玩瘋的表情，感到欣羨。我從來沒有那樣的表情，就是在玩得最快樂的時候也不會有的一種單純與完整，我知道，我的內心有一角注定無論如何都是殘破的。我吃著爆米花，在歡樂的場合發起呆來，突然靜靜地想要流淚。妳看著我，爆米花拿在手上都沾濕了，妳咬著我的指頭，我的指頭開始從冰涼的指尖有了溫度。

原來原來，我生命的基調是如此，除了無聲流淚外，我什麼也做不來，在這樣的堤岸生活對比氛圍下。

表面我們相依爲命，實則妳依我。

我只剩我自己和河水般的寂靜與騷動。

小頌，我記得最初帶妳到學校時，我在旁邊陪讀，因我讀上午班，妳讀下午班，老師點名黃頌真時，我總是把手舉得老高。

想到這一點，我成了妳，我就比較不寂寞了。

姊姊，我真不明白。我們這麼親近，因爲失去而親近，因爲不正常而親近，餵妳吃飯、幫妳洗澡、幫妳讀書、幫妳剪頭髮……，爲妳這過早凋零的靈肉體驗人世。

我們人世一場，靜靜的生活，靜靜的相愛，可一切都注定失去，我們究竟爲什麼要走此一遭？注定失去又何需在意，媽媽說的，我們都遺傳了這樣的孤寂與無所謂神色，且常有一抹女生少見的薄倖之眼掛在冰冷的臉上。

從七歲發病，母親吐出是得「羊暈」開始，我對妳的內在世界感到好奇。羊暈倒了，我們常見的羊癲瘋病人總是突然傾倒在地上且不斷顫抖著，說是腦部異常放電，而妳屬於重症患，非常頑固之重症。

我們都莫可奈何，只能靜待上帝安排。

病危的妳依賴呼吸器，一度沒有呼吸脈搏，母親已經吩咐安排好靈堂也已換上黑衣準備後事，妳卻突然又醒轉，望著我手上捧著的妳的照片牢牢地看著。

我已經準備在妳的生命版圖退後了，我自己也在爲自己的生命搏鬥，尋找不需依賴他人和情愛的生活方式。

妳後來走了，掙扎一生卻瞬間平靜地走了。早些年妳若注射過多，抗體白血球便會過低，全身發著黑，如一片枯葉。若是注射另一種配方卻讓妳亢奮不已，我跟著妳看河水竟夜而無法入睡。

在妳身上我看到活的力量與死的沈靜。生前妳如大象，走前卻輕盈如落葉。

我在媽媽身上聞到討生活的真切氣味，我在妳身上聞到關於幻滅的滋味。

我們因爲妳而留在堤岸十多年，妳走了，我們也告別了堤岸生活。河水在流，遠方有輪明月，我常回到這座橋和堤岸，我常帶著玫瑰花，一瓣一瓣地將花瓣擲入水流中。

河上有月光，我聽見流水的嬉笑聲。

我的情人，從來不懂我的膚淺與深沈。

妳懂，因爲純粹，因爲信任。

我很想念妳，因爲想念妳，我又住到了淡水河邊，好幾年之後。

少了妳注目的河邊暮色便少了那分空寂之美。

河水清澈，陽光下魚群穿梭於浮草舟影；河水渾濁，雨天裡魚群沈睡在石頭邊縫，我們的眼睛看得好仔細好入迷。

曾經，淡水河邊的兩個小女孩。

曾經，我把愛情的餘燼倒進河水，自以爲了無餘生，自以爲葬心得心。

盡頭無光，腳鍊緊鎖，我的姊姊，妳這樣如落葉飄入水中，獨留我一人在人世的情愛河畔載浮載沈。

我想念妳那童真的大笑。從一數到一百的來來回回與認認真真。

時間會溜走，時間會再來。

我沈默，我一個人。

我想念妳，從近乎痛苦到平靜，我成了一條河，河流貫穿我的陰暗與光亮，洗滌發炎潰爛千瘡百孔的傷口。

我成了一條河。

與妳同在與日月星辰同沈淪。

第十章 床，是慾望的廢墟；

愛，是烏托邦遺址。

我持續漂流在河水，沒有人把我撿走……

持續漂流

1

我抓住的其實只是整個社會結構的末節，我把晚景提前示現，把前景往後推移，過去成了現在。現在卻沒有未來。老是寫回憶只因現實無趣。世界噪音太多，只好沈默。

早已不太逛街的母親問，過了橋，跨越淡水河的那家百貨公司還在嗎？就是爲了去吃喜酒我幫妳買了件紅洋裝的那家百貨公司，我記得好高好高的頂樓上有著摩天輪和雲霄飛車，百貨公司後方的不遠處有鐵道，上了車可以通往妳姑姑的家。

生了十個小孩的阿嬤早已過世，母親的記憶停在某個時間的句點上。而我對於城市的橋記憶特深，每每有一種深黑如夜之感。黃昏時步上河堤，河堤比岸旁的矮厝娼寮還要高出許多；老厝的妓孃跨出門檻得矮身而出。曛夕時，見到遲暮的她們在河岸旁的天后宮喃喃祈求著，然後艱難地爬上日漸加高的河堤，腳旁通常伴著脫了毛色的流浪犬。

母親問及對岸的台北大城市是什麼樣的景象啊？記得以前從河堤看過去，霧茫茫的，只看得見城市建築的邊線和屋際。

母親的記憶早已擱淺他方經年，她已分不出右岸左岸了。或者說在河左岸與河右岸於她都沒兩樣，記憶和現實已交纏不分。

2

十多年居住河岸，堤岸生活已成爲我無法割離的一大部分。

小頌之死，我媽決定揮劍斬情絲，告別她的過去。可在妓女圈長住太久，我的眼神除了蒙上一層河水迷濛的水氣外，在某種時候也悄然出現一種薄倖與不屑的神色，我稱那爲娼色，我媽說那可是女人的大忌。男人說這些煙花女是「豆菜底」，軟綿綿，哪裡有錢可賺哪裡躺，人盡可夫。我聽了可有氣，待我稍長些便說還不都是你們這些消費者。

我媽說真是要命！好的不學，壞的盡學。孟母三遷真是遷得太晚了，她說她一生流離，感情飄渺，沒想到我似乎也有這種家族遺傳的癥兆了。

我滿十五歲，即將離開堤岸生活。

十多年來，渴望，無望，交替的過。

一條漁舟在岸上卸貨，草叢裡有幾隻白鷺絲飛起。將近四千多個日子的黎明與黃昏我注視著堤岸的光影變化。

我穿上綠制服的第一天，我們搬離這裡，整條小巷的女人放鞭炮歡送我們。

女人們辦了場露天烤肉會，爲了人生一場難得的相聚且以慶祝我考上名校爲由，我在她們眼中成了一個她們得不到的救贖象徵。

煙花巷裡竟然有人考上北一女，女人們都覺得不得了。我覺得沒什麼，真要坐下來讀書應付制式的考試並不難，我倒覺得她們才了不起。

小街已成大路，堤岸增高如巨牆，人們如住圍城，如困監獄；橋一直在增加，跨著河水兩岸。南來北往的人們已漸漸界線模糊，台灣國語和鄉音也在下一代中漸漸淡化。

這條煙花巷的女人已經老朽，早在多年前就已是一敗塗地。畢竟是落魄戶，通常都是沒有太多餘錢的人來到此地，因爲消費不起右岸。河岸碼頭和港口向來是娼妓集中地，對岸名聲遠播，衛星城的男人不僅到對岸工作，連性慾和苦悶都一併順便到對岸解決，三重蘆洲新莊永和板橋的年輕人口只消過個橋即可到對岸吃消夜兼銷魂解慾，三重堤岸的煙花戶看起來就更是腐朽不堪，生意吃緊，不是靠老客人就是必須出來揮手帕拉住過往的男人，年輕人看不上這裡，只得多做做老年人。

煙花巷的妓孃說，其實我們也不是不想轉行，我們又沒有一技之長，然後她們看我媽不在旁邊遂貼在我的耳邊說，做這行做久了，不瞞妳說，也會上癮呀，沒做就不舒服。

不只我們在搬家，所有的女人都在搬家，妓女戶即將拆除。許多年前有摩門教徒騎著腳踏車來到堤岸的煙花柳巷向妓女們勸說放下肉體交易的工作，要重視靈糧的修爲，妓女們當著他們的面大力關起門，在窗口化濃妝更衣時說，放下工作要我們喝西北風嗎？宗教沒有感動妓女遷移，是自然生態和政府強硬措施改變了她們的命運，她們是風中之燭，社會底層。

我媽說小頌像是只有住到這種爛地方的命。突然想到什麼地續說：「可是我們的命也好不到哪去，狗放水流，我們也差不多！」母親決定搬去和二阿姨相依爲命，就像我曾經和小頌姊姊相依爲命般，我媽到頭來還是覺得姊妹比較靠得住，和男人的戀愛夢自此她是放棄了。

她們倆都得過憂鬱症，比較了解彼此，住處就在中山北路二段後面的公寓，兩人分租比較省，左岸女人家既然盡遷了，母親修改衣服的生意自也跟著黯淡。二阿姨在晴光市場的委託行一帶做生意，修改衣服還算可以，且價位也高些。我媽說她是沒有錢幫我租房子的，意思就是一起住。我在二阿姨家的客廳度過了高中三年。雖讀名校，書卻讀得有一搭沒一搭的，常常騎我媽的摩托車亂跑亂鑽，對右岸生活感到好奇。有時彎去林森北路一帶，覺得像是聞到了過往左岸煙花柳巷的聲色犬馬氣息，慾望的底層都一樣，只是右岸價位身段和姿態擺得高出許多罷了。

酒氣在新住處的右岸街道的空氣中遊蕩。風灌進窄巷，揚起地上昨晚肆虐餘生的片片廣告紙，紙片隨著風在雨夜的濕地匍匐爬行，風塵碌碌。隔夜滯留的食物餿味恆常從城市的某個角落滲出。

前方車子的後窗霧濛濛，一對糾纏的戀人雨夜的車廂內哈出的氣息招惹著人們的感官，分貝起先高高低低，繼之末梢的殘音微微塌軟。夜晚是台北人施展力氣的溫床。而我對那夜慾的氣味已嗅得太多了。

我媽說我在發春。她管也管不住我了。我穿露背一點的衣服，她都把我拿去重新密車起來，我見了又拿剪刀拆剪一番，她又拿去偷偷車縫了起來。我怕我媽憂鬱症又犯，後來是我妥協。反正貞操不會發生在哪塊布料上，慾望也不會解決在那裡，所以也無所謂。

有時我會騎摩托車騎上台北橋。爲了河流，爲了堤岸生活。爲了相思，爲了某種人世逑說無言的情懷。

跟著我們十多年的狗兒小黃和黑貓咪咪相繼過世，魂埋河水，牠們比男人比父親都忠貞，跟著我們還久遠。

曾經每一年女人們在堤岸殺雞拜地基主，磨年糕放鞭炮過年，包粽子划龍舟慶端午，在國慶看煙火，眼看一座座新橋跨在河水兩端。台北橋中興橋忠孝橋華江橋重陽橋福和橋……左岸和右岸連成一脈，衛星和恆星關係越界。我們是廣稱的台北人，大台北地區的人，我們的父母普遍都有另一個出生地在提醒著我們的原鄉南方呼喚。

橋在擴建，橋是擺渡人，聯繫著河水兩端，供人車行走。不過在這座島嶼這座城市，沒有什麼事是永遠不變的。就像突然橋斷了，中興橋橋斷了，路突然沒了。當時我們家的小黃已是高齡老犬，我和牠在堤岸散步，小黃突然對著河水右前方方向狂吠，然後一陣陣轟然巨響如山崩地裂，一陣晃動，如地震般，橋上的人車如雲霄飛車地往下掉落，如電影情節地搬演在我們的面前，這是左岸斷橋的歷史了。

在堤岸生活的我們曾經是斷橋事件的見證。

3

我一個人，在台北。像當年父親來到這座城市般。

生活居無定所感情流離失所，都是一種正常過程。

自從大學畢業以來賃居在城市的頂樓，套房，像當年南部人到北方所擅長運用的畸零地。我的方位只有畸零地大小。

我複製了父親流亡的心情，在這座城市漂流。一處搬過一處。床，是慾望的廢墟；愛，是烏托邦遺址。我持續漂流在河水，沒有人會把我撿走，就像當年在故鄉被遺忘了般，我常被遺忘，遺忘者在午夜萬籟靜寂時想起了我，忽然心裡閃電似的一痛，想起後思難忘，尋回原路尋我，而我已漂走了。

爲什麼你們以爲我一直會在那等著呢，你們是如此輕忽怠慢我的習性，我一旦漂走是不再回頭的，不論再美好也不回頭，不是不願意而是沒有辦法。告訴我河水如何逆向流，河水只會順勢帶走一切。這是生活在左岸所訓練出來的個性。

大學後我離開左岸，來到右岸。河水一樣在城市裡流著，暴怒起來仍是氾濫成災，乾枯時仍然裂縫處處。兒時做大水淹過的洪水黃泥線，記號已隨著拆屋而了無痕，洪水線只有在記憶的陵寢裡載浮載沈悠悠蕩蕩。

妳最好恨我，你對我說。你說你因爲我痛了三天。我嗤鼻以對，我因你痛了三年。

男女對愛的時間與對痛的時間感真是大不同。

我想了幾個月後，終於打電話給你，我說，不要打電話給我，不要來找我，當我死了。你卻淡說，應該是妳要當我死了吧。那就一起死吧。我說。

之後，電話果然隨著記憶電板燒壞了，不曾再因你而響起。

過去，我認識河左岸的地圖是靠著拜訪親戚，現在我認識河右岸的方位是靠愛情的尋覓所勾勒出私房地圖。破碎的地圖，其實沒有什麼述說之值。我述說是爲了記號，一如洪水線的記憶。

當初移民至此城的眷屬，離的離，走的走。我們下一代已成長且老去，又複製了先人之路，簞路藍縷在每場生命的情愛與結合上。

依依散別離。

有一年光景，剛讀完大學的我成天發呆，租屋永康街一帶，常走在金華街、金山南路，走在寶宮戲院，一個人看電影，一輪二輪都好，就是一個人在晚上去看最後一場電影。

售票口有個婦人，當我說一張票的時候，她抬頭看我一眼，目光又奇又不奇地看我一眼。我幾乎每隔一週來報到，有時一部片看兩次。

最後一場午夜電影，只有小貓幾隻，都是失眠人，老人居多。

我也是個城市失眠人。

有時會騎摩托車到中正紀念堂，總是想起小學同學趙榮祖，白色如巨大廟宇的入口浮雕著「大中至正」，我們兩個曾經那樣地仰望著，浮雲滑過我們的瞳孔，廣場有軍樂隊在排演，有人在拍婚紗照。

城市的繁華往東區移動，人們離河流愈來愈遠，堤防已築有一層樓高，新一代的人已經忘了河水的味道了，已經看不見河水。

我在半夜裡到堤岸看河，大半天沒遇上一個人，只有流浪狗。

我想城市人的心是不是死了。

河流說，學著我，看我怎樣忘記這一切。

4

南方。台北之南。台南以北。西海岸邊，一個小村落，名喚好美里，曾有一棵大樹。

我最後一次回南方是因爲十三年才輪一次的村落作醮。親戚散的散，離的離，大樹也砍得沒了個蹤影。

離。

電子花車在村落裡震天價響，鋼管舞女郎就緒。老人家拿了板凳坐著看，眼睛不曾須臾飄離。

別人是滄海變桑田，我們老家卻是桑田變滄海，田地換魚塭，四處在抽著地下水，散著養豬的餿水味，那是家鄉的氣味。四處有殺豬宰雞的哀嚎聲，豬公的白色屍體堆積如戰場，入夜需動用怪手才能把豬隻運上卡車，白白的豬體映著慘白的路燈，黃色車身怪手聲音轟轟響，電子花車燃亮巨型燈光行過，原來這叫後現代。

嘉義布袋附近的「好美里」海邊，有過我們快樂的海邊閒走。好美，好遠。

已經愈來愈少南部人的印記流在我的台北人之身體表面了。

5

台北漂流，後來我的生活史從左岸移到了右岸。

當我高中考上台北名校後我的日子突然大轉彎。

已經很少人記得我們曾經有的南部人身分。我只在那個身分證欄上寫著嘉義時才想起自己曾有過的原鄉。

哥哥們早已娶親。

屬於母親的記憶王國依然又破碎又完整。

我繼續在台北兩岸漂流，左與右，岸與岸。別人看我道德模糊，而我以為透明。

6

時序持續移往。母親昏倒在街上，有人打電話給我。母親複製小頌姊姊昏倒的命運、肉身的遺傳標記。

是耶誕節，風雨突然交加，樹上無數的燈泡在風雨中搖曳明滅，四處店家放著喜氣洋洋的歡樂歌，我放下聖誕餐搭男友的車奔赴暈倒在外的母親，許多人已圍在那裡看著倒在地上的她，還包括一隻狗。

那畫面和我四歲時小頌暈倒在故鄉的情景相似，而當時我二十四歲，時光過二十年，母親又複製了自己女兒的命運在我眼前排演起來。而我卻必須內在重整，歷程有如孤舟在海上風雨飄搖，不知是否有更寬廣的陸地在前方等著我此殘破之身心。

坐上救護車的那聖誕節晚上，嗚咽的警鈴一路滑過繁華的喧囂之城，千盞萬盞的車燈路燈在眼前移動如水流，不省人事的母親靜止在身旁。我想起幼年她帶我去西門町讓姑姑燙頭髮，她的新燙髮型飄著濃濃香氣，髮型噴著膠底拱著僵硬的樣式，她一直問我好不好看。我抬頭看了看，點頭。她滿意地帶我到西門町的成都路上難得地買了老天祿食品的滷雞翅。我天真地問她，吃了雞翅我會不會飛走。我媽咬著豬血糕說，不會的，母女連心，只有妳父親才會飛走。

有好長一段時間我以爲父親不回家是因爲吃了太多的雞翅才會飛離我們的。

我們買了一些香花大搖大步地走進成都路上的天后宮，天后宮被兩排公寓建築夾著，乍看有點童趣味道。大世界電影院的看板在右前方，胡錦、許冠文、何莉莉主演，我媽喜歡何莉莉，當時她新燙的髮型就是剪燙成何莉莉的樣式，我媽說做衣服的女人要跟得上時代，否則誰要把新買的名牌衣服拿給我修改呢？

街上有光鮮的女裝和西裝店，司麥脫（smart）襯衫吉美餐廳第一銀行……，對面有蜂島咖啡飄著咖啡香，有些中年及老人穿得頗體面盯著走過的我媽猛瞧著。「瞧什麼啊，沒看過女人嗎？」我媽內心得意地咕噥著。在我聽來這種發嬌發嗔詞帶有一種虛榮。

這種虛榮對女人有一種無形的殺傷力，一旦她們某一天裝扮過後竟沒人看了或是沒人讚美了，定然是渾身不對勁且近乎頹喪。

從左岸堤防旁的清冷天后宮過橋來到右岸西門繁華鬧區的天后宮，我媽突然從一個家庭主婦轉成一個煙視媚行的女人，但她一旦進了廟所求所祈還是老樣子，求神降財給愛，讓她和其子女圓滿幸福。

點香，拜拜，拜前拜後，從玉皇大帝天上聖母觀音佛祖關聖帝君地藏菩薩弘法大師福德正神，一路拜到虎爺。虎爺，我媽也是虎爺，我以爲。

拜拜，然後卜卦抽籤，無一例外。

頓然失去知覺的母親在救護車裡，她知道我在旁邊嗎？多少個日子就是如此地相依爲命，滑過一切的生活哀歡與聲色。

一九七七年前的幾年，台灣還處在美援時期，每當肺結核病防治巡迴車開來，我媽總是爭著帶我們去打預防針，她說窮人沒有本事生病。打預防天花的針頭我記得是很大支的那種針管，我沒有嚇得哇哇叫，但是耳聞旁邊的許多小孩所陸續發出野獸般的哀嚎，那才嚇人。

一九八一年，淡水河舉行龍舟比賽的端午節，我們和所有的堤岸人家一樣爬上了堤防看美麗的河上競賽，我媽竟眼尖地在龍舟比賽裡見到我爸也在比賽的壯丁當中，她只差沒跳下水去找他。夏日午後，驟雨降臨，我們全淋得濕漉漉的，我媽卻未發現大雨之滂沱，她的目光只有某龍舟上的某男子。她的最愛，我的父親。可惜兩人碰在一起就是不對的組合，這無關愛但關乎執迷與宿命。

7

我十二歲，孤獨破碎地等待完整的到來。

我媽在其生命心情所走不過去的東西，我必須走過。

這無關愛，我向躺在救護車內的母親以腹語術般地述說。我相信她聽得到。生命如此，爲什麼有人可以行屍走肉，佯裝不見？沒有黑暗怎知光明？抑或是我是被詛咒了什麼悲哀，才導致了沈重的傾斜？

幼年有張照片在東門拍，東門看板掛著：解救大陸同胞實行三民主義，總統萬歲等字眼，如今一隊走上街頭的抗議隊伍行過救護車外。人民要解救的是自己。愛情萬歲！荷包萬歲！

救護車在節日的長長車陣裡一路鳴響，拋開長列車陣的急駛，有點像是和母親阿姨到新北投所搭的北淡線火車，火車在此分離，單節小火車孤獨地往新北投開，長列火車續往淡水開。我們帶著一身的溫泉硫磺味和幾顆煮熟的鴨蛋回到河左岸。

救護車逆向行駛，行過堵塞的中山北路，動物園早已遷走，大象馬蘭也走了。

8

馬蘭，闔上眼睛的臨終之眼緩慢而溫柔，宛似一個純真年代如河水流去，世人之心不再清澈一如原始的河水。

我要找一天去看看林旺，和母親一起。救護車內，我這麼想。

母親，我曾經越過千山萬水去一個陌生的八里療養所接妳回到河左岸，我們看過觀音山上的山凹吐霧，搭渡船目睹淡水的水筆暮色，妳一定記得那美麗。

瀕臨毀滅又突然湧生一股力量的美麗。

我見到母親像置身於捷運列車潔亮空間裡的老人一般，瞇著細小老花的眼睛卻散出孩童般的驚奇。

高架高速讓滑過的城市聲色在大雨中似是霧中風景；我看到橋墩下的停車場像個棺材，有些車身是水流之浮屍，瀉出的油載浮載沈悠悠地躺在水波上，如無聲的舞踏，像電腦終端機開了電源卻長久不用地在黑幕中發出著射灑狀的隕星般。

捷運靠站時，大樓玻璃帷幕反射著埋首文件的上班族與發呆的眼神；不過大部分我見到的是寫了字的招牌。金蜜夜賓館、夢蘭賓館、豪喜賓館……安全隱祕絕對保密……，我兀自叨叨唸了幾個招牌後，就決定閉了嘴。

這些字眼呼喚起我的童年與少女堤岸生活。

我記得國中讀書時曾經向母親說起在地球某個小島上，女人不能走進男人耕的田，因爲會帶來歉收，薯芋會生長不良。

當時我媽聞言微了笑，她說要是她活在那個族群就好了，她也不必曾經在農田裡奔忙。

空間沈默，捷運列車超前駛去，救護車堵在耶誕節的街頭狂歡裡，車內卻是濃濃的思索與悲哀。

捷運開通時，母親曾經看著電視新聞問我捷運列車的終點站是哪裡？動物園，我答。動物園，她重複了一次，臉上初始散出母獸般的繾綣。

現在我這個小獸在救護車內東嗅西聞，吸入了她腋下的狐味和耳後方的汗斑。城市之夜迷離，空氣濕度濃密，溢出了母親身上長年腋下的母獸麝氣。她不懂得像我這類城市女子用香料香氣遮掩肉身，她用的只是精神香料，一種用生活配方緩慢如實所釀成的陳年香料。這個香料既不迷人，也不婆娑，那只是堤岸生活的那個草莽時代所釀的氣味。

我是尋此氣味降世的，也曾經用此溫暖之味叛離堤岸，現下卻用此陳年氣味來抵禦婆娑群迷百般鬼魅的城市生活。

母親，請您醒來。您在工廠和阿姨唱著〈媽媽，請您要保重〉，當時覺得煽情，還遮住耳朵不想聽，現在我卻很需要它。

馬蘭走了，我們可以一起去看林旺，生命不等人，不要輕言諾。

9

有多少親戚我們沒有聯繫了。當年這些一起打拚的南部人已經像河水般地飛揚或腐朽了。親戚成了一個遙遠的名詞。

童真已逝。永真是我的名字，我離真卻愈來愈遠。

沒有親戚是正常的，我們已經成爲一個個體，爲自己的情愛編織一個圖形。誰能再參與我的生命，像我這樣孤僻降世的人。

初戀情人黃熙在我們戀愛破滅後希望我們成爲朋友，我卻執意認爲不可能。苟延殘喘，還是譜上不再見面的終曲。「你能從關係的高度降到一個普通朋友的低點，我沒辦法。」我說，「妳對朋友有要求。這是不對的。」黃熙說。

我沈默，接受指責。然我知道，我對朋友確實是有要求的，能獲邀進入心室的朋友是要能豐富我視界的，要不，也知悉彼此本質且能深度哀歡與共。

我不懂你爲何那麼看中那些三五四三的友人聚會，原來你是如此地畏懼獨處，你真是當初我那麼珍惜的你嗎？我曾經問黃熙。

黃熙說，他自有他的道理，不是我以爲的那樣。

爲什麼你不承認你就是怕一個人，且你以爲可以改造別人。你只要過過堤岸黑暗生活，你就可以和自己獨處了。我發現自己和他是如此的不同，我終於明白父親和母親的結合原型。

我和黃熙告別。徹底的。

而我想要尋找的是年輕。一出生就年輕，老了還是年輕的年輕。

我依然沒有見到同父異母的妹妹：年輕。我常常在城市的大街小巷細察人的面孔神色，我在尋找她，如果有人見到一個和我眉目神色相似，有著父系家族遺傳的某種孤寂清亮與薄倖幽徹混合的氣質，請你告訴我。

我在尋找年輕。

你聽著，我在尋找年輕，不是尋找愛情。愛情你不會兌現我要的，而你要的我身上沒有。

黃熙沈默。一陣陣時間移格，他突然開腔說：「也許我該改名字叫黃牛。」他最後在分手之際那麼誠實地真摯地開自己一個玩笑。爲此，他深深讓我記得且值得。

10

母親，妳我是愛情國度的陌生人，在自己的城市被陌生化的異鄉人。被時局推得遠遠的，從來是不合時宜。

常常是幾乎再跨越一步就是深淵的心情反覆在我長大後的右岸生活。

當那夜我再次沒有預警地抵達心情深淵的邊境時，颱風眼正盤旋窺視著我長久生活的這座島嶼，前方的河水在大潮之夕拍擊岸邊，兇猛而虎嘯。

四周只有一縷微光，一隻迷路的蛾盤旋一陣，發出迷離的死亡之舞，翅翼發出閃閃粉晶般的光粒子，我正想這是死亡的預告時，它已減速下衝，跌入我眼前一個略比十元硬幣大的燭火內，微微燭火瞬間熄滅，我探頭一看，拾起餘溫猶存的白色蠟燭，內中躺了一隻撲火的蛾，蛾展翅的幅度正好涵蓋了整個蠟燭的圓周直徑，一切剛剛好好，幾乎是爲它量身打造的棺木盒子。

幸福城堡瞬間成爲美麗陵寢。

而就在同時，我的腦海中閃過好多個死亡之舞，有無數過往的，還有這回竟然也包括了自己，不免心驚了好一晌，甚至痛苦地俯身抱膝，想要被空虛寂寞籠罩的肉體重新有感受自己存在的能力。屋子角落的音樂箱正播放著加拿大詩人歌手柯恩的低沈歌聲，歌名〈哈利路亞〉。

讓我憶起我再度失去的一個女友，兮兮。

是呀，好久了，不是似乎，是真的很久很久了吧。那輛青春尾端的列車正要靠站開門接收雙雙舉腿正要跨步搭上列車的我們，後來這車子卻開得亂了方向，或者該說是我們的心指引它往廢墟裡開去。可明明記得說好要度過漫漫長夜，然後一起看見幸福之光升起的。

不獨在男友方面我不斷失去，就是在至交女友方面分別竟也都屬永遠斷裂。我在小學時痛失舒舒，在高女即將畢業時又失去個好友兮兮。

我再度來到堤岸，因爲弔祭。

橋下的送葬業已無凋零，反而繁榮。只是易主經營，堂叔賺了太多死人骨頭的錢後突然著迷賭博，賭到整家店轉了手。我梭巡著店面，主人出來，問我何所需，我說買個花圈，要新鮮花朵繫成的。現在假花太多，那怎麼行呢？

我並繞到市場買了幾朵玫瑰。我艱難地步上加高的堤岸，將花圈高高拋入河水中放水流。再挪步至靠河岸近的河濱公園，一瓣一瓣地撕下玫瑰花瓣，紅花映著濁濁河水，一如過早亡逝的青春與這座凋零的城市生命力。

11

河流充滿死屍。也充滿活物。人們在家裡的水族箱養魚看魚吃魚，人們卻不願走到河邊，去看一條河。

那一年我們滿十八歲，彼此交換生日，也就是我的生日成了兮兮的，而兮兮的生日變成我的，原因是因爲有一回兮兮六神無主跑去算命，算命的說她的生辰比較是我的。我反正無所謂，本來就是那種不過生日以及任何節日的人，但兮兮需要一種信仰和支持，於是兮兮的生日成了三月七日，而我成了九月九日。兮兮成了雙魚座，而我生性散漫卻成了最挑剔最猶疑的處女座。我向兮兮調侃說，三七仔是台語皮條客的同音，我住在煙花巷可是很有歷史的，打聽起來可不好聽的，連這款不雅的生日妳也要。兮兮聽了吱吱笑，她說她的生命需要拉些陌生人進來，不管他是誰。兮兮又說她喜歡七，一直都喜歡七。我說選七想要幸運數字的心理太正常，不夠特別。兮兮看了我一眼，她說那可未必，她只是單純喜歡屬於我的一切，其實不是真因爲七的關係。

如果我愛情裡的男人都像兮兮這般不知該多完美，只是單純喜歡我的一切，於今重返堤岸想來都覺得泫然欲泣。

十年前的那日，我們算了命，之後，雙雙走出地下道，迎面正好下了場太陽雨，像水晶碎片般的雨灑在我們的髮絲雙臂臉頰腳趾頭，我們開心地笑，雨在開懷大笑中順勢灑進了我們的嘴舌牙齒。說好一起去參加救國團暑期活動，東海岸健行。

可喜歡七的兮兮走了。死亡前兩、三天吧，有天下午我正在游泳，我清楚記得那一天是九月了，學校快開學，母親說要學游泳要我教她。上午的室內游泳池安安靜靜，只聞些許水流音迴盪，中小學生都已經回籠上課了，只剩我們這種等待入學的新鮮人還在遊蕩著無邊的日子。九月陽光在玻璃屋頂徘徊，天氣在度過八月盛暑之後不熱，甚至可說還有點寒意，入水前我打了好些個冷顫。離開陸地的母親模樣宛如小孩，我和母親似乎本位錯置，母親回到我的羊水裡，我成了母親信賴依靠的陸地。水母漂腳打水韻律呼吸……我邊看著母親發福的身體，腦子卻想著兮兮，突然有一種想流淚的衝動，於是潛進了水底。陽光滲透至水下的光影像晃動的燈管，想著在水裡可比在陸地自在啊。那天我的身體泡到發皺，游到發瘦。好像聽到遠方的聲音沿著游泳池四周的細小磁磚一路穿透水面直撲她的耳膜，光波最後截斷了我的信號，陽光如刀劍劈灑，我看見自己的身體支離破碎，碎片灑在算命下午太陽雨漫灑晶亮如絲如綢的光幔中。

畢竟兮兮非是天生的魚族。她終究還是個十足挑剔講究完美的人，她有很多的過不去。兮兮選擇在自己本有的九月九日生辰和死神共舞。東海岸健行成了我對她辭世的餞行。我落寞的度過了往後的蒼白歲月，第一次知道舒舒自殺是告別童真，十八歲兮兮的辭世是一種墜毀。兮兮那回我照見青春幻滅的軀體。

12

一直在告別。持續在漂流。

而就在此耶誕節的晚上，外面在狂歡，而我在救護車內，望著昏迷的母親。

我喜歡這樣的城市，別人都在歡樂，而我在哀悼；別人都在解放，而我在矜持，或者相反……。

我喜歡背對，喜歡不同調。

再度被久遠的女伴魂魄召喚，兵臨城下的孤絕之境瞬間短兵相接，突然我過去幾年不想面對的脆弱瓦解了本體。

真切的感到內心似乎有個器官叫做痛，走路發呆逛街買東西只有思緒有一丁點的空檔就感到痛的存在。

痛，控制我的一切行動。

我想如果當時不是那般脆弱就不會不堪，那麼事情會不會以相反的發展前進，還是無論脆弱或堅強事情的發展有不可逆料的。

事隔舒舒和兮兮的死亡事件已經好多年了，我也已經很少再想起少女時代生死至交的臉龐，我只是無可避免的像大多數人一樣地惶惶，接著腐朽老去，雖然我的這張臉在兮兮死亡時也已跟著停格在青春的陰影裡，但事實是我怎麼可能不腐朽，我一樣不可避免地老了，雖然我曾經那麼傲然地說我是不易老的，可老還是如此不邀而至。因爲我的本體就是個老人，任何人和我談戀愛，都將碰觸突發老化且進入死亡前的痛楚。

我何嘗願意，我多回生不如死。

你知道嗎？黃熙。

是堤岸陰暗曲折的生活鞭笞淬煉了我，是堤岸男女命運集合體的黑暗能力拉拔了我向上飛。沈重面目輕盈姿態。

13

救護車繼續前行，車外的緊急閃燈和路邊的檳榔攤閃燈相同，車內是個棄婦，腐敗；攤內是肉身正豔的女郎，妙齡。充滿嬉戲和高分貝笑聲的兒童樂園已經被車速遠遠拋在後，車子進入士林，該死的城市交通堵塞，一切不斷地在堵塞，像河流，像我們的血管，像我們的愛情。救護車在尋找移動的出口，我們的心也在尋找出口。榮總在前方，可卻有天遙地遙之感。母親，妳要撐住，不要收起橋樑，生命已經折損太多，妳只剩我，我也只剩下妳，在此時此刻，請妳堅強。我們曾經經歷無數日夜的堤岸生活，無數的哀歡與共，見證繁多的生離死別，生命總是不斷地新生，然後告別，妳教我面對幻滅要習慣擺好捨身與揮手的姿態。

但這一回我不想和妳告別，生命已告別太多。生命已有太多蝴蝶折翼標本。

不要拋下我，母親。不要像父親像姊姊一樣地拋下我。幼年有過的險遭遺忘經驗，擴大成一種遺棄命碼，這種痛再度擄掠我。但我已準備舉起大刀。我母！妳曾說我們後生無緣，不復聚，說得響脆如俠女，只因苦過。「如果你要愛我，請你極致，請你純粹，請你完整。不然，一定不要愛上我。」愛情遺言。

救護車繼續奔馳。

我的心繼續漂流。

城市仍在大堵塞。
愛情仍在覓出口。

曾經，生活在左岸。曾經，河水在闐黑的夜，如墨如絨，和內心的黑暗共溶共織。
堤岸那個寂寞小女孩的祈禱之淚從來沒有終止。

我們很孤單。
生別長惻惻。
我們很孤單。
死別長悽悽。

在水一方，
沒有伊人。
在水之湄，
沒有伊人。
在水之涘，
沒有伊人。

白露茫茫。
無涯無岸。

【附錄：散文一則】

台北上河圖殘景

——淡水河的美麗與哀愁

•一九九七　七月　我家門前

我家門前，恆常有兩種風景，動物與河流。

動物與河流是風景的主幹，主幹之後常是維繫兩者的小生態世界。數以千計的小小招潮蟹，白白的身影在退潮的沼澤地覓食和洞穴裡進出著；水筆仔的綠色姿態漸漸恢復了稍許的希望生機；白鷺絲和一些鳥禽算是終於飛回了這片曾經被牠們遺棄（或該說遺棄牠們）的水域，在沼澤地帶曾驚鴻一瞥鷸科候鳥的芳蹤。

然而，絕大多數的時候，我是悲觀地站在自身的家園望著眼前如如不動的河水發愁。我好久好久不曾聽過青蛙嘓嘓鳴叫了，我不曾見過真正的水蛭與蛇之類的親水性生物，我甚至忘了腳踝踏觸河水的溫度；我只見到河岸日漸窄化，靠攏。兩岸分治的河清之舉看來早已是停擺。

觀音山和大屯山原本相連，在幾萬年前的一場火山爆發，劈出了淡水河，淡水河悠悠蕩蕩，夾帶著島嶼的關愛和豐饒，然後在落日的餘暉中傾注而入台灣海峽的汪洋。

淡水河開港，從舊照片可見昔日帆檣林立，洋樓客棧沿岸喧鬧。折向西流的河水充沛，散落著點點漁影，裝載著漁穫和滿滿的蔬果，兩岸不遠處是起伏的山陵，纍實的群樹罩滿了山頭，山的曲線於是柔軟似絨。

人帶來了繁華也攜來了落沒。

河水淤積失寵，港口宛似廢帝，江山不再。

淤積沒落，讓整個淡水河又安靜了下來。曾經大一暑假有回在淡水河的北岸打工，不過是傍晚時分，搭客運時，路上除了蒼白的路燈和慢速度的火車外，人煙稀落。竹圍一帶仍是輕工業集結地，四處貼著「誠徵作業員」的紅紙，如今淡水竹圍一帶工廠幾乎遷離，沿岸觀海飯店和高樓四起，密布如房子山。

而老一輩的漁民說，五十年來淡水河已絕跡了十餘種以上的魚類。別說隨手可撈的情景不再，就是駛船到近海的漁穫量也常讓人心灰。果真是應了「七月不靠溪，八月不靠岸，九月用手提」的漁民俚語。

股票奔上萬點時，建築商往郊區大肆蓋高樓，淡水河兩岸又再次受寵，以追求自然為包裝，以看山看海為幌子，吸引人潮再度上門，然而人們看到的風景其實是苟延殘喘的日薄西山景。如今是回家的路上只要逢假日前夕，在關渡橋必然車陣早已塞得不像條路了。

人們忘了河流帶來的溫度和滋味，人們只消與建物質文明來代替自然本身。於是不消幾年親水的話題又起，河左岸的快速捷運車廂載著一波波的人潮，河岸兩旁的景色和肉身和時間競走，粗暴的水泥建築粗暴地輾傷著有過歷史記憶的人。

被沖上岸的垃圾堆永遠比我們清潔河岸的速度還快。

「淡水要沈下去囉！」世居淡水河岸的素人畫家李永沱的太太望著鎮日人潮雜沓不休的街上，上了年紀的她不禁感嘆。

淡水若真的下沈和淤積，那麼就是有諾亞方舟也是無河可駛了。若可駛的話，駛向的將是洪患之茫茫無際的大水。

・一九九七　九月　河之死屍

河流的過往（民國七〇年代）曾經比我現在看見的景象還嚴重，臭氣沖天，千萬魚貝翻白死亡；河床擱淺，沙泥淤積，生態幾乎滅絕，彷彿薄薄的河水罩上了一層裹屍布。

這條河在歷史檔案中曾發生龍舟比賽時，划龍舟的選手們因爲河水導致眼睛傷殘的聽聞，被毒水濺上了瞳孔；也曾經在選手們用力搖槳全力衝刺時，槳竟劃起了一隻放水流的豬屍。

後來這條河的政府曾經聽從民意（或爲政績）花幾百億至千億元意圖清潔它，綠化它。甚至有迂官突發奇想地說可以在淡水河下面構築一些封閉式的商店街，除了供購物休閒外，還可一邊飲食一面欣賞海底世界。

海底城的誑語在剪報櫃裡長年地發出冷笑。至今花上一千億的河清計畫，讓我有幸見到招潮蟹和白鷺絲，以及在河岸退潮時溜步的犬獸。

然而喜悅的時間約只兩個月。

夏季的那場夢碎賀伯颱風的狂襲，海水倒灌，車子泡水，犬獸溺斃，許多河岸居民的房子倒塌，……我始明暸家園是建構在一片乍看美好的弱土上，我看到的景象是生態發出的最後警訊與初咒。

我知道這樣的觀察，不只是爲了家園，而是整個台灣問題縮影的觀察之眼。而我也知道，台灣過去發生過太多的拯救濕地的抗爭與各式各樣的生態呼籲，可是從我們眼中消失的風景仍一再地流失，我實在不知道這近三年的回歸與觀察，還能帶來什麼樣的契機。

‧一九九八　七月　持續海水倒灌

淡水河，台灣人的一條心靈河流，曾經是，未來不知還是不是。

污染淤積以一種看不見的折磨速度在河的體內沈澱膨脹如癌，日漸失去了河流的清澈之顏與疏濬的功能。漁民廢棄在河岸上的舟楫日益增多，舟子不出航，舟子擱淺於陸地宛如陸上行舟。

而拯救淡水河是不是也像陸上行舟般困難與不可能？

一九九七至一九九八，大雨和颱風沒有放過這個地方，大水再次漫淹了岸際，直沖家園。漫漫無涯，水煙如仇，再也分不清是陸地抑或是海洋。人們往高地跑，雞飛狗跳，所有的方向都失去了定點，所有的方向都通往一個出口，求生的出口。

河沙岸上的母犬，於春天在街上狂叫輪流交配，每一年都在夏天產子，每年都遇颱風。颱風過後，浮屍若菌，無處不在。

幾十年前靠河岸一帶，覆蓋著一片茂盛的林木，那裡有著無數的水筆仔貫穿濕地，河岸的樹隙碧玉如緞，鳥群翩翩飛越河岸在日出時往植被豐密的大屯山方向覓去，在落日時又飛越了河岸來到了觀音山棲息。

十年後，靠海岸的紅樹林和低窪的屋宇，在滿月滿潮的大水下，完全淹沒，人們攀上高處望見可見的最高點竟是僅剩的大屯山系和二十層高的屋宇。瓊樓玉宇，顫巍巍地矗在山頭。種田的母親有回見了說，台北的「房子山」真多啊。

假日，集結於關渡橋上垂下長長釣絲的男人成排，他們秀著曬得通紅的臉和雙臂，臉上的表情似乎沒有期待也沒有失望，他們並沒有高興地舉著漁穫向車流如影的人秀著他們的戰績。有一天，我終於忍不住在前後無車之下，把車往釣魚者停靠。搖下車窗問：「啊你到底有沒有釣到什麼啊？」我用的是單數你，不過你們卻一起無聊的回頭，好像我問的是一個傻問題。「妳想會有什麼大魚，都是些小魚吧。有時候以爲釣到大魚了，卻是一堆糾纏的塑膠袋。」

夜晚，行經關渡橋，邊回望著河岸的左右。由於角度和距離的關係，淡水河的左右岸的高樓捻亮著燈火，宛如是從天而降的碎鑽般。也許習慣了物質文明的人初到此河的兩界，會感到萬家燈火的悸動。但那種悸動非常的短，沒一會兒，就覺醒了。

覺醒了高樓在河岸的倒影是扭曲與斷裂的。

與河爭地，與山爭地，我們最後會成了水泥人和玻璃人。

難怪友人說，台灣買房子永遠不可靠，即使現在看了環境不錯，誰料沒多久，環境就被政商勾結給出賣了呢。

我原本以爲這又是一則泛政治化的言說，但那場賀伯颱風過後，我決定觀察描繪我的河。也許不是每個人都知道這條河被劈開而生的那一刻，也許時間滔滔人們也記不得河在水清漁豐的日子。

台灣人最不親水性的性格在政府長期的蒙蔽下，竟連滋養生態的河川，隨時都可背棄了。水泥島在生命中將會見到的預言，每每令我午夜心驚。

・一九九八　九月　可見的死亡

水患之後，澇病散肆，雞犬不寧。

新幾內亞西南的 Asmat 族人對於「自然死亡」，認爲不是真正的死亡；只有被敵人所殺，或爲咒術所陷害的「意外死亡」者，才是真正的死亡。Asmat 族常以敵人的頭骨爲枕，深信不特可使敵人的靈魂不能出來騷擾，同時也可以安慰祖靈。

依這個邏輯，這條河的死亡，和沿岸動物的死亡都是屬於真正的死亡，從來不是壽終正寢的自然死亡。

追本溯源，河的淤積源於人爲私利和本位；水患之際，動物成了陪葬品。動物是人爲錯誤的陪葬品。

這幾年，晃到屋前河流岸邊的流浪狗不下二十幾隻。犬兒流浪的速度加劇，體型一隻比一隻大，我納悶著。

母犬生的犬子在水患時陣亡了，沒有陣亡的後來不是被疾馳的車速輾過，要不就是被野狗大隊抓走了。

夜裡，一聲慘叫，小狗斃命，乳香體味留在我拾獲牠猶仍溫熱的掌心，以金剛砂鋪其未聞悉世間的初身。

「死貓吊樹頭，死狗放水流」，屋前就是河流，放水流是傳統作法裡最方便的，以前河川飽滿的年代或可容許，如今河川治療傷痛的本能早已喪失。也許有人要問，河川和動物死亡有何干係，問題就在於食物鏈的環環相扣。我們如果愛河川就會愛其屋，如果我們愛動物就會敬愛生命的本體，回到敬天畏人的謙卑原點。

難道台灣人流著殘暴的基因，表現嗜殺一切的心情才能保證自己的生存和存在？

一個原本河川縱流貫穿的島嶼，如今成了碎片之島，不透明的官方作業卻讓生態互相透明化地滲透著。

■一九九八　十一月　台灣是個大墳場

當然，動物有時候不是人們的陪葬品。當牠被稱為寵物時，牠的命運可能人道些。

愛狗的友人小方以對待家人的方式來待其家犬，她的愛犬樂卡在十二歲時，叫聲愈發微弱和減少，鼻頭變乾，診斷得了肝癌，終於面臨自然死亡的大限。死別將至，小方早早覓好了墓園。

臨死的犬，連蝨都背離，因為瀕死的狗體溫降低，狗蝨無法生存，只好另覓寄主。

然而樂卡一死，小方竟是慟哭至無法上班。

往後幾天，她先是把樂卡送到動物墓園焚化，個別焚化的收費在四千到五千左右。集體焚化約是一半的價格，小方卻不願意集體方式。她並把樂卡的骨灰罈置於靈骨塔。

動物也依主人的信仰而皈依，基督佛祖皆有，任君選擇。

近來網路墓園興起，忙碌的小方說，她利用滑鼠來祭拜樂卡，只消手指往螢幕一點，樂卡就能聽經聞香。

然而絕大部分的島嶼動物都少有善終。大多數的時候，我都是在開車的途中見到牠們的四分五裂的乾屍，牠和母體及世界的關係以乾屍做收場，以四分五裂做最後的人世告別。即使剛通過的動物保護法也保護不了牠們，讓牠們免於四分五裂。

犬殤恆在，口蹄疫不斷。埋餘地下的豬隻血水滲透鑿穿土質，再回流到河川和田壤。然後河川的漁穫和土壤的果實將進了人們的腸胃。河川得癌，人類也得癌。

曾在某一年聽聞作家席慕蓉說起她在旅行中國蘭州所見的一個例子：蘭州因為製牙膏的「氟」工業而使得整個蘭州污染嚴重，氟滲透到地下水，牧草吸飽了地下水，當地的羊食草。結果羊的上下齒往前長長，於是長長的上下齒互相卡住了，畸羊無法再進食，人們扳也扳不開牠們那不斷抽長的齒，於是只能眼睜睜的看羊死了。失去羊的牧羊人，如喪考妣，也意味著開始餓肚子，人於是不斷地消瘦，窮人鬧饑荒，活活餓死。有個牧羊人成天抱著他死去的羊向政府告狀，但是沒有人理他。誰敢得罪經濟大老和把關的掌控者？

人類用DDT農藥也是一個食物鏈最後厄運回歸到人類的往例。

然而，我們好像永遠都學不會避免重蹈覆轍的智慧。

豬隻之後，是牛；善良的牛被五花大綁，痛苦不堪，令人望之心悸。

動物農莊成了流膿的莊園。

母親說，牛在以前是農人的命脈，牛生病無論如何都是要醫治的，哪有這樣集體撲殺的。

這確實不是夢境。牛是一則台灣農業的已逝蒼涼圖像。李可染水墨畫裡的牧童和牛，爲我們留下那種往昔的依存關係，遷牛外放至草埔放牧，這中間是有感恩與感謝的。如今的牛，擠出了最後一滴奶後，依然要被五花大綁。我們屠殺經濟動物過於殘暴：「在圈起的圍欄中，一隻隻遭利刃直接刺喉的豬隻，眼神無不流露著萬分的驚恐。……大部分的牛是先用斧頭將之活活擊倒，然後再被放血、剝皮」，我們對待流浪動物過於輕率：淹死毒死悶死，甚至我們對於自己的同類也充滿敵意，於是我們的天空集結著一股揮之不去的靈魅魍魎的晦氣。

台灣是個包裝過的大墳場。

繁華高樓的地底下不僅是白骨成泥，一條安靜的淡水河卻和長江一樣行之如入生死關，河川底下各類軀屍也將滿堆成患。當台灣是個大墳場時，人們行其上，將是什麼形象？如七月流火，似午夜幽靈。鄰居說，我們辛苦爲下一代掙錢打拚，還不如先去拯救眼前的河流和解決在河岸流浪的動物生物，否則一旦自然反撲了，他又哪裡有下一代呢。

然而大部分的河岸鄰人都非常的漠視眼前的河川，對於流浪其間的生態和獸類也鄙夷著。

．一九九九　一月　不信任和干預

九七年夏天之前，搬來這個依河傍山的八里小鎮，住到了河左岸。

渡船口比往日熱鬧，遊客攜來的垃圾往海裡吐。

遠一些的污水處理廠巨蛋型水泥槽強暴著我的視野。我不記得官員做過什麼強勢政績，但我絕對不會忘記「十三行遺址」在政府粗莽作為下遭到無情的毀壞。

接下來，我將目睹哪些個官員簽下出賣淡水河的公文，然後拍胸口說，絕對保證大台北地區不會洪患，有的話我以生命擔保。

問題是，誰要他們的生命擔保，我們要的是自己的生命免於遭受恐懼和被壓迫。就好像流浪犬的生命本來是可以自足的，哪裡需要人類來為牠做擔保呢。

彼時我家河流前的母犬小白已流浪至此地了，眼見她在大街上不斷被公犬緊追而交媾，只能興嘆。鄰婦見狀每以大桶的冷水潑之，小白卻只是一逕地嗚嗚嗚叫著，雙方在未竟事前，片刻也無法分離。

人們以冷水大肆潑灑眼前交媾的戀犬，是因見不得交媾之事大剌剌地在春陽滿溢的街上進行，或是真的關心交媾之後的後遺症？

我觀察她至今，發現無論對她再好都是惘然。過去她曾受過如何不人道的虐待與凌辱，我不得而知。但毋庸置疑的是她對人的不信任已然扎進她的心根。

她能存活得比在我家河流門前任何一隻的流浪犬都要長久，即是因爲她對人類的不信任。麻煩的是，我們永遠也抓不到她去進行結紮，因而年年投她胎的小狗，年年受精，年年出生，年年河患，年年猝死，年年輪迴。

她的家通常都是汽車的底座，口渴了她便往退了潮的河川走，河川是她流浪的終點，比起城市車水馬龍讓她安心許多。她始所未料的是，暴怒的河川上漲最後讓她的幼子全送了小命。

我在中午時分見到的她總是黑著爪子，像白腳裡套了黑襪般，不過很快的她會讓腳丫子恢復白皙。她餓了有時會到河川的垃圾堆尋尋覓覓外，有時也會等待我或是其他鄰人返家的施捨。雖說是流浪犬，然而小白總是把自己打理得很乾淨，白色的毛像是初雪，而她的生命宛如是一種自願性的精神性流浪。

狗也有精神性的流浪症，就好像因爲意志自由而成爲社會波希米亞人的流浪者。

我看到她，除了不希望她再四處交媾產子外，我其實對她對人產生的距離感到敬佩。至少她不會只是搖搖尾巴，一副沒有格調的可憐狀。

賀伯來襲的那回，發現她時，河水早已倒灌，淹上一樓之半。她進了我住二樓的屋子度過漫長的一夜。

她的生命終究暫時保下來了。

直到一九九九年初，我出國旅行數十天，回家，見河川不是乾涸就是暴漲依然的日子，卻獨不見其影。鄰居說，她終於被野狗大隊抓走了。我不知道不讓人近其身的小白犬是如何讓抓狗大隊得逞的？

我觀察了她兩年，連最後一面都不得。我曾經想過收養她，然而一來我時常的旅行將不允許，二來是她對人的不信任，她寧願選擇定點式的放逐流浪。

家畜衛生檢驗所在台北地價和房價最貴路段的山坡上，每年約要焚化捕來的狗屍一萬具以上，氫化物射入狗身，再送入焚化爐銷毀，兩座焚化爐輪替，火光熊熊，每一回焚燒時二、三十隻狗兒身疊身一起化為灰，連嘆息都不會。沒聽過狗兒會嘆息的。只有膩人黏人的可卡，見到人群棄牠而去時，會發出淒厲無比的叫聲。讓人聞之鼻酸。

現在大都是以瓦斯室來取代注射氫化物，有的還用集體溺斃的方式，不論方法為何，唯「殘與慘」字可形容。小白可能臨死時翻白眼口吐白沫吧，我每每想起她尊高的樣子，就一陣心憐。動物保護協會的長期義工小董說，台灣對生態漠視，對待動物像個商品。有的商店竟然以抽獎送狗的活動來吸引人，把狗當贈品的鬧劇下，狗不斷被業者盲目繁殖。

「這幾年為何流浪狗體型愈來愈大隻？」我問。

「是商人引進外國種，所以狗就愈混愈大隻，很多病因不明也就是這樣混出來的。另外台灣根本就不適合牠們生存，我看過好多次的西藏獒犬和什麼庇里牛斯山的獒犬等等，被關在小小的籠子裡，和死亡無異。」小董說。

救援無數流浪犬的她說，抓狗大隊也講績效的。我聽了想起河川屋前的流浪犬旺旺，已被鄰人陶藝家認養注入了晶片，有回還是不小心被抓走，他趕緊追去才避免了旺旺死於慘劇。動物的哀嚎聲已成了這個島嶼的聲音之一。小董說她好些次在城市嘈雜的聲音中，聽到受傷流浪犬的哀嚎聲，進而覓之。有一回她在台北東區聽到犬殤的呼喚，但卻辨不出所在的方向。她便在心中說：「你再多叫幾聲。」發出的念力終於讓她找到了犬殤的位置。犬卻已斷氣。不過她說好像她是專門來為牠送終的，不至於讓其成為暴露水泥城市的乾屍。

動物在死亡前會自行躲起來，如果你有養過貓狗的經驗，應當知悉。連鳥都是如此，不會有鳥類飛到半空突然不飛了，突然決定死亡的事；除非被人類的獵槍和焚心給射中了。

暴屍於外是動物所不願的，何況是四分五裂。

‧一九九九　二月　緬懷異鄉之河及其生息

——肉慟神殤，哀哉！哀哉！我已遍覽群山百川。

逃吧！逃向彼方！彼方有仙山神水。

我將動身！舟桿晃桅搖杆，

啓錨航向在水一方。

小白被抓走的那回，我出外旅行採訪的地方是南非，在克魯格國家公園私人保護自然區裡旅行三天。在野生動物園進行殺伐旅（Safari 狩獵旅行）。

殺伐旅在現代是文明人和動物邂逅的一則旅行神話。

沿著殺比殺比河（SabiSabi River）四輪傳動的吉普車滑入下過清雨的叢林。黎明，睡飽的獅子扯牙張嘴大吼，羚羊飛奔如浪；河馬露出淺灘地噴灑著鼻息。兩隻大象不慌不忙地用長鼻子捲著樹葉入肚。

我相信活在這樣的生態者，他們的慾念較爲單純，較懂得尊重生態本身的自我循環。

隔天，未料嚮導勞倫斯的愛犬突然過世，以如喪考妣來形容他的樣子並不爲過。

勞倫斯說，他最好的朋友就是狗，他們彼此始終如一地相互對待。

他說每回上床，愛犬總是會先幫他暖被，比女人還貼心。

我很羨慕勞倫斯的愛犬。

殺比殺比河對比淡水河，淡水河等於是行屍走肉的島嶼裏屍布。

淡水河在世紀末沒有「水清石出」這個真實的戲碼；淡水河邊的流浪犬死了，絕少人會像勞倫斯般的傷心欲絕。

．一九九九　四月　來了兩隻流浪犬的夜晚之思

河岸又多了兩隻流浪至此地的犬。毛色赭黃，瘦而無脂，溢著屍味。

我對家園的特徵不光是以視覺來刻畫，更多是以氣味來尋覓。

河流的氣味。

我們的媒體大多數對旅遊地點的介紹都被官方資料和陳腔濫調所腐蝕，至今仍有媒體在說著淡水河已經「波光媚影」的諂媚說詞以及官員把淡水類比萊茵河的大言不慚。以住戶的我來看，覺得離這些個形容詞簡直是相差千萬里。我的心情就像法國人類學家李維史陀（Claude Levi-Strauss）所說的：「眼睛一直盯著觀景窗而不去觀察理解周遭發生的種種，使我感到罪惡。」

▪一九九九　七月十二日上午九點　不只是家園

一條河流之死，將讓河流的動物和生態世界跟著滅亡，萬劫不復指的正是自然生態的破壞。一九九四年和一九九七年的洪患夢，記憶猶新；體質本來就極爲孱弱的河川將要被另一場人爲掀起的另一場殘暴所取代。

我無法想像，沿著關渡和八里的淡水河上曾在這幾年提議將要興建一條四層樓高、四至六線道的環河快速道路之言不斷。一條將花費百億的快速道路橋樑，目的竟只是爲了省幾十分鐘的車程，爲了運送大台北地區的垃圾及廢土至八里的焚化爐和八里港廢土棄置場。若此案通過，每日將有三千輛砂石車和垃圾車奔馳於淡水河岸上。然而我可以想像，當怪手和水泥橋墩穿透柔軟的河岸沙地時，水域內的無數生命將如火吻身，逃竄如戰亂。

我想起了蘭州不斷向上抽長巨齒的羊，羊的死亡只因爲人類製氟，氟可以潔白牙齒，防止蛀牙。人類的牙卻以羊不斷抽長的齒之死來換取。

於是，我改選了含鹽的牙膏。我寧願一口黑牙，也不願他人失去了財產與土地命脈。

反正政府就是把不好的往八里送，八里人口少聲音小，往昔的痲瘋病人，現在墳墓成堆，垃圾成塚，將來還想要有一條水泥河來取代現有的河。

淡水河是台北市盆地下水道和雨水最重要紓解之河川，河川幫助了首都之地和市民，而河川逆向運作所帶來的痛苦卻將由城市首都之外的人民承擔。這就好比是投資蘭州氟工業的是外資，死亡卻在當地人身上找到了生態的陪葬品。

然而我們的官僚體系比蘭州的投資商更惡質，因爲我們的經濟已經進步至高所得國家了，卻連動物的生命和一條河川都要惡意使之傷殘與漸漸滅亡。

學者指出政府找來的工程顧問公司都是會替政府背書的單位，方案政府早就定了，只是要取信於民所以有工程顧問的所謂評估之事。

問題是，我們連組成決策和方案的評估人士都不知道名單，是否這些人是只會拿錢和聽話的人？還是有專業的背景？又或是另有隱情？

八里四汴頭污水處理廠的運作幾年下來，由於人謀不臧，只能發揮百分之三十的功能。八里鄉幾年來所得的回饋迄今，與當初承諾的標準差了近億元。

然而政府一貫的繼續以地方發展爲誘因來愚弄有貪念的人民，事實是口袋卻永遠只有少數的利益團體及工程包商獲取，絕大部分的小老百姓都將如流浪犬般地被一步步地被生態環境誘殺。

爲了抗議在淡水河河岸搭建巨大醜陋的鋼筋水泥巨龍，抗議興建一條東西向快速道路，我和鄰人有了首次的綁布條經驗。

關心河流之死，不只是爲了家園。

九九年，送走小白。我也跟著該向河魂犬靈舉行河殤祭典。

也許我該學學蘭州的牧羊人，抱著犬屍向衙門抗議。

一隻母犬之死，我沒有餘力馬上救濟，如今一條受傷的河流即將面臨決策性的死亡，我們似乎該爲河流做些事。

爲台灣人的心靈風景出征，不願讓只是少數人的「行」便利而使得河流生態死亡。

一九九九年七月，一場「要淡水河不要河上道路」的拯救淡水河抗議活動在台北展開。「拯救淡水河是台灣的全部問題，淡水是北部最重要的親水地區，是從祖父時代就被不斷述說故事的河流，我不忍心他就這樣被出賣了。一旦他死了，我們就和住在監獄沒有兩樣，我不希望台灣變成和香港一樣，只有水泥的景觀，沒有生態循環的感動。」舞蹈家林懷民當時疾呼。

八里的當地人卻回頭說我們這些抗爭者不具代表性，因爲我們是外來者，不是根生土長的八里人。又來了，什麼叫做外來者？我才發現原來自己在自己的島嶼覓得一介避風雨的家園，卻被所謂的幾代住在此地的所謂當地人視爲外來者，和流浪至此、在此落腳的狗無異。台北人？台灣人？外省人？身分與認同又因利益劃開界線。

台灣的公共議題永遠是利益在拉扯，這個島嶼向來利益糾葛劇烈，要是我們的人民沒有那麼著迷於金錢和物質，現象和情況或許可緩之。不幸的是，島民和其他的知足常樂的同語系的南太平洋島民卻有著完全迥異的性格。（所以前言裡我提到了人類彼此的敵意，還有那種不是發生在我家門口的心態。）

我們原來也是外來種的混合。我們和如今街上的流浪犬一樣，引進外國品種後，愈「混」愈大條，胃口愈發被撐大了。

不只是河，島民要爭；連山都可以剷平。

「乾脆把淡水河加蓋起來算了，加蓋了還可以在上面溜冰、溜直輪排鞋、擺地攤……」有立委說。

一百億元爲了蓋一條水泥長蛇（一條比十條關渡橋還要長的沿河水泥拱橋），水泥巨龍一旦來了，將來滂湃更甚，家畜俱亡；「未來五股、蘆洲都將首當其衝，而台北市低窪地區的淹水恐難避免。」有人疾呼。

堤岸生活，在台灣似乎深藏著悲劇因子。

‧一九九九　七月十二日上午十一點至午夜　從城內到城外

抗議活動之後，人潮漸散，有些鄉親搭乘巨型巴士返家；來支援的立法委員們也移動了他們的步履。

而我，卸下了綁在頭上的布條，布條上濕答答地黏著方才抗議時的汗水。我相信不獨是我，在場的許多文人藝術家和關心台灣生態的人士，一樣會有著這樣的汗水。這樣的盛暑之日，扯開喉嚨叫囂著「救救淡水河」，就好像是一個棄子在呼喚母親歸來般。

然而我終究是難堪的。一個文人要在這樣的公共空間裡爲河川請命，爲生存吶喊走街，我真的感到社會加諸我身的難堪。爲這樣的社會、爲這樣的島嶼難堪。

在位於八德路和復興北路的住都局抗議結束後，獨自步行到下一個路口時，迎面的中興百貨公司正好開啓了大門，幾個城市人迫不及待地移動腳程，玻璃門開開關關。我駐足了片刻，聞到了冷氣夾帶著香水粉餅之類的氣味，灑在令人作嘔的地下道上。

我們需要香水，因爲要遮蓋這個城市壞掉的某些角落；因爲要掩飾身體的陳倉氣味，我們忘了身體的氣味是與生俱來的。就像我們遺忘一條河流應該是要姿態奔放流動的，我們看了太多城市的以假亂真的布景，以至於我們遺忘了真實風景移動奔流的快活本質和面貌。

我們需要抗爭，因爲要拯救一條即將被水泥和淤積及利益糾葛所塡滿的河川；因爲他長了瘤。我希望，我要，流浪至此的動物不會找不到水喝，人們也不會喝了不潔的水。甚至我會每一天在島嶼的日子，盡可能和不再流浪的犬，走到退潮的河岸上，向鳥禽、魚蟹、蛙蟲道聲好，用我的鼻子眼睛耳朵來向牠們打招呼。

花幾百億只能讓河川不臭了，但消失的物種再也不復返了，政府官員憑什麼以「不臭了」來邀功，河水不是本來的面目就該是無臭無味的嗎？而我們除了會呼吸外，我們的身體還有很多的內需。想要如實地「親水」（不只是觀水聞水），這個希望會很難嗎？我希望有人能親口告訴我，而不是在螢幕上光會拍胸脯，只知救災邀功，卻不知災害的病毒即是由政策不當所產生的連鎖效應。當沒有災源時，又何需有救的動作。當沒有流浪犬時，在路上就不會見到四分五裂的乾屍。

世紀末的淡水上河圖，只宜於入夜觀之，黑夜如大雪，遮去了醜陋的人為外加面貌，黑夜為我還原了台北上河圖。

然而，很快的，天要亮了。

‧二〇〇二　十月六日　生態埋伏危機

八里鄉民群集抗議台北港內將設立有毒化學物質氯乙烯和甲苯化學物之兩種化學槽，若通過設立，將來沿岸工廠若不慎外流此有毒之化學物，淡水河的生態將岌岌可危。

台北油港若不慎漏油，問題同樣嚴重。

人們在這座島上命運持續漂流，我不知道什麼時候眼淚會終止。

〈後記〉

回家路遙，爲亡靈奏歌

我是否能找到回家的路，家在何方？在生命的無數旅程中，在逝水年華染攜著各式各樣污染源後，我總是不禁陷入這樣的靜默憂怖。這裡所說的家和尋常定義的家是不同的，我所言說的「家」，是神識的原鄉，是心靈桃花源所仰止渴切，心寂懷想的回歸點，沒有地址的家。

在創作的跋涉旅程，即在描繪拼貼這座精神原鄉的失落幻滅，這座城堡、舍塔在人世風霜裡的蒙塵傾頹。

而接近此途徑的題材即生死、情慾、愛憎、無常，而把此題材兜攏起來的單位起初即是家的二人組合與繁衍。爲此我寫作的題材常環繞在我父我母和我自己，再擴大至其餘世事人子糾葛之情網，我喜歡著墨在同一個歷史時空但不同切面的「同史不同觀」之書寫。

題材的重複，是因爲述說未盡；題材的懷舊，是因爲現今無趣。

最早家族書寫的原型可推至我的第一本長篇小說《女島紀行》（一九九七年），繼之二〇〇一年出版的散文集《昨日重現》則稍完備但時空仍未拉開，還是以上一代及母親爲述說主軸。爲此我說我的家族史書寫於我其實才踏出第一步而已。我並在《昨日重現》後記提到：「散文未必實，小說未必虛。」所以在日後的寫作文本上我仍然會是小說和散文交替，小說裡有著大量非故事的喃喃情調，散文則反而有一些對話的結構，兩者關係常越界。為此很多人都忘記或不知道我在寫小說。

這篇小說，實則並不能視爲吾之家族史紀事，只能再次說明我對於這塊島嶼原鄉情懷的投射，透由身世的虛實共織，勾勒我對於人世浮游的喟嘆。

法國著名作家莒哈絲曾說：「幹嘛要介紹作家呢？他們的書就已足夠。」我心儀她所說的，就如同我的思想都在我的作品一般，從作品了解我，我更無所遁形。但我還是囉唆的言說自己，可能因爲還是感到在這個世代創作者的寂寞吧，有機會說說話就不免說多了。（就連莒哈絲也曾非常依戀媒體，她有過很長的媒體親密期。）

於我創作者既是《聖經》義人羅得，不斷奔向前；也是羅得之妻，回首而成鹽柱。創作是雙重（多重）的人世面向者，創作者自有其宿命。

我想，執「筆」之手，通往原鄉之路還很長很長。寫盡家族和這塊島嶼及四處流浪的事是我現今的狀態。

台北

智慧田系列── 強烈的生命凝視，靜默的生命書寫，深深感動你的心！

015有光的所在 ◎南方朔 定價220元
當世界變得愈來愈無法想像，唯有謙卑、自尊、勇敢這些私德與公德的培養，才會讓我們免於恐懼。本書獲明日報讀者網路票選十大好書、誠品2000年Top100、中國時報開卷版一周好書榜

016末日早晨 ◎張惠菁 定價220元
當都會生活的焦慮移植在胃部、眼神、子宮、大腦、皮膚、血管……我們的器官猶如被我們自身背叛了。文學評論家王德威專文推薦，中國時報開卷版一周好書榜、聯合報讀書人每周新書金榜

018媚行者 ◎黃碧雲 定價220元
寫自由、戰爭、受傷、痛楚、失去和存在，黃碧雲的文字永遠媚惑你的感官、你的視覺、你的文學閱讀。

019有鹿哀愁 ◎許悔之 定價200元
將詩裝置起來，一本關於詩的感官美學，一本關於情感的細緻溫柔。詩學前輩楊牧特別專序推薦

020剎那之眼 ◎張　讓 定價200元
高濃度的散文，痛切的抒情，戲謔的諷刺，從城鎮、建築、小路、公路、沙漠等我們存在的世界一一描摹，持續張讓微觀與天問的風格作品。本書榮獲2000年中國時報開卷十大好書獎

021語言是我們的海洋 ◎南方朔 定價250元
南方朔的語言之書第三冊，抽絲剝繭、上下古今，道出語言豐碩的歷史與文化價值。本書榮獲聯合報讀書人2000年最佳書獎

022鯨少年 ◎蔡逸君 定價200元
新詩得獎常勝軍蔡逸君，以詩般的語言創造出大海鯨群的寓言小說，細細密密鋪排出鯨群的想望與呼息。

023想念 ◎愛　亞 定價190元
寫少年懵懂，黑衣白裙的歲月往事；寫「跑台北」的時髦娛樂，乘坐兩元五毛錢的公路局，怎樣穿梭重慶南路的書海、中華路的戲鞋、萬華龍山寺、延平北路……

024秋涼出走 ◎愛　亞 定價200元
原刊登於中國時報人間副刊「三少四壯集」專欄，內容環繞旅行情事種種，人與人因有所出走移動，繼而產生情感，不論物件輕重與行旅遠近。愛亞散文寫出你的曾經。

025疾病的隱喻 ◎蘇珊．桑塔格 刁筱華/譯 定價220元
美國第一思想才女的顛峰之作，讓我們脫離對疾病的幻想，展開另一種深層思考。本書獲聯合報讀書人每周新書金榜，中國時報開卷一周好書榜

026閉上眼睛數到10 ◎張惠菁 定價200元
張惠菁在時間與空間的境域裡，敏銳觸摸各種生活細節，摸索人我邊界。本書獲聯合報讀書人每周新書金榜，中國時報開卷一周好書榜

028最美麗的時候 ◎劉克襄 定價220元
《最美麗的時候》爲劉克襄十年來之精心結集。隨著詩和畫我們彷彿也翻越了山巔、渡過河川，一同和詩人飛翔在天空，泅泳在溫暖的海域，生命裡的豐饒與眷戀。

029無愛紀 ◎黃碧雲 定價250元
本書收錄黃碧雲最新兩個中篇小說〈無愛紀〉與〈七月流火〉以及榮獲花蹤文學獎作品〈桃花紅〉，難得一見的炫麗文字，書寫感情生命的定靜狂暴。

智慧田系列── 強烈的生命凝視，靜默的生命書寫，深深感動你的心！

030在語言的天空下 ◎南方朔 定價250元

南方朔語言之書第四冊，將語言拆除、重建，尋找埋在語言文字墳塚裡即將消失的意義。

031活得像一句廢話 ◎張惠菁 定價160元

如果你想要當上五分鐘的主角；如果你貪婪得想要雙份的陽光；你想知道超級方便的孝順方法；你想要大聲說這個遜那個炫；你想和時間耍賴……請看這本書。

032空間流 ◎張 讓 定價180元

在理性的洞察之中，滲透著漸離漸遠的時光之味，在冷靜的書寫，深刻反思我們身居所在的記憶與情感。

034給自己一首詩 ◎南方朔 定價250元

《給自己一首詩》爲〈文訊〉雜誌公布十大最受歡迎的專欄之一，透過南方朔豐富的讀詩筆記，在字裡行間的解讀中，詩成爲心靈的玫瑰花床，讓我們遺忘痛楚，帶來更多光明。

035西張東望 ◎雷 驤 定價200元

雷驤深具風格的圖文作品，集結近年創作之精華，一時發生的瞬間，在他溫柔張望的紀錄裡，有了非同凡響的感動演出。

036共生虫 ◎村上龍 定價220元

《共生虫》獲得谷崎潤一郎文學賞，這本描繪黑暗自閉的生命世界，作者再一次預言社會現象，可是這一回不同的是我們看見對抗僞劣環境的同時，也產生了面對未來的勇氣。

037血卡門 ◎黃碧雲 定價250元

黃碧雲2002年代表作《血卡門》，是所有生與毀滅，溫柔與眼淚，疼痛與失去的步步存在。

本書獲聯合報讀書人好書金榜

038暖調子 ◎愛 亞 定價200元

愛亞的《暖調子》如同喚起記憶之河的魔法師，一站一站風塵僕僕，讓我們游回暈黃的童年時光，原來啊舊去的一直沒有消失，正等著你大駕光臨。

039急凍的瞬間 ◎張 讓 定價220元

張讓散步日常空間的散文書《急凍的瞬間》，眼界寬廣，文字觸摸我們行走的四面八方，信手拈來篇篇書寫就像一座斑駁的古牆，層層敲剝之後，天馬行空也有發現自我的驚奇。

041語言是我們的希望 ◎南方朔 定價260元

語言之書第五冊，南方朔再一次以除舊布新之姿，爲我們察覺與沉澱在語言文化的歷史與人性。

042希望之國 ◎村上龍 定價300元

村上龍花了三年時間，深入採訪日本經濟、教育、金融等現況，在保守傾向的《文藝春秋》連載，引發許多爭議，時代群體的閉塞感在村上龍的筆下有了不一樣的出口。

043煙火旅館 ◎許正平 定價220元

年輕一輩最才華洋溢的創作者許正平，第一本散文作品，深獲各大報主編極力推薦。二十年前台灣散文收穫簡媜，而今散文界最大收穫當屬許正平，看散文必看佳品。

044情詩與哀歌 ◎李宗榮 定價220元

療傷系詩人李宗榮，第一本情詩創作，收錄過去得獎的詩作與散文詩作品，美學大師蔣勳專序推薦，陳文茜深情站台，台灣最具潛力的年輕詩人，聶魯達最鍾愛的譯者，不可不讀。

045詩戀記 ◎南方朔 定價250元

從詠嘆愛情到期許生命成長，從素人詩到童謠，從貓狗之詩到飢餓之詩，從戰爭之詩到移民之詩，詩扮演著豐富生活的領航者。在這個愈來愈忙碌的時代，愈來愈冷漠的人我關係，詩將成爲呼喚人生趣味的小火種，點燃它，請一起和南方朔悠遊詩領域！

你如何購買大田出版的書？

這裡提供你幾種購書方式，
讓你更方便擁有一本真正的好書。

一、書店購買方式：
你可以直接到全省的連鎖書店或地方書店購買，而當你在書店找不到我們的書時，請大膽地向店員詢問！

二、信用卡訂閱方式：
你也可以填妥「信用卡訂購單」傳真到04-23597123（信用卡訂購單索取專線04-23595819轉230）

三、郵政劃撥方式：
戶名：知己實業股份有限公司　帳號：15060393
通訊欄上請填妥叢書編號、書名、定價、總金額。

四、通信購書方式：
填妥訂購人的資料，連同支票一起寄台中市407工業30路1號知己實業股份有限公司收。

五、購書折扣優惠：
購買單本九折，五本以上八五折，十本以上八折，若需要掛號請付掛號費30元。（我們將在接到訂購單後立即處理，你可以在一星期之內收到書。）

六、購書詢問：
非常感謝你對大田出版社的支持，如果有任何購書上的疑問請你直接打服務專線04-23595819或傳真04-23597123，以及Email：itmt@ms55.hinet.net

我們將有專人為你提供完善的服務。
大田出版天天陪你一起讀好書！

歡迎光臨　歡迎轉傳　歡迎大家告訴大家！

大田網站
http://www.titan3.com.tw

朵朵小語中文官方網站
http://www.titan3.com.tw/flower

納尼亞魔法王國中文官方網站
http://www.titan3.com.tw/narnia

國家圖書館出版品預行編目資料

在河左岸／鍾文音著.－－初版.－－臺北市：大田，民92

面；　公分.－－(智慧田；046)

ISBN 957-455-362-0(平裝)

857.7　　91023851

智慧田 046

在河左岸

作者：鍾文音
發行人：吳怡芬
出版者：大田出版有限公司
台北市106羅斯福路二段79號4樓之9
E-mail:titan3@ms22.hinet.net
http://www.titan3.com.tw
編輯部專線（02）23696315
傳真（02）23691275
【如果您對本書或本出版公司有任何意見，歡迎來電】
行政院新聞局版台業字第397號
法律顧問：甘龍強律師

總編輯：莊培園
主編：蔡鳳儀
企劃：樊香凝
美術設計：純美術設計
校對：陳佩伶／耿立予／蘇清霖／鍾文音
製作印刷：知文企業（股）公司．(04)23595819-120
初版：2003年（民92）2月20日
定價：新台幣 250 元

總經銷：知己實業股份有限公司
（台北公司）台北市106羅斯福路二段79號4樓之9
電話：(02)23672044．23672047．傳真：(02)23635741
郵政劃撥：15060393
（台中公司）台中市407工業30路1號
電話：(04)23595819．傳真：(04)23595493

國際書碼：ISBN 957-455-362-0 /CIP: 857.7/91023851
Printed in Taiwan

廣　告　回　郵
北區郵政管理局登
記證北台字11049號
免　貼　郵　票

大田出版有限公司　編輯部收

地址：台北市106羅斯福路二段79號4樓之9

電話：（02）23696315-6　傳真：（02）23691275

E-mail：titan3@ms22.hinet.net

地址：..

姓名：..

TITAN
大田出版

智　慧　與　美　麗　的　許　諾　之　地

閱讀是享樂的原貌，閱讀是隨時隨地可以展開的精神冒險。

因爲你發現了這本書，所以你閱讀了。我們相信你，肯定有許多想法、感受！

讀 者 回 函

你可能是各種年齡、各種職業、各種學校、各種收入的代表，
這些社會身分雖然不重要，但是，我們希望在下一本書中也能找到你。

名字／＿＿＿＿＿＿ **性別／**□女 □男 **出生／**＿＿年＿＿月＿＿日

教育程度／＿＿＿＿＿＿＿＿

職業：□ 學生 □ 教師 □ 內勤職員 □ 家庭主婦
□ SOHO族 □ 企業主管 □ 服務業 □ 製造業
□ 醫藥護理 □ 軍警 □ 資訊業 □ 銷售業務
□ 其他＿＿＿＿＿＿

E-mail/＿＿＿＿＿＿＿＿＿＿ 電話/＿＿＿＿＿＿

聯絡地址：＿＿＿＿＿＿＿＿＿＿＿＿＿＿

你如何發現這本書的？ **書名：在河左岸**

□書店閒逛時＿＿＿＿書店 □不小心翻到報紙廣告（哪一份報？）＿＿＿＿

□朋友的男朋友（女朋友）灑狗血推薦 □聽到DJ在介紹＿＿＿＿＿＿

□其他各種可能性，是編輯沒想到的＿＿＿＿＿＿＿＿

你或許常常愛上新的咖啡廣告、新的偶像明星、新的衣服、新的香水……
但是，你怎麼愛上一本新書的？

□我覺得還滿便宜的啦！ □我被內容感動 □我對本書作者的作品有蒐集癖
□我最喜歡有贈品的書 □老實講「貴出版社」的整體包裝還滿 High 的 □以上皆非 □可能還有其他說法，請告訴我們你的說法

＿＿＿＿＿＿＿＿＿＿＿＿＿＿＿＿＿＿＿＿

你一定有不同凡響的閱讀嗜好，請告訴我們：

□ 哲學 □ 心理學 □ 宗教 □ 自然生態 □ 流行趨勢 □ 醫療保健
□ 財經企管 □ 史地 □ 傳記 □ 文學 □ 散文 □ 原住民
□ 小說 □ 親子叢書 □ 休閒旅遊 □ 其他＿＿＿＿＿＿＿＿

一切的對談，都希望能夠彼此了解，否則溝通便無意義。
當然，如果你不把意見寄回來，我們也沒「轍」！
但是，都已經這樣掏心掏肺了，你還在猶豫什麼呢？
請說出對本書的其他意見：

大田出版有限公司編輯部 感謝您！